늙은 차와 히치하이커

늙은 차와 히치하이커

윤고은 소설

한겨레출판

차례

된장이 된

아버지가 꺼낸 건 된장이었다.

처음엔 그게 된장이란 것을 누구도 알아보지 못했다. 냄새와 빛깔로 마침내 그것임이 증명된 후에도, 우리 중 누구도 그게 진짜 된장일 거라고는 생각하지 못했다. 아버지가 오늘 받아와야 했던 건 현금 1000만 원이었고 그게 눈에 보이는 지폐 더미일 필요는 없었지만, 저렇게 50킬로그램의 된장일 필요는 더더욱 없었다.

1000만 원은 용도가 분명했다. 그것이 집에 도착하기만 하면 일단 500만 원이 동생의 어학연수 초기 비용이 될 예정이었고, 450만 원은 내 다음 학기 등록금, 그리고 남은 50만

원은 어머니의 몫이었다. 그러나 집에 도착한 건 50킬로그램의 된장뿐이었다. 아버지가 집 앞에서 전화를 걸 때까지만 해도, 동생을 주차장으로 불러낼 때까지만 해도, 우리는 그게 기어코 받아낸 1000만 원에 대한 역사적인 마중일 거라고 생각했다. 동생은 한달음에 뛰어나갔는데, 두 남자가 짊어지고 온 건 돈이 아니었다.

어머니는 기어코 방으로 들어가 문을 닫아버렸다. 아버지는 쉽게 저 문을 열지 못할 것이다. 동생은 그 된장을 멍하니 바라보고 서 있었다. 이게 내 미래란 말인가, 뭐 그런 표정으로 말이다. 정체를 증명하기 위해 잠시 열렸던 플라스틱 뚜껑은 닫힐 줄을 몰랐다. 그냥 열린 채로 구린내를 풍기고 있었다. 동생이 마침내 그 된장 통의 뚜껑을 덮었는데 갑자기 출몰한 벌레를 잡을 때처럼 거리감을 둔 손놀림이었다. 야무지지 못한, 마지못해 떠밀린 그런 손놀림. 우리가 불청객을 베란다로 옮기는 동안 아버지는 무슨 거죽처럼 소파에 늘어져 있었다. 아무것도 말하고 싶지 않은 눈치였지만, 저 된장의 출처에 대해 말할 사람이 또 있겠는가.

아버지는 뭐에 홀린 사람처럼 말했다. 약속된 장소로 갔는데 그 문 안에 저 된장만 동그마니 있었다는 거다. 사람은 온데간데없고 이미 살림은 다 빠진 상태로, 그 공간에 있던 게 오직 저 25리터 플라스틱 통 두 개뿐이었다는 거다.

"그걸 믿으라는 거냐!"

갑자기 날아온 굉음에 된장 뚜껑이 살짝 들린 것도 같았다. 복식호흡으로 끌어 올린 듯한 어머니의 목소리였다. 1000만 원은 우리에게 물리적으로도 상당한 금액이었지만 심리적으로도 절실했다. 그 1000만 원이 처음부터 1000만 원이었던 건 아니다. 내가 아는 바에 따르면 1000만 원의 기원은 지금으로부터 거의 15년 전에 있었고, 그때는 800만 원이었다.

15년 전, 마흔 살의 아버지를 설레게 한 건 '이오피케이'였다. EOPK인지 25PK인지조차 명확하지 않았지만, '제2의 비아그라', '부작용 없는 비아그라'로 통했다. 이런 건 과학이죠, 그렇게 말했던 사람은 아버지와 같은 건설 회사에 다니던 입사 동기였다. 그는 아버지보다 한 살이 어렸는데 입사 후 십몇 년을 동고동락했고, 아버지에게 이오피케이가 성공을 예약한 사업이라고 했다. 아버지는 그가 말하는 과학에 800만 원을 투자했지만, 돌아온 건 오랜 동료가 '먹튀' 했다는 소식이었다. 이오피케이는 유령 같은 것으로 밝혀졌는데, 그는 연락조차 되지 않았다. 회사 내에서 그에게 돈을 돌려받지 못한 사람들은 다섯 명, 피해 금액은 1억 원이었다. 이오피케이에 투자한 사람도 있었고, 그의 가정사를 위해 돈을 빌려준 사람도 있었다. 10년 넘게 성실했던 그를 의심한 사람은 거의 없었다. 심지어 이 모든 일이 발각되기 이틀 전에 돈을 빌려준 사람도 있었다. 그 다섯 명 중의 하나가 아버지였는데, 아버지는 모든 것이 다 드러난 그때까지도 이오피케이를 의심하지 않았다. 단지 운이 나빴을 뿐이라고 했다.

"똥이 아닌 게 다행이네."

동생이 베란다를 바라보며 그렇게 말했는데, 아버지는 별 대꾸도 하지 않았다. 한 시간 전까지만 해도 오늘은 디데이가 분명했다. 그런데 된장이라니. 된장은 자그마치 50킬로그램이었다. 물리적으로는 어땠는지 모르겠지만 심리적으로는 확실히 어마어마한 냄새가 났다.

50킬로그램의 된장은 거구였다. 그것이 집에 들어왔기 때문에 나는 밖으로 나가야 했다. 매일 오전 11시, 집 근처 지하철역 앞에서 10인승 승합차에 올라탔다. 한 달간 바짝 전단 작업을 하기로 했다. 등록금에는 당연히 못 미치겠지만, 당장 구할 수 있는 아르바이트가 몇 없었다. 승합차는 열 명이 안 되는 사람들을 싣고 매일 다른 목적지로 달려갔다. 위치상 나는 맨 마지막으로 차에 오르는 사람이었는데, 오늘에서야 내가 사흘 연속으로 같은 말을 듣고 있다는 사실을 깨달았다. 내가 차에 올라탄 지 얼마 되지 않아서 누군가가 이렇게 수군거렸던 것이다.

"아 씨, 뭘 먹은 거야?"

이름도 모르는 이의 혼잣말이었지만, 대놓고 내게 말한 건 아니었지만, 그 말에 내 몸의 모든 모공이 바짝 수축했다. 아무래도 냄새의 발원지가 나 같았던 것이다. 생각해보면 이 차뿐만이 아니라 다른 곳에서도 냄새 운운하는 얘기를 들었다. 어디선가 냄새에 대한 이야기가 오갈 때면 몸을 가만히 두기가 어색해졌다. 그렇다고 움직이기도 어색했다. 심리적으로 나는 인구밀도가 줄어든 도심을 경험하고 있었다. 사흘 전, 그러니까 집에 된장 50킬로그램이 도착한 이후부터 말이다. 정말 된장 때문인가. 냄새는 어떤지 몰라도 확실히 이 아르바이트는 된장 때문이었다.

승합차는 20분을 달려 갓 완공된 아파트 단지에 도착했다. 내 몫은 여섯 개 동이었다. 한 동에 출입구가 네 개씩 있었고 출입구로 들어가면 양쪽에 집이 두 개씩 있었다. 25층 건물을 계단으로만 오르내려야 했지만, 그런 수고로움보다 더 힘든 건 전단을 제대로 배포하는지 감시하는 검사조가 따로 있다는 거였다. 나보다 몇 박자 늦게 같은 동선을 밟는 누군가가 있다는 사실은 불편했다. 사장은 이 시스템이 전단 배포 인원을 더 쓰는 것보다 훨씬 효율적이라고 했다.

전단의 종류는 다양했다. 헌 옷 수거합니다, 개인 용달 수도권 전문, 남편 몰래 급전, 사장님이 미쳤어요, 대입은 중2 겨울이, 한 마리 같은 세 마리 치킨, 떼인 돈 받아드립니다……. 전단 속의 문장들은 머릿속을 그냥 통과하곤 했는데, 오늘은 달랐다. 떼인 돈 받아드립니다? 평소라면 그냥 지나쳤을 문장이 머릿속에 오래 남았다. 아파트 두 동을 돈 다음, 나는 전단 속의 카톡 아이디로 궁금한 것들을 물어보았다. 몇 가지 질문 중에 가장 중요한 건 이거였다.

'아주 오래된 돈도 가능한가요?'

떼인 돈을 받아주는 그 전문가의 이름은 '조'였다. 그는 자신의 전공이 묵은 돈이라고 대답했다.

오후 5시를 넘기기 전에 일이 끝났고, 차는 출발 지점으로 되돌아갔다. 같은 전단을 돌린 사람들은 비슷하게 지쳐 있었고, 다른 냄새를 구분할 기력조차 없었다. 다음 날 다시 만날 사람들은 저마다의 경로로 귀가했다. 나는 주머니 속의 전단 한 장을 만지작거리며 조를 만나러 갔다. 지하철 플랫폼에서 열차를 기다리는 틈새에 옷소매를 끌어당겨 냄새를 맡았다. 아무런 냄새가 나지 않거나, 코와 소매에서 동일한 냄새가 났다.

조는 이 업계에서 70퍼센트의 성공률을 자랑하는 베테랑이었다. 물론 이 정보의 출처가 그 자신이어서 말하는 대로 믿을 수밖에 없었지만.

"준비물은 갖고 오셨습니까?"

나는 가방에서 서류 봉투를 꺼내서 조에게 내밀었다. 봉투는 아버지가 오래된 소지품을 보관하는 작은 가방 안에 있었는데, 아버지는 이 봉투가 사라진 것도 모르고 있을 것 같았다. 그 사기꾼이 아버지에게 줬던 각서와 아버지가 썼던 탄원서의 사본, 그리고 그와 아버지가 함께 찍은 사진 등이 들어 있었다. 조는 사진 속의 그를 가리키며 이렇게 말했다.

"우리는 이 사람을 X라고 부를 겁니다."

X의 인상은 내 기억 속에도 어렴풋이 남아 있었다. 그는 아버지보다 한 살 어렸지만 훨씬 주름이 많았다. 나와 동생에게 만 원 지폐를 한 장씩 줄 때는 꽤 선량한 사람이라 생각했고 동생보다 내게 만 원을 더 줬을 때는 꽤 센스 있는 사람이라 생각했다. 그가 사기꾼임을 알기 전까지 말이다.

"아버님이 이 빚을 오랫동안 추적하셨습니까?"

"아뇨, 추적이라기보다는."

그냥 기억 정도였다. 잊을 만하면 기억하고, 또 잊을 만하면 기억하는 정도. 주로 어머니의 입에서 그 얘기가 흘러나왔는데, 어머니는 참고 참다가 자연스러운 맥락에서 그 얘기를 꺼낸다고 생각했지만 아버지 입장에서는 그렇지도 않았다. 사실 내가 볼 때도 어머니의 그 말은 뜬금없이 등장했다. 이를테면 아버지가 메뉴판 위에서 자신의 메뉴를 얼른 정하지 못할 때, 어머니가 이런 식으로 쏘아붙이는 거였다.

"그러니까 그 돈도 못 받았지!"

시간이 흐르면서 어머니의 대사는 좀 바뀌었다.

"그러니까 그 돈도 혼자만 못 받았지!"

혼자만. 그 다섯 명의 순두부 중에 아버지만 남은 거였다.

X가 사기를 치고 도망간 이후 그에 관한 소문은 잊을 만하면 한 번씩 찾아와 회사 사람들을 쑤셔댔다. 소문의 종착점은 이러했다. X가 외제 차에 금발 미녀를 태우고 강변 드라이브를 즐기는 걸 목격했다는 것. 그 소문이 사실이었는지 어떤지는 몰라도 X는 오래 숨지 못했고, 정말 강변에서 잡혔다. 외제 차 대신 트럭 한 대, 금발 미녀 대신 백발의 노모와 함께였다. X는 수중에 있던 돈을 모두 털었지만 1억 원을 마련하지는 못했다. X는 자신도 피해자라고 항변했지만 진짜 다섯 명의 피해자들 앞에서는 눈도 제대로 마주치지 못했다. 그러나 다섯 명은 X가 형을 사는 것보다는 그에게 기회를 부여해 자신들의 돈을 얼른 갚게 하는 것이 더 낫다는 결론을 내렸다. 다섯 명 중에 가장 피해액이 크고 직위도 높았던 이가 먼저 이렇게 제안했다.

"본인도 속이려고 했겠어? 어쩔 수 없었겠지. 울며불며 애쓰는데, 우리가 기회를 줘봅시다."

피해자 다섯 명의 이름으로 탄원서를 써주자는 거였다. X는 재판을 3주쯤 남겨둔 상황이었다. 나중에 회사에서는 그 다섯 명의 면면을 살펴보면 다 이해가 가는 상황이라는 평이 돌았다. 그만큼 피해자들의 스펙은 상당했다. 몇천만 원씩 손해를 봤다고 해서 당장 생계에 큰 지장을 받는 사람들은 아니었다. 그중에 가장 약한 급이 30대 후반의 상무였을 정도이니 말이다. 사실 아버지가 왜 거기에 껴 있는지가 좀 의아할 정도였다. 아버지는 다른 네 명에 비하면 피해 금액이 가장 적은 편이었지만, 그 사건으로 인한 충격값 같은 걸 구할 수 있다면 손상도가 가장 높을 게 분명했다. 아버지에겐 그 800만 원이 없어도 되는 돈은 아니었다. 그러나 아버지는 거기서 혼자만 다른 목소리를 낼 수가 없었다. 이건 운 나쁜 일로 인해 생겨버린 또 다른 동아줄이었다. 나머지 네 명의 사람들로 인해 아버지의 위치도 반올림 처리된 듯한 그런 느낌이랄까. 게다가 아버지는 X를 여전히 조금은 믿었다. 아버지는 이오피케이를 믿었다.

탄원서를 대표로 작성한 사람은 힘의 지분이 가장 낮았던 아버지였다. 아버지는 탄원서 초안을 작성한 후 전문가에게 보여 퇴고를 하기도 했다. 요약하자면 '우리는 이 사람에게 한 번 더 기회를 주고 싶다. 그가 충분히 반성했으리라 믿고 있고, 그가 형을 사는 것보다는 매달 조금씩이라도 돈을 벌어 피해를 온전히 책임지는 걸 원한다'는 내용이었다. 결과적으로 군더더기 없는 탄원서가 제출되었지만, 아버지가 쓴 초안과 무수히 고쳐 쓴 과정은 낡은 봉투 안에 그대로 남아 있었다. 부치지 못한 연애편지처럼 말이다. 그 탄원서의 초안을 보면 조금 뭉클해지기까지 했다. 거기엔 '우리가 그에게 베풀고 싶은 건 빛이 들어오는 창문입니다. 쓰레기통이 아닙니다'와 같은 문장도 있었다. 간혹 너무 과장되거나 식상하거나 오글거리는 표현들도 좀 있었지만, 쓰는 동안 아버지는 X를 좀 더 안쓰럽게 여기게 된 건지도 몰랐다. 다섯 명은 탄원서를 판사에게 제출하는 것과는 별개로 X에게서 각서를 받았는데, 그 각서의 내용을 보고 아버지는 오히려 죄책감을 느낄 정도였으니 말이다. X의 각서를 요약하자면 이런 식이었다. '나를 믿어준 데 대한 보답을 하겠다. 죽는 날까지 그 빚을 갚겠으며, 내 자식들이 담보다.'

세 명의 자식은 X의 자랑거리였다. 열아홉에 얻었던 그의 첫째 아들은 서울대에 다니고 있었다. 둘째는 딸이었고, 학교에서 톱을 놓친 적이 없는 수재였다. 태어난 지 백일이 겨우 넘은 딸도 있었다. X는 자기 자식들의 이름을 하나씩 언급한 각서를 한 사람 한 사람에게 다 적어주었다. 그 각서를 받고 밖으로 나와서 다섯 명은 나란히 담배를 피워 물었다. 아버지는 담배를 피우지 않았지만 다른 사람이 건네는 담배를 피워 물었다. 어떤 소속감 같은 걸 느꼈던 걸까. 지금도 어머니는 어쩌면 그래서 아버지가 그 상태를 일부러 방치한 걸지도 모른다고 의심한다. 설마 그럴 리가. 그때 우리 집은 꽤 어려웠다. 지금도 마찬가지지만 아버지가 날린 800만 원은 꼭 찾아야만 하는 혈육 같은 거였다.

"활동비 조로 일단 15만 원을 주시면 일을 시작합니다. 그리고 추후 결과에 따라 수수료를 지불하시면 되고요. 성공했을 때는 환수 금액의 20퍼센트, 실패했을 때는 2퍼센트를 주시면 됩니다."

"1000만 원의 2퍼센트면…… 20만 원?"

"그게 문젭니다. 왜 잘 풀릴 가능성을 계산하지 않고 시작도 전에 실패할 가능성을 점치십니까? 긍정적으로 계산하시지요. 1000만 원의 20퍼센트 말입니다. 얼마가 되겠습니까?"

"200만 원이요."

내가 망설이는 것처럼 보였는지 조는 자신이 이 일을 시작하게 된 계기에 대해 얘기해주었다. 오래전에 중고 거래 사이트에서 소형 냉장고를 산 게 시작이었다는 것이다. 김정민이란 이름의 개인에게서 8만 원을 주고 샀는데, 배달되어 온 것을 보니 냉장고 문이 제대로 닫히지 않았다. 냉장고 문짝을 가지고 씨름에 가까운 실험을 한 후 이것은 불량이 분명하다는 확신을 가질 수 있었다. 조는 좀 소심한 편이어서 한참을 고민한 끝에 판매자에게 메시지를 보냈다. '냉장고는 스물네 시간 돌아야 하잖아요, 그런데 제가 스물네 시간 문짝을 밀고 있을 수는 없잖아요, 이거 불량인 것 같아요.' 그러나 아무런 답이 없었다. 마음이 급해지기 시작해서 전화를 걸어봤지만 없는 번호라는 답이 돌아왔다. 사이트 고객 센터에서는 조에게 구매자가 해결해야 한다는 조언을 주었다.

조는 다른 사이트에서 한동안 잠복했다. 비슷한 사양과 비슷한 문장으로 된 물건 소개를 보고 혹시나 싶어 판매자 이름을 보니 '김정민'이었다. 반갑기까지 했다. 그는 다른 아이디로 김정민에게 접근했다. 직거래를 하자고 제안했지만 김정민은 안전하고 빠른 택배를 이용하자고 했다. 그 사이트에는 중요한 정보가 더 있었는데 김정민의 집 전화번호였다. 가짜일 거라고 생각했지만, 기대 없이 전화를 걸었을 때 받은 이는 김정민의 할머니였다. 그가 있느냐고 물었을 뿐인데, 할머니는 오히려 조에게 매달렸다. 우리 정민이가 어디 있는지 알면 좀 알려달라는 거였다. 조는 소형 냉장고의 상태와 김정민의 주기적인 사기 행각에 대해 말하고 싶었지만 그럴 수 없었다. 할머니와 조는 누구든 김정민과 먼저 연락이 닿는 사람이 서로에게 알려주기로 약속했다.

조는 최소 일주일에 한 번은 김정민의 집으로 전화를 걸었고, 손자를 기다리는 할머니와 같은 마음을 공유했다. 그 와

중에도 잠복 쇼핑을 계속했다. 그러다 다른 사이트에 남겨진 김정민의 족적을 밟았다. 1년이 지난 후였다. 그 무렵에 김정민은 중고 폰을 사고파는 일을 하고 있었는데, 사이트에 남겨둔 문장의 배열이 냉장고를 팔 때나 중고 폰을 팔 때나 비슷했다. 중고 폰을 팔겠다며 조는 김정민을 유인했고, 직거래 장소에 김정민의 할머니를 대동했다. 김정민은 자신은 한 달 전 일도 기억 못 한다며 1년 전 소형 냉장고 일을 부인했지만, 조는 8만 원을 돌려받았다. 그렇게 해서라도 손자를 만나게 해준 게 고맙다며 할머니가 전한 돈이었다.

"결론은 세상에 못 받을 돈은 없다는 겁니다. 어떤 방식으로든 노력을 해야죠. 노력, 노오오력 말입니다. 이 얘기를 하니까 장모가 그러더군요. 조 서방, 내 돈도 좀 받아주게! 그게 두 번째 건이었습니다."

여러모로 조의 무용담은 인상적이었다. 뭔가 교훈을 얻기 위해 그를 만난 건 아니었지만 그가 냉장고 대금을 환불받기 위해 열두 개가 넘는 아이디를 만들고, 매일 중고 거래 사이트들을 돌아다닌 이야기는 감동적이기까지 했다. 내년이면 다시 복학해야 했고, 전단으로 등록금을 막으려면 '생활의 달인'급 기술이라도 터득해야 할 판이었다. 집안의 장녀로서 내게는 묵은 돈을 받아내야 할 책임이 있었다. 뭐라도, 뭐라도 해야 했다.

조의 진도는 좀 빨랐다. 적어도 일주일, 아니면 한 달까지도 걸리지 않을까 생각했는데 그는 사흘도 채 지나지 않아 내게 연락을 해왔다. 내가 곧 재개발될 동네에서 1000여 장의 '헌 옷 수거합니다'를 돌리고 있을 때였다. 다행히 조가 내뱉은 첫마디는 긍정적이었다.

"아버님이 그동안 노력을 전혀 안 하신 건 아닙니다."

조는 아버지에게 모두 네 번의 기회가 있었고, 그때마다 아버지는 X와 마주했다고 말했다. 다만 결과가 좋지 않았을 뿐. 지난 15년간 아버지가 어떤 노력을 했는지, 그 활약상에 대해서 들을 수 있는 것인가. 나는 저녁에 지난번 그 카페에서 조를 만나기로 하고, 서둘러 '헌 옷 수거합니다'를 돌리기 시작했다.

첫 번째 타이밍은 사건 발생 시점으로부터 3년 후에 왔다. X는 각서에 약속한 대로라면 적어도 아주 조금씩이라도 빚을 갚는 행보를 보여야 했지만, 1년 정도 드문드문 연락이 이어지다가 곧 세상에 없는 사람처럼 소식이 끊기고 말았다. 아버지가 보낸 독촉장은 반송되었다. X는 이메일을 확인하지 않았고, 그의 전화는 없는 번호가 되었다. X의 소식은 3년이 지난 후에야 들려왔는데, X 입장에서도 의도하진 않은 거였다. 아버지에겐 공들여 작성한 빚 독촉장이 있었다. X를 만나기로 한 날, 아버지는 그 독촉장을 사표처럼 양복 안주머니에 넣고 집을 나섰다. 그러나 아버지가 X에게 건넨 건 독촉장이 아니라 축의금이었다. 고속터미널 건물에 위치한 결혼식장이었고, X는 혼주였다. X는 첫째 아들 옆에 서서 떨지 않으려 노력하고 있었다. 부인은 보이지 않았다. 이혼한 뒤 연락이 끊겼다고 했다. 이제 네 살이 된 막내를 안고 있는 건 고등학생 딸아이였다. 하객은 적었다. 아버지는 화장실로 가서 봉투에 만 원 지폐 몇 장을 더 넣었다.

"돈을 받아야 할 사람이 돈을 보내다니 참 요지경이지요. 그게 첫 번째 기회였습니다."

조의 말에 내가 대꾸했다.

"아버지한테 청첩장을 보낸 그 X도 요지경이죠."

"그 사람은 잘못 보냈던 겁니다. 오발송이었죠."

채무 관계에서 청첩장을 오발송한 것도 황당했지만 그걸 받고 또 거기로 간 아버지도 황당했다. 아버지가 정말 독촉장을 가지고 가긴 했을까? 남의 결혼식을 뒤집을 목적으로? 그런 아버지를 상상하기란 불가능했다. 결국 아버지는 일 없는 날 약수터에 가듯 불쑥 그 결혼식장에 갔고, X 부자를 축복했다. 식권을 받고 밥을 먹었을까? 덕담을 했을까? 별게 다 궁금했는데 아버지의 행보는 내 상상력의 폭을 뛰어넘었다. 조가 내게 내민 건 X 아들의 결혼식 하객 사진이었는데,

친척인지 친구인지 몰라도 그 단체 사진의 한 자리를 익숙한 얼굴이 차지하고 있었다. 아버지였다. 하객 수가 많지도 않아서 대번에 아버지를 찾을 수 있었다. 대체 무슨 속으로 사진까지.

두 번째 타이밍은 2년 후에 찾아왔다. 그 무렵 아버지의 건설 회사에 광풍이 휘몰아 닥쳤고, 아버지도 실직했다. 아버지와 같은 피해로 엮였던 그 네 명의 사람들도 모두 회사를 떠나거나 떠나도록 강요받았다. 실직과 재취업 사이의 여섯 달은 쉰 살의 아버지에게 진공상태였다. 한 달 정도는 새벽 4시에 집을 나서기도 했는데, 4시 반부터 열리는 인력시장 때문이었다. 다양한 크기의 자동차들이 그 부근에 가서 사람들을 태워갔다. 대부분 만차였고, 올라타지 못한 사람들은 다음 날 좀 더 일찍 같은 장소로 나왔다. 선착순의 문제는 아니었는데도 그랬다. 그 두 번째 타이밍이 오던 날, 아버지도 그랬다. 첫 번째 차가 올 때부터 그곳에 있었지만 올라탈 차가 없었다. 타일공처럼 전문 인력을 원하는 차들이 대부분이었고, 그렇지 않은 경우는 눈 깜짝할 사이에 사람들이 뛰어들어 자리를 채웠다. 서서히 동이 터오고 있었다. 일을 고른다는 건 무의미했고, 일이 아버지를 골라야 했다. 아버지는 단지 '양평'이라고 외치는 소리에 거의 조건반사적으로 '묻지마 탑승'을 시도했는데, 그 차가 향한 곳은 두 시간 거리에 있던 양파밭이었다. '양평'이 아니라 '양파'였던 것이다.

아버지는 반나절쯤 자색 양파 수확을 했고, 점심시간이 되었을 때 아는 얼굴을 발견했다. 그쪽에서도 아버지를 알아봤다. X였다. 아버지는 그가 도망을 갈 거라고 생각했지만 그 역시 이미 반나절이나 일을 한 상태였다. 그는 아버지에게 와서 결혼식 때 너무 고마웠다고 말했다. 벌써 2년이 지난 일이었는데 순간 그 결혼식이 바로 어제의 것처럼 느껴졌다. 아버지는 돈보다 그 아들의 안부를 먼저 물었다. X는 그 아들이 대학을 졸업하지 못한 채 일단 취업부터 했다고 말했다. 그리고 이미 자신에게 손주가 있다는 얘기도 했다. 다시 오후 일이 시작되었고 그들은 같은 시간, 같은 공간에 있었다.

"하필 또 영동이네요. 충북 영동."

X가 그렇게 말할 때까지 아버지는 그곳이 충청도인지도 인식하지 못하고 있었다. 15년보다도 한참 전 어느 날처럼 말이다. 입사 4, 5년 차 정도 되었을 때 그들은 상사에게 된통 깨지고서 충동적으로 버스를 함께 탄 적이 있었다. 누군가가 먼저 제안을 했을 것이다. 영동으로 가서 회나 먹자고 말이다. 무작정 터미널로 향해 가장 빠른 영동행 버스에 오를 때까지만 해도 그들은 목적지에 대해 의심하지 않았다. 목적지가 강원도가 아니라 충북 영동이란 건 버스에서 내린

뒤에야 알았다. 그들이 다시 어떻게 했던가, 진짜 강원도로 넘어갔던가, 아니면 다시 서울로 돌아왔던가, 그건 가물가물했다. 두 사람이 기억하는 결말이 달랐다.

X와 아버지는 자색 양파 일을 다 마친 후, 다시 출발점으로 돌아가는 차에 올라타지 않았다. 그들은 가까운 터미널에 가서 강원도 영동 지방으로 가는 버스표를 달라고 했다. 강릉이든 속초든 양양이든 바다가 있는 곳으로. 직행 표는 없다는 말에 그들은 영동행을 접고 다시 서울행을 탔다. 그 만남에서 아버지는 X에게 3년의 유예를 주었다. X가 아버지의 빚에 대해 잊지 않고 있었는지조차 의문스러웠지만 말이다. 서울로 돌아오는 버스 안에서는 그의 결혼한 아들이 아버지의 빚을 갚기 위해 어떻게 살고 있는지에 대해 들었다. 아버지는 잊은 게 분명했다. 그때 우리 집에도 돈이 필요한 사람들이 있었다는 사실을. 그즈음 어머니는 집 근처 마트에 면접을 보러 다니느라 바빴다. 집 근처라고도 할 수 없었다. 아주 멀지만 않으면 갔다. 자리는 잘 나지도 않았다. 시식 코너에서 김을 굽는 일 하나를 두고 수많은 사람이 지원을 했고, 어머니는 가끔 나이순으로 밀려나기도 했다. 김을 굽기엔 나이가 너무 많다는 거였다.

아버지는 그때 X에게서 전해 들었을 수도 있다. 이제는 자신도 연락이 닿지 않는 그 남은 네 명 중에 이미 절반은 X에게서 조금씩이라도 돈을 받아냈다는 것. 그중에는 처음에 탄원서를 써주자고 했던 사람도 있었다. 그들은 각서대로 거기 적힌 이름들을 들이밀었다. 아버지는 탄원서를 쓸 생각은 하지도 못했지만, 그 문장들을 가슴에 품고 지새웠던 그 밤 때문인지 탄원서의 문장에서 쉽게 헤어 나오지 못했다. 이미 그 탄원서든 X의 각서든 약속한 시간들이 다 지켜지지 않았는데도 말이다.

"진척이 아주 없었다고는 할 수 없겠지요. 아버님은 유예기간을 주는 대신 밀린 이자를 받기로 했거든요. 이자 계산이 어떻게 된 건지는 몰라도, 그때 800만 원이 850만 원으로 변한 겁니다."

조의 마지막 말도 긍정적이라면 꽤 긍정적이었다. 아버지와 X 사이에는 혹시 리셋 버튼 같은 게 있었던 걸까. 몇 년 주기로 만날 때마다 부채가 늘어나는데도 다시 만나면 초기화되는.

세 번째 타이밍은 지금으로부터 5년 전에 있었다. 그 무렵 우리 집의 고민거리는 나와 동생의 대학 입학이었다. 연년생이었던 우리는 동시에 대학에 입학했고 동시에 등록금이 필요했다. 그때만 해도 나는 공부를 해서 대학에 가는 것이 내 몫, 그리고 대학 등록금을 내는 것이 부모의 몫이라고 철저히 믿었기에 내 등록금 마련에 부담감을 느끼는 부모님의 모습이 불편했다. 물론 원래 계획대로 대학에서 장학금을 주며 나를 모셔갔다면 이런 책임론은 대두되지 않았을 테지만. 그러나 물수능이었다. 장학금은커녕 대학에 돈을 주면서 나를 부탁해야 하는 게 아닐까 싶을 정도로 내 점수는 초라했다. 겨우 내 점수를 허용한 대학을 찾았는데, 그 무렵 땅에 떨어진 내 자존심은 결국 엉뚱한 데로 터져버렸다.

"왜 등록금이 안 돼요? 시간도 남들보다 두 배로 충분했잖아요! 내가 작년에 대학에 들어갔으면 어쩔 뻔했어요, 어쩔 뻔했냐고요!"

"넌 재수할 때 돈 들어간 건 생각 안 하냐?"

나는 방으로 들어가버렸다. 그때 어머니가 그 얘기를 꺼냈다. 묵은 빚 말이다. 분명 아버지가 받아야 할 그 돈. 그 돈만 있다면 두 명의 대학생을 동시에 입학시키는 것쯤 문제없을 텐데. 엄청난 압박을 안고 아버지는 X를 찾아 나섰다. 그 과정에서 다른 네 명 중 마지막 한 명이 이미 돈을 받았고, 그게 이미 3년 전이라는 걸 알게 되었다. 양파밭에서 한 약속이 그대로 지켜졌더라면 아버지도 이미 돈을 받아야 했다. 아버지는 어렴풋이 채권자들 사이에서도 경쟁이 필요하다는 걸, 우는 아이 먼저 젖 주게 되어 있다는 걸 깨달아가고 있었다. 그 마지막 한 명이 아버지에게 X의 동선에 대한 정보를 전해주었다. 그리고 자신이 어떻게 해서 그 돈을 받아냈는지에 대해서도. 등잔 밑이 어둡다더니. 연락이 끊겼던 X는 특정 요일마다 우리 집에서 멀지 않은 식당에 나타나고 있었다. 아버지는 그날을 기다려 그 식당으로 갔고, 식당 문을 열고 나오는 X와 마주쳤다. 양파밭에서의 재회 이후로도 5년의 세월이 흐른 시점이었다. 아버지도 늙었지만, 아버지가 보기에 X는 시간을 두 배로 먹는 것 같았다. 오히려 놀란 건 아버지였다. X는 차분해 보였고, 천천히 다가와 아버지를 덥석 안았다.

"형님, 미안합니다."

이렇게 말했는지도 모른다. 그게 그의 생존 전략이었는지도. 아버지가 X의 멱살을 잡았는데, 드디어 잡았는데, 곧 X가 가리키는 방향으로 고개를 돌려 연두색 차 한 대를 바라봤다. 마티즈였다. 아버지는 멱살 쥔 손을 풀면서 생각했다. 그래, 만약 이 새끼가 돈을 못 갚는다면 저 차라도 가져가야 겠다!

연락이 끊긴 지 5년 만에 다시 만난 관계치고는 X의 다음 말이 너무 일상적이었다. X는 오늘 중고차를 구입했다고 말했다. 이걸로 새 사업을 시작하려던 참이라고 말이다. 그리고 아버지에게 말했다.

"혹시 형님 집에 북어가 있나요?"

아버지는 잘못 들었다고 생각해서 되물었고, X는 차에 대해 고사를 지내고 싶다고 말했다. 지나간 불운을 모두 날리고, 새 시작을 기원하면서 말이다.

"북어 없으면 뭐 멸치 같은 거라도. 멸치는 있지 않나요?"

아버지가 대꾸했다.

"멸치로도 가능한 거야?"

"약식으로 흉내만 내는 거니까요. 기분이죠. 어차피 차도 자그마하고."

아버지는 집으로 들어갔고, 5분 후 다시 X에게로 갔다. X는 도망가지 않고 있었다. 그 지점에서 조는 말을 끊었다.

"아버님이 뭘 가져왔는지 안 궁금해요?"

"안 궁금해요."

"아니, 왜?"

"이미 알거든요. 통영에서 올라온 디포리였죠."

그 장면은 나도 기억하는 거였다. 아버지가 허둥지둥 집에 들어와서는 냉동실에서 뭔가를 주섬주섬 꺼내던 장면. 아버지는 디포리 한 움큼을 손에 쥐고 뛰어나갔다. 어머니가 뭐 하는 거냐고 묻자 아버지는 이렇게 대답했다.

"친구가 요 앞에 와서!"

친구라니. 그 장면이 인상적이었던 이유는 아버지에게 친구란 존재가 있었던가, 싶었기 때문이었다. 그가 X였단 사실은 지금에서야 알았지만.

X는 중지만 한 디포리 몇 마리를 보닛 위에 올렸다. 그들은 고사를 지냈다. 소주 한 병을 까서 바퀴마다 뿌리고 두 사람이 나눠 마셨다. 소주를 한 병 더 샀다. 모자랐기 때문인데 사실상 바퀴는 충분히 젖었고, 모자란 건 그들의 위벽이었다. 그들은 차 앞에 신문지를 깔고 앉아 오랜만에 이런저런 이야기를 나눴다. X가 말했다.

"최근에는 장독 배나 만지고 있어요."

어머니와 딸과 함께 된장 사업을 시작했다는 거였다. 된장이라니. 그들의 고사상 위에도 종이컵에 담긴 된장이 있었다. 레시틴이나 멜라노이딘 같은 것을 발음하며 X가 수줍게 웃었다.

"전 된장 영업을 하기로 했습니다. 이것도 영업용 차고요."

그 수줍은 고백에 아버지의 동공이 조금 흔들렸다. X는 디포리 한 마리를 된장에 찍어 아버지에게 내밀었다. 아버지가 그걸 맛보았다.

"요즘 발효의 힘이란 걸 많이 생각합니다. 시간을 먹되, 아주 썩어버리지는 않는 것. 그 사이 어디쯤에서요."

그런 식의 말을 X가 했다. X는 남은 디포리를 차 뒤에 매달았다. 실이 헐거워서 결국 몇 마리는 도로에 떨어졌지만, 대충 그렇게 고사가 마무리되고 있었다. 마지막 의식은 차를 도로 위에서 몇 미터 움직이는 거였다. 새로운 삶의 첫 시작을 위해. 거의 움직임이 없는 도로는 고요했고, 오가는 사람도 차도 없었다. 그들은 한 30미터만 달릴 예정이었다. 딱 저 앞에 보이는 횡단보도까지. 그런데 어찌 된 일인지 신호는 빨간불 없이 계속되었고, 마치 뭔가에 떠밀리듯, 자연스럽게 흘러가듯 100미터도 넘게 통과했다. 신호도 막지 않은 그들을 막아 세운 건 경찰의 야광봉이었다.

"음주 단속 중입니다."

아직 그들의 피는 방금 마신 술을 기억했다. 수치는 0.05퍼센트, 벌금은 150만 원이었다. 황당한 건 운전석에 앉아 있었던 사람이 아버지였다는 사실이다. 돈을 받아낼 타이밍을 놓친 아버지에게 X가 열쇠를 건넸고, 아버지는 이 차라도 가져가야겠다는 생각과 X의 무사고를 기원하는 생각 사이에서 머뭇거리다가 운전석으로 갔던 것이다. 그 도로는 평상시에 차들이 거의 다니지 않는 곳이었는데, 어떻게 그쪽에서 음주 단속 중이었는지 아버지로서는 그것이 납득되지 않았다. 그래서 이렇게 말하기까지 했다.

"수고가 많으십니다. 그런데 어떻게 여기서 단속을 하십니까. 여긴 차가 별로 안 다니는데."

"신분증 주세요."

순한 양처럼 신분증을 꺼내면서 아버지가 말했다.

"사실 우린 고사를 지내던 중이었습니다. 달린 게 아니에요."

그러고는 이렇게 덧붙이기도 했다.

"이 친구가 새로 중고차를 샀거든요. 저 뒤에 디포리가 있어요. 보시면 알 겁니다."

아버지는 마치 디포리가 이것이 음주 운전이 아님을 증명해줄 수 있을 거라고 생각하는 듯했다. 그러나 얼른 상황 파악을 하고서는 이렇게 외쳤다.

"우린 겨우 100미터 달렸습니다!"

아버지를 제외한 다른 두 사람이 동시에 발끈했는데, 그 지점은 조금 달랐다. 일단 경찰은 이렇게 말했다.

"음주 운전에 겨우 100미터라는 게 어디 있습니까! 술을 먹었으면 핸들 자체를 잡으면 안 되는 겁니다."

X가 발끈한 지점은 다른 거였다. 그는 아버지를 향해 기어드는 목소리로 이렇게 말했다.

"우리, 라니요……."

아버지가 놀라서 X를 쳐다보았지만 그의 시선은 이미 허공에 가 있었다. 아버지는 벌금 150만 원을 물었다. 당연히 X에게서 돈을 받지도 못했다. X는 빚을 꼭 갚겠다고 했다. 자신이 갚아야 할 원금에 지난번 이자에 이번 벌금까지 합치면 모두 1000만 원이 되니, 그 돈을 갚겠다고 말이다. 그는 기어코 자신이 갚아야 할 시점을 다시 정한 후, 그때까지 자신이 돈을 일부라도 갚지 못한다면 이 연두색 마티즈를 드리겠다고 각서를 써주었다. 그래야 마음이 편하다는 거였다. X의 마음은 변함이 없었다. 속내 깊은 곳이야 어떻든 그는 늘 아버지에게 미안해했다. 그리고 고마워했다. 변한 건 오히려 아버지였다. 첫 음주 운전으로 인한 후유증은 엉뚱한 곳에서 나타났다. 아주 모처럼 불타올랐던, 돈을 되찾겠다는 그 신념을 반의반으로 꺾어놓았던 것이다.

"그런데 궁금하지 않아요? 내가 어떻게 이렇게 세밀한 것까지 아는지?"

긴 이야기를 마치고 조가 말했다.

"궁금해요."

"노력을 하기 때문이죠. 노오력. 노오오오력."

조는 가볍게 웃었다. 그에게는 나보다 한발 먼저 다가온 또 다른 고객이 있었는데, 그 고객이 바로 아버지였다. 내가 그 누런 서류 봉투를 꺼낼 때부터 이미 이게 같은 사건이란 걸 알아챘다고 했다.

"왜 제게 처음부터 말해주지 않으셨어요? 아버지가 신청했다는 걸요."

"비밀 보장이 기본 원칙입니다."

"그럼 지금은 왜 말하시는 건데요?"

"다섯 번째 타이밍을 위해서죠. 이미 네 번째 타이밍을 아버님이 놓치셨거든요. 이제 따님 차례예요."

조는 다섯 명의 순두부 중에 나머지 네 명이 어떻게 해서 돈을 악착같이 받아냈는지에 대해 말해주었다. 법적인 공소시효도 지난 판에, 이제 와서 X가 마음먹고 잡아뗀다면 빚을 모른 척하는 게 불가능한 일도 아니었다. 그러나 X는 그러지 않았고, 어쨌든 계속 갚을 의지를 가진 사람이었다. 바로 그 점을 굳게 믿고, 각서를 들이밀라는 거였다. X의 서울대생 아들이 학교를 졸업하지 못한 것, 전교 1등 딸이 대학 대신 회사를 선택한 것, 그리고 그 아들딸이 현재 X와 연락하지 않는 것, 그런 것이 다 스펙 좋은 피해자들이 노력한 결과였다는 것이다. 15년 전에 한 살이었던 그 막내딸은 이제 갓 중학생이 되었고, 오직 그 아이만이 X의 곁에 있었다. 각서에 책임이 적힌 대로 그 막내딸의 이름을 들먹이기만 해도, 막내딸 주변을 맴돌기만 해도 독하지 못한 X가 돈을 갚는 시점은 훨씬 가까워질 거라는 게 조의 말이었다. 조는 X와 막내딸이 함께 사는 집의 주소를 알려주었다.

"같은 내용을 이미 아버님께 알려드렸지만, 아버님은 이곳에 찾아가서도 결국 X를 만나지 않으셨습니다. 제가 그럼 각서를 들고 그 집에 가서 마티즈라도 받아오라고 했는데 말이에요."

그랬다. 아버지는 한참 후에야 된장과 함께 돌아왔다.

조는 시계를 보더니 오늘은 너무 늦었다고 말했다. 밤 9시에서 아침 8시 사이에 빚 독촉을 하러 가는 건 함정을 파는 행위라고 했다. 그는 내게 주소를 쥐여주며, 내일 아침 8시쯤 이 주소로 가면 어쩌면 집을 나서는 그 딸아이나 X를 보게 될지도 모른다고 했다.

아버지보다 손가락도 키도 가방끈도 조금 더 긴 내가 묵은 빚을 해치울 시간이 닥친 것이다. 다섯 번째 타이밍. 나는 아침 7시에 집에서 나와 주소에 적힌 대로 다복빌라 B101호를 찾아갔다. 기대하지 않았는데 그 빌라 근처에 연두색 마티즈가 주차된 게 보였다. 몹시 낡아 보였다. 그것을 한참 바라보다가 나는 빌라 안으로 들어갔다. 저 계단 다섯 개 정도를 밟고 아래로 내려가 벨을 누르면 그들과 마주할 수 있을지도 모른다. 그 문을 열면 아버지를 평생 농락한 그 사람이 있을지도 모른다. 그러나 나는 더 움직이지 못했다. 내 발은 B101호로 내려가는 계단에서 1미터쯤 떨어진 곳에 멈춰 있었다. 거기까지였다. 나는 거기서 발걸음을 돌렸다. 아버지가 그랬던 것처럼 말이다. 아버지가 들추고 싶지 않았던 그 마지막 한 장을 내가 들출 권한은 어디에도 없었다. 현관 옆으로 난 창문이 눈에 들어왔다. 까치발을 들고, 지면 위로 반쯤 머리를 내민 듯한 창문이었다. 그 창문은 굳게 닫혀 있어서 밖에서 읽을 수 있는 정보는 하나도 없었다. 다만 창문 앞에 문장이 하나 적혀 있었고, 앞머리가 잘리긴 했지만 그건 익숙한 말이었다. 오래전 아버지가 탄원서를 쓰며 고심했던 그 문장 말이다.

'창문입니다. 쓰레기통이 아닙니다.'

X의 집 앞을 맴돌다 나온 지 두 시간 뒤, 나는 다시 10인승 승합차 위에 있었다. 마티즈라도 받았다면, 오늘은 알바를 가지 않았을 것이다. 그렇지만 두 배로 일해야 하는 시점이었다. 나는 좀 더 혹독해질 필요가 있었다. 오늘 내 몫은 2000장이었다. 평소보다 더 빠른 속도로 뛰어야 했다. 전단 위의 글씨를 읽을 새도 없었다. 겨우 두 동을 마무리하고, 다음 동으로 넘어갈 즈음 조에게서 전화가 걸려왔다. 그는 이미 내가 그 집 문을 열지 못한 걸, X와 대면하지도 못한 걸 짐작한 듯했다. 내가 실패한 2퍼센트에 대한 금액을 밤 안에 넣겠다고 하자, 조는 이미 정산은 다 되었다고 말했다.

"아버님이 이미 따님 것까지 내셨어요. 하나의 건인데 두 분 몫을 받아도 되나 좀 고민했지만, 신청인별로 받으니까요. 계산은 정확해야죠. 지난주에 정확히 두 건 계산하셨습니다."

아버지는 그럼 나도 그 돈을 받는 데 실패할 거라는 걸

미리 알고 있었단 말인가. 내 생각을 읽은 것처럼 조가 말했다.

"아버님은 따님도 그 문을 열지 못할 거라고 하셨어요. 거의 확신하시던데요. 그래서 더 결과가 궁금했는데."

"그럼 아버지가 2퍼센트씩 40만 원을 입금하신 거예요?"

"2퍼센트가 아니고요. 아버님은 20퍼센트로 두 건 계산하셨습니다. 아버님 기준으로는 실패가 아니었던 거예요. 그 결과, 정확히 된장 20킬로그램이 배달됐습니다. 덕분에 발효의 힘이 뭔지 저도 좀 배웠네요."

전화를 끊고도 한참을 나는 그냥 복도에 서 있었다. 다시 뛰어야 하는데 자꾸 눈물이 나서 가만히 멈춰 서 있었다. 누군가가 등을 똑똑 두드릴 때까지 말이다. 돌아보니 10인승 차량에 같이 타고 왔던 사람이었다. 아마도 검사조로 일하는 사람. 나보다 몇 박자 늦게 내 동선을 점검하는 사람. 내가 제대로 전단을 배포하는지 체크하는 사람. 나는 큰 목소리로 말했다.

"아, 금방 할게요."

그때 그가 이렇게 말했다.

"오늘은 십자가 패턴으로 검사할 겁니다."

"예?"

그는 1, 3, 5, 7 이렇게 네 개 동만 십자가 패턴으로 검사할 거라고 재차 설명하고는 가버렸다. 나는 반쯤 가벼워진 무게로 다시 뛰기 시작했다.

불타는 작품

소각식은 밤 11시였다.

전시되었던 작품을 전시회 마지막 날 소각하는 것은 로버트 재단의 전통이었다. 로버트는 땔감으로 소나무를 고집했는데, 그림이 타들어갈 때 그 화력이 볼만했기 때문이었다. 연기는 사그라지는 그림을 더 돋보이게 만들었고, 송진은 기름 역할을 했다. 소각식이 있기 네 시간 전, 로버트는 직접 소각장 한구석에 쌓인 장작을 점검했다. 장작 점검 후에는 저녁 식사 장소로 갔다. 6개월간 그의 집에서 머물렀던 화가를 위한 환송 만찬이 있었다. 그 입주 작가가 나였다. 나는 언젠가 로버트가 칭찬했던 검정 셔츠와 청바지를 입었다.

로버트 미술관에 처음 오는 사람들은 누구나 전시장과 소각장을 혼동한다. 나도 그랬다. 병원에서는 가장 후미진 곳이나 지하에 장례식장을 두지만 이곳에서는 눈에 잘 띄는 곳에서 그림을 폐기한다. 미술관 입구에 들어서면 가장 먼저 보이는 것이 소각장이다. 소각식이 있지 않을 때는 문이 닫혀 있지만, 많은 관람객이 전시장인 줄 알고 그 앞으로 가곤 한다. 정작 전시장은 소각장 문이 닫혀 있는 걸 알고 다시 돌아 나와야 보인다. 두 개의 독립된 건물 뒤로 거대한 솔숲이 펼쳐져 있어 거기서 모든 공간이 끝난 것 같지만, 그 숲 뒤에 로버트의 주거 공간이 숨어 있다. 3층짜리 목조건물인데, 지난 6개월간 나도 그 건물에 살았다.

로버트 재단을 알게 된 후, 나는 세상에 두 종류의 전시물이 있다는 것을 알았다. 전시가 끝난 후 불타는 것과 그렇지 않은 것. 미술 작품을 일부러 불태우는 경우는 종종 있었다. 몇 년 전만 해도 나폴리의 어느 미술관에서 하루에 한 점씩 작품을 불태워 이슈가 된 적이 있다. 무관심한 미술 정책에 항의하려는 의도였다. 비슷한 의도로 작가들이 직접 자신의 작품을 소각한 경우도 있었다. 그러나 로버트 미술관의 소각식만큼 정기적이고 체계적인 경우는 찾기 어렵다. 이 미술관은 애초부터 전시보다도 소각을 목적으로 만들어진 것처럼 보이기 때문이다.

이런 소각 방식이 로버트 미술관을 유지시켜왔다. 2주간

한 예술가의 신작이 전시된 후, 그것이 무조건 불에 태워진다는 사실은 전시회에 인색한 사람들에게 호기심을 불러일으켰던 것이다. 게다가 몇 가지 요소가 이 소각식을 더 긴장되게 만든다. 전시된, 또 소각될 운명의 작품들은 젊은 작가가 이 프로그램에 참여하기로 한 후 바로 이 공간에서 새로 그렸다는 것, 그리고 소각식에서 자신의 작품이 재로 변하는 과정을 작가가 반드시 똑바로 봐야 한다는 것, 사진에도 남고 기억에도 남지만 태워진 원본은 이제 작가 스스로도 만져 볼 수 없게 된다는 것. 로버트의 미술관이 지금까지 유지될 수 있었던 것은 어떤 전시물도 영구 보존하지 않아서였다. 모든 전시물이 그의 공간에서는 결국 폐기되고 예외는 없다. 단지 지금이 아니면 볼 수 없다는 이유로 어떤 사람들은 미술관을 찾아온다. 그리고 하이라이트는 역시 소각식이다.

소각식은 거대한 굴뚝이 달린, 바닥에서 천장까지가 10미터쯤 되는 전용공간에서 거행되는데, 지난 10년간 많은 작품을 태워온 화덕이 거기 있다. 소각장에 관람객들의 자리는 마련되어 있지 않다. 준비된 의자는 단 하나뿐이다. 작품을 만든 작가의 것. 작가는 작품이 불타는 동안, 까만 재가 되어 가는 자신의 작품을 똑바로 지켜봐야 한다. 사람들은 주로 작가의 표정이 잘 보이는 곳에 서려고 한다.

스페인 현대미술의 거장이라 할 만한 안토니 타피에스도

생전에 로버트 재단의 창작 프로그램에 합류한 적이 있었다. 그는 당시에도 젊다 하기엔 애매할 만큼 나이나 인지도가 어느 정도 있었다. 무명의 젊은 화가가 아니라는 점에서, 사람들은 로버트가 이번만큼은 소각식을 생략할 수도 있다고 생각했던 것 같다. 그래서 소각식이 예정대로 거행된다고 하자, 평소보다 훨씬 많은 관람객이 몰려왔다. 예외는 없었다. 안토니 타피에스의 헌 옷을 활용한 캔버스도 역시 한 줌 재가 되었다. 그런 과정이 로버트의 미술관을 더 유명하게 만들었고, 그 이후 먼저 연락을 해오는 유명한 작가들도 더러 있었다. 그러나 로버트는 신청자를 받지 않았다. 모든 선택은 그의 호명으로 이루어졌고, 예술가는 제안을 수락하거나 거절할 권리만 있었다. 그리고 수락한다면 반드시 6개월 안에 새 그림을 한 점 이상 그려야 하며, 그것으로 2주 후 개인전을 연 후 소각해야 했다.

내가 로버트 재단에서 연락을 받은 건 두 계절 전의 일이었다. 그즈음 나는 꽤 가라앉아 있었다. 뻔한 줄거리였다. 미대 졸업 후, 한때는 잘나가는 신진 작가로 주목을 받기도 했지만, 어느 순간 나 역시 변두리로 밀려나 있었다. 다행인지 불행인지 모르겠지만 나는 변두리로 밀려나 있다는 것을 체감하지도 못했다. 나와 같이 그룹전을 했던 친구들의 행보를 보면서 내 좌표를 가늠했기 때문이었다. 서른일곱 살. 나는 좀 애매했다. 서울 끝자락에서 자취를 하고 있었지만, 집이 있다고 하기는 좀 애매했고, 아내나 여자 친구도 없었고, 운전면허증이나 다른 자격증도 없었다. 그렇다고 화가로 성공했다고 볼 수도 없었다. 한 번도 개인전을 연 적이 없었고 그룹전만 몇 번 했으나 특별히 주목받지는 못했다. 싼값에 두 점의 그림을 팔아본 게 전부였고, 그중 하나는 엄마에게 팔았다. 엄마를 위해 그림을 그렸다거나, 그림을 엄마에게 선물했다는 얘기는 종종 들었으나 엄마에게 본인의 그림을 팔았다는 화가는 드물었다. 엄마는 내게 30만 원을 주었다. 엄마에게 그건 아주 큰돈이었다. 다른 하나는 구여친에게 팔았다. 이름을 다시 떠올리기도 싫을 만큼 성격이 개 같았지만, 가슴은 부드러웠고, 우리가 헤어질 무렵 내가 그린 그 가슴을 사 갔다. 그녀는 한때 우리의 것이었던 내 침대 머리맡을 보며 거기 세워져 있던 그림을 챙겼다. 그녀가 '언젠가 헤어지더라도 미술관에 걸린 이걸 보러 갈 거야'라고 말했던 그림이었다. 몇 년 사이에 모든 건 바뀌었고, 그녀는 그림을 챙기며 '이미지 파일 같은 건 더 없겠지? 나중에 나돌아 다니면 죽는다'라고 말했다. 마치 몰카를 회수해가는 듯한 말투였기 때문에 나는 짜증이 나서 '사실 네 가슴 시리즈는 연작이다. 몇 장이 더 남아 있다'고 말해버렸다. 그러나 그녀는 그냥 갔다. 그녀의 짐작대로 그건 그녀가 담긴 유일한 그림이었다. 그녀는 내게 흰 봉투를 하나 남기고 갔는데, 편지가 아니라 1만 원짜리 서른 장이었다. 그림값이라고 했다.

한때는 나를 제외한 모두가 유명한 화가가 되고 나 혼자 무명한 화가가 될까 봐 불안했는데, 진짜 불안한 건 그런 게 아니었다. 함께 그룹전을 했던 친구 중에 가장 재능이 뛰어나고 꿈이 원대했던 녀석 하나가 갑자기 공무원 시험을 준비한다고 했고, 그건 파장이 좀 커서 그즈음 모두 아르바이트를 하던 곳에 뿌리를 박는 분위기가 되었다. 적어도 서로가 화가라는 사실을 인정해주고 알아주던, 몇 안 되는 타인들이었다. 모두가 바빠지니 그즈음엔 나 역시 내가 그림을 그린다는 사실을 자주 까먹었다. 그 당시 나는 요구받은 그림만 그렸다. 아르바이트 업체에서 콜라병을 그리라면 그들이 원하는 사이즈대로 그렸다. 그러다 어느 날엔가 전화 속 보험 아줌마가 이렇게 말했을 때 정말 낯선 기분에 휩싸였다. 내가 대충 전화를 끊으려고 '학생이에요'라고 말했지만, 보험 아줌마가 이렇게 물어왔던 것이다.

"직업이 화가라고 되어 있던데. 아니세요?"

내가 잠시 정지되어 있을 때 아줌마가 치고 들어왔다. 예술가라면 보험이 더 필요하다면서, 한 달에 2만 8000원이면 각종 희소 암까지 보장된다는 거였다. 지금 생각이 없다고 말을 해도 아줌마는 요즘 2만 원대 암 보험은 찾기 힘들다고 했다.

"죄송한데, 제가 그 정도도 없어요."

아줌마는 최근 인기몰이를 했던 한 드라마를 언급했다. 거기서 화가로 나온 조인성 때문에 화가에 대한 잘못된 이미지가 진짜 정보처럼 통용되던 시기였다. 조인성은 정말 화구통에 종이 몇 장을 넣고 캘리포니아로, 노르망디로, 프로방스로 훌쩍 떠나곤 했다. 그리고 돌아오면 그에게 그림을 사겠다는 전화가 빗발쳤다. 흥을 깨는 것 같아 미안했지만 나는 사실을 말할 의무가 있었다.

"글쎄요. 저는 그런 종류의 화가가 아니라서."

나는 거기서 그치지 않고 그때의 내 상황을 더 진솔하게 묘사했다. 세탁기가 고장 났는데 수리할 돈도 없으며, 마음에 드는 여자를 발견했지만 데이트할 돈 몇만 원이 없어서 그녀를 놓쳤고, 물감값도 없어 그림을 그리지 못한다는 얘기였다. 내 상황이 수화기 너머로 잘 전달된 건지, 공격적인 마케팅을 하던 아줌마 입에서 의외의 말이 나왔다.

"힘내세요!"

그 전화를 끊고 얼마 되지 않아 로버트 재단에서 전화가 걸려왔던 터라, 전화를 받을 때 나는 많이 지쳐 있었다. 로버트 재단이라니, 어느 분야에나 하나쯤은 있을 법한 이름이었다. 전화를 걸어온 사람은 최 부장이라고 했는데, 그는 로버트 재단이 스페인을 거점으로 한 곳이며 지난 20년간 젊은 미술가들을 후원해왔다고 했다. 그리고 작년부터 한국으로 거점을 옮겨 강원도 인제에 로버트 미술관을 운영 중이라고 했다. 혹시 들어본 적이 있느냐고 묻기에 나는 대충 얼버무렸다. 너무 오래 미술계에 관심을 끊고 살았던 것이다. 웹 서핑을 통해 찾아낸 바로는 로버트 하우스에서 6개월 단위로 창작 프로그램을 운영하고 있는데, 단 한 명의 젊은 미술가를 선정한 후 의식주를 모두 제공하며 작품 활동에 매진할 수 있도록 후원한다고 했다. 슬럼프를 극복할 전환점이었다고 고백한, 다양한 국적의 작가들이 있었다. 로버트 재단에서 내게 전화한 이유가 이 창작 프로그램 때문일 수도 있었기에, 며칠 후 최 부장을 만날 때까지 나는 붕 들떠 있었다. 그는 나를 보고 이렇게 말했다.

"마당 딸린 개를 원하신다고요? 얼마 전에 잡지 인터뷰를 하셨던데요. 이달의 미술 코너에서 작가님을 봤습니다. 그 대답이 인상적이었어요. 로버트도 그 말 때문에 작가님께 흥미를 갖기 시작했고요. 로버트에게 마당이 있거든요."

얼마 전은 아니고 2년 전의 기사였다. 대학 동기 하나가 월간 〈반려견라이프〉에서 일했는데 그때 내 인터뷰를 땄던 것이다. 좋아하는 동물이 있느냐는 질문이었던 것 같은데,

나는 동물을 그다지 좋아하지 않아서 마당이 딸린 개가 있다면 생각해보겠다고 답했다. 최 부장은 내게 마당 딸린 개를 원하는 특별한 이유가 있느냐고 물었는데, 글쎄……. 그때 그건 즉흥적으로 나왔던 대답이었기 때문에 나는 뭐라고 대충 둘러댔다. 작업 공간은 무척 중요하며, 나는 주로 야외에서 그리기를 선호한다는 거였다. 최 부장은 두툼한 서류철을 내밀었다. 거기에 로버트 재단의 창작 프로그램이 일목요연하게 정리되어 있었다. 이미 웹 서핑을 통해 조항 대부분을 외운 상태였지만, 나는 품위를 잃지 않으려 애썼다. 그리고 열심히 그의 이야기를 처음인 양 들은 후, 마지막에 이렇게 덧붙였다.

"아주 좋은 취지의 프로그램이네요."

내가 몰랐던 사실, 혹은 흘려 읽었던 사실은 전시회 마지막 날 모든 작품을 소각해야 한다는 거였다. 그리고 그것을 작가가 직접 봐야 한다는 것. 그림을 누군가에게 팔거나 작가가 스스로 소유할 수도 없었다. 이 조항에 동의해야만 창작 프로그램에 참여하는 게 가능하다고 최 부장은 강조했다. 집에는 그룹전을 했을 때 내가 그린, 그러나 누구도 사 가지 않아 늙고 있는 작품들이 수두룩했다. 거절할 이유는 없었다.

그때까지만 해도 나는 로버트가 당연히 로버트일 줄 알고 있었다. 그러니까 최 부장이 로버트의 마당에 대해 대지만

5만 평이 넘는다는 얘기를 했을 때, '마당 딸린 개죠? 인연이네요'라고 말했을 때도 나는 그 '개'라는 게 일종의 은유라고 생각했던 것이다. 그는 로버트의 비서였고, 부하 직원이 상사를 가리켜 '개'라고 말할 여지는 충분히 있지 않은가. 그걸 너무 잘 이해했기 때문에 나는 이렇게 대꾸했다. 나 역시 대학 때 99학번 5대 견 중 하나였다고.

입주 첫날, 나는 로버트와 대면할 수 있었다. 그때 나는 식탁 위에 커트러리가 단 한 세트, 내 앞에만 세팅되어 있는 것을 보고도, 내 맞은편 의자의 안장 높이가 내 것보다 한참 위라는 것을 보고도 별다른 생각을 하지 못했다. 로버트가 저 앞에서 꼬리를 적당히 흔들며 네발로 걸어오는 모습을 봤을 때도 이상하게 생각하지 못했다. 그래서 로버트가 나타난 후에도 나는 여전히 로버트를 기다렸다. 잠시 후에야 개는 은유가 아니라 실체임을 알게 되었다. 내 앞에 착석한 그 개가 로버트였던 것이다.

환송 만찬은 첫날 환영 만찬이 열렸던 그 장소에서 열렸다. 만찬이라고는 하지만 인원은 나와 로버트, 그리고 통역을 담당할 최 부장뿐이었다. 식탁은 그 첫 식사 때처럼 열 명 정도가 앉을 수 있을 만큼 길었는데, 우리는 여덟 명이 앉을 수 있는 여백을 사이에 두고 양 끝에 앉아서 식사를 했다. 내 그릇과 그의 그릇 사이에 꽃병과 촛대가 놓여 있다는 사실이 다행스러웠다. 끊임없이 내 쪽을 바라보면서 간헐적으로 혀를 날름대는 개로부터 나를 감출 커튼이 필요했던 것이다. 첫날엔 이런 장애물이 하나도 없었고, 나는 어색해서 개의 눈을 똑바로 쳐다보지도 못했다. 중간에 로버트가 음식이 입에 맞느냐고 물었던 것 같은데, 맛있다고 대답을 하면서도 정작 내가 뭘 먹고 있는지 인지하지 못했다. 하몽을 먹었던 기억은 나는데 맛보다도 저 맞은편 개의 입에서 하몽처럼 얇고 긴 혀가 나왔다가 들어가던 장면이 더 인상적이었다. 몹시 비현실적이어서 꿈의 한 장면처럼 느껴지는 식사였다. 그 첫 식사가 끝나고 제공받은 내 방으로 돌아갈 때까지도 어디선가 진짜 로버트가 나올 거란 믿음을 버리지 못했다.

환송 만찬은 6개월 전 첫 식사 때와 마찬가지로 두 시간에 걸쳐 진행되었다. 나는 인간이 두 시간 동안 식사를 할 수 있다는 것도 놀라운데, 개가 그럴 수 있다는 것은 더 놀라운 일이라고 생각했다. 생각해보니 6개월 전에도 비슷한 생각을 했던 것 같았다. 단지 오늘은 맛을, 메뉴를 조금 느낄 수 있었다. 식사는 가스파초 수프로 시작해서 자몽 셔벗으로 마무리되었는데, 내가 식사하는 동안 로버트도 같은 코스의 음식을 먹었다. 단지 그의 것은 사료 형태로 만들어져 있을 뿐이었다.

"미스터 리. 그 검은 셔츠는 언제 봐도 잘 어울립니다. 소각식 때도 그걸 입을 건가요?"

로버트가 말했다. 그는 사람의 말을 할 줄 알았다. 그런 느낌이 들 만큼 최 부장은 완벽하게 통역 업무를 수행했다. 그게 완벽한 통역이 아니라면 완벽한 연기, 혹은 광기라고 봐야 할 정도로 그는 자연스럽게 개의, 아니 로버트의 의중을 읽어냈다. 6개월 전 첫 식사 때 나를 더 정신없게 했던 것도 바로 저 최 부장이었는데 그의 시선은 로버트에게 고정되어 있었다. 그걸 보느라 나는 하마터면 칼로 고기 대신 내 손끝을 자를 뻔했다. 로버트가 털을 떠는 횟수, 털을 떠는 각도, 재채기나 딸꾹질이나 기침은 물론이고, 발의 어딘가를 긁는다든지 하는 모든 행동이 그의 언어였다. 다행히 로버트가 사람의 말은 직접 들을 수가 있어서 최 부장은 로버트의 말을 내게 전달해주기만 하면 됐다.

지난 6개월 동안 나는 로버트의 집 2층 오른쪽 끝 방에 머물렀다. 한 벽면에 창이 세 개나 있다는 사실이 인상적이었다. 세끼 식사는 물론 원하면 피자나 치킨 같은 야식도 자주 배달해주었다. 침구는 주 2회 교체되었고, 빨래도 바구니에 넣어두면 빳빳한 다림질이 된 채 돌아왔다. 마치 내가 한동안 그림을 그리지 못한 이유가 너무 좁은 집과 부실한 식사와 육체노동 때문이었다는 걸 증명이라도 하듯 입주 3일째 부터 빛의 속도로 스케치를 시작했다. 최고급 미술 재료와 작업 공간도 있었다. 내 생애 첫 개인전이기도 해서 최대한 좋은 작품을 많이 완성하고 싶었다. 6개월간 열두 점의 작품을 그렸다는 작가 얘기를 전해 들었지만, 그만큼은 아니더라도 최소한 다섯 점은 그리자고 마음을 먹었다. 물론 수보다 중요한 건 당연히 작품의 질이었다.

나는 이젤을 들고 종종 마당과 산책로로 나갔다. 담벼락 안이 워낙 넓어서 그 담 밖으로는 나갈 필요를 느끼지 못했다. 마당에 심긴 나무 중에 큰 것만 대충 헤아려도 최소 200그루가 넘었다. 그건 의미 없는 헤아림이었다. 담벼락 밖의 땅도 재단 소유였는데, 거기엔 셀 수 없을 만큼 많은 나무가 빽빽하게 들어서 있었다. 대부분 소나무였다.

다른 로버트가 없다는 사실을 알면서도 나는 가끔 로버트에 대해 상상했다. 개 뒤에 숨은 괴팍한 주인일 수 있었다. 아니면 아주 별나거나 수줍음이 많은 사람일 수도 있었다. 어쩌면 매력적인 여자가 일부러 가상의 이름 뒤에 숨어 있는지도 몰랐다. 아름다운 진짜 로버트가 나타나 내게 사랑을 고백하거나(그게 아니면 우정이라도), 아니면 그녀의 부고가 날아드는 장면을 자주 상상했다. '지금 현재 머물고 있는 작가에게 남은 개와 미술관 모두를 부탁한다'는 유언과 함께.

그런 상상을 개꿈으로 만드는 건 저만치 지나가는 파피용 한 마리였다. 상상이 더 끼어들 여지가 없을 만큼 이미 명확해진 사실들이 있었다. 로버트가 열두 살 된 파피용 수컷이라는 것. 흰색과 갈색이 적당히 어우러져 있고, 귀가 몹시 크다는 것. 로버트란 이름은 로버트 메이플소프의 사진을 좋아했던 옛 주인이 지어줬다는 것. 옛 주인은 남자였는데 지금은 죽고 없다는 것까지, 이 모두는 이미 의심할 바 없는 사실들이었다. 로버트의 옛 주인은 죽기 전에 자식 같던 개 로버트에게 적어도 40억 원 이상의 유산을 상속했다. 개를 보필하기 위한 재단도 설립해서 함께 상속했다.

최 부장에게 이런 이야기를 듣는 동안 나는 개 팔자가 상팔자란 생각을 하고 있었다. 로버트를 보면 확실히 그랬다. 로버트 재단의 시초가 예술가들을 위한 어쩌고가 아니라 개를 보필하기 위한 거라니, 그건 좀 웃긴 일이었다. 그런데 최 부장의 이야기를 듣다 보면 로버트에 대한 경외심을 갖지 않을 수가 없었다. 인정할 부분은 인정해야 했다. 로버트는 웬만한 사람보다 나았다. 그가 지금 가진 부는 유산의 규모를 훨씬 뛰어넘은 거였다. 로버트의 탁월한 재능 때문이었다. 1층에는 그가 세계 각국에서 받은 훈장과 공로패들이 걸려 있었다. 로버트는 엘리자베스 여왕에게서 기사 작위까지 받은 몸이었다. 그가 빅토리아시대에 사라졌던 영국 왕실의 레몬 스퀴저를 찾아냈기 때문이었다. 그건 로버트가 런던 관광 중에 우연히 발견한 거였다. 버려진 공터였는데 로버트가 땅을 가리키며 여길 파보라고 말했고, 그의 능력을 알고 있는 최 부장이 열심히 파냈던 것이다. 그 아래 레몬 스퀴저를 비롯해, 고고학적 가치가 충분한 여러 유물들이 있었다. 그게 로버트 신화의 시작이었다. 뿐만 아니라 그는 불에 탈 뻔한 귀족 두 명을 구출한 적도 있었고, 롤스로이스 타이어에 깔려 스크래치가 생길 뻔한 마거릿 공주의 핑크 사파이어 목걸이를 찾아낸 적도 있었다. 피카소의 미발견 초기작 두 점과 터너의 마지막 작품이라고 알려진 것보다도 2년 더 후에 그려진 진짜 마지막 작품 한 점도 찾아냈다. 득템의 주된 경로는 벼룩시장이어서, 최 부장은 로버트가 원할 때마다 유럽 각국의 벼룩시장으로 그를 안내했다. 지금 로버트가 선택하는 젊은 화가들의 작품에 사람들이 관심을 기울이는 것도 그의 발굴력을 믿기 때문이라고 했다.

그러나 몇 가지 명확한 사실을 빼면 누구에게 얘기하기도 좀 그랬다. 그가 대체 어떻게 사람의 말을 알아듣는 건지, 그리고 최 부장은 어떻게 로버트의 말을 알아듣는 건지 그건 여전히 좀 미스터리한 일이었다. 로버트를 보면서 일반적인 개들과 특별히 다를 게 없다는 생각을 한 적이 종종 있었던 것이다. 로버트는 대부분 옷과 신발을 모두 착용하고 다녔지만, 나는 딱 두 번 그의 알몸을 본 적이 있었다.

한 번은 입주 3개월이 지나갈 무렵, 새벽녘 주방에 갔을 때였다. 늘 내 방 냉장고에 채워져 있던 생수병이 그날따라 동이 나서 1층 주방 쪽으로 내려갔다. 내가 전등불을 켜자마자 무언가 바스락거리는 소리가 다급하게 났는데, 그 소리의 주인공이 로버트였다. 알몸으로, 그냥 똥구멍 하나가 꼬리 밑으로 뚫려 있는 보통 개의 뒷모습으로 로버트가 서 있었다. 그는 잽싸게 고개를 돌려 나를 보았고, 나는 그의 입 주위에 묻어 있는 빨간 양념을 보았다. 그가 입에 물고 있던 건 내가 저녁에 시켜 먹었던 양념 치킨의 뼈다귀였고, 로버트는 내가 버린 비닐봉지 속의 뼈다귀를 뒤지는 중이었다. 그것도 양념이 묻어 있는 뼈를 아작아작 씹어 삼키면서. 그는 놀라긴 했지만 나와 마주쳤음에도 불구하고 그 식사를 끝낼 생각이 없어 보였다. 단지 표정이 약간 오묘했는데, 그때까지 내가 한 번도 본 적 없는 표정이었다. 나는 슬그머니 내 방으로 돌아왔다.

개가 닭 뼈를 씹어 먹으면 죽을 수도 있었다. 다음 날 아침 최 부장에게 이 사실에 대해 말했는데, 로버트의 건강이 걱정되고, 치킨 봉지를 방치한 내 잘못이라는 말을 빠뜨리지 않았다. 최 부장은 로버트와 병원에 다녀왔다. 다행히 로버트의 몸속 통로에는 어떤 닭 뼈의 흔적도 남아 있지 않다고 했다. 최 부장은 내게 단추 하나를 보여주었다.

"아마도 그 비닐봉지 안에 이게 있었나 봅니다."

내가 본 건 분명 버려진 봉지 속 닭 뼈를 아작아작 씹어 먹다 발각당한 개였으나, 최 부장이 전한 내용은 달랐다. 며칠 전에 로버트를 만나러 왔던 스페인의 젊은 CEO들이 있었는데, 그들 중 하나가 실수로 흘린 재킷의 단추라는 거였다. 순금으로 된 단추 말이다.

"그 단추가 왜 그 봉지에 들어 있었을까요?"

나는 그렇게 대꾸했고, 정말 궁금했으나, 파고들기 시작하면 내가 오해받을 수도 있을 것 같아 그만두었다. 최 부장이 전달하고 싶었던 요지만 이해하면 되는 거였다. 로버트가 먹다 버린 봉지를 그냥 뒤질 리는 없다는 거였다.

나로서도 이 집의 주인이, 내 그림을 전시해줄 미술관장이, 재단 이사가 개의 생태를 증명하는 일을 원치 않았다. 그러나 반년이란 시간은 알몸의 개와 의도치 않게 마주치기엔 충분한 시간이었고, 제아무리 넓다 해도 집 안은 집 안이었다. 첫날 이후 함께 식사할 기회는 없었지만 나는 종종 그와 우연히 마주쳤고, 인사하기엔 뭣한 상황도 꽤 있었다.

그중에 단연 최고는 얼마 전의 사건이었다. 나는 전시회에 모두 다섯 점의 그림을 내기로 했다. 가장 애착이 가는 것은

〈떠난 사랑〉이란 제목을 갖고 있었다. 여자의 얼굴이 크게 그려져 있고, 그녀의 손에는 1만 원짜리 몇 장이 들려 있었다. 그것을 그리면서 나는 오랜만에 다시 절실해졌고 진지해졌다. 이런 그림을 그리는 것만으로도 그 자체로 이미 모든 것을 보상받은 듯한 기분이었다. 그 그림은 대부분 솔숲 산책로 한구석에서 캔버스를 바닥에 뉘어놓고 그린 것이었다. 그러나 내가 최고의 작업 공간으로 생각했던 그곳이 누군가에게는 최고의 침대일 수도 있었다.

11월의 끝자락, 내가 누운 캔버스 위에서 작업을 하고 있을 때 저만치서 예의 또 바스락거리는 소리가 들리기 시작했다. 그건 치킨집 봉지일 수도 있었고, 닭 뼈 사이의 단추일 수도 있었다. 사실 그건 낙엽 소리였다. 개 두 마리가 뒹구느라 낙엽을 짓이기는 소리였다. 한 마리는 온몸이 새까맣고 다리가 긴 종류였고, 다른 한 마리는 흰색과 갈색이 적절히 섞이고 큰 귀가 달린, 로버트였다. 그들은 뭔가를 시도하려 했고 로버트는 몹시 흥분한 상태였다. 그러나 곧 검은 몸의 암컷과 쏙 빼닮은 검은 몸의 수컷이 나타났다. 수컷이 달려들기 전에 암컷은 로버트를 내동댕이쳤다. 수컷은 부스러기처럼 떨어져나간 로버트에게 달려들려 했고, 나는 숨어 있어야 하나 어쩌나 고민하다가 용수철마냥 튕겨나갔다. 로버트가 죽을 수도 있다는 생각이 들었는지도 모른다.

내가 다가가자 한 쌍의 검은 개들은 저만치 사라졌다. 그들은 엄밀히 말하면 개인 사유지에 들어온 불법체류자였다. 내가 로버트를 향해 무릎을 굽히고 몸을 숙이자 그가 내 팔을 붙잡고 무언가를 뿜어냈다. 액체가 로버트로부터 뿜어져 나와 포물선을 그렸다. 그 포물선이 날아간 곳이 내 캔버스 위였고, 나는 그게 뭔지 알아차렸다. 로버트는 뒤도 돌아보지 않고 똥구멍을 보이며 사라졌다.

그림 위에 남은 로버트의 흔적은 지워질 것 같지 않았다. 차라리 그게 발자국 같은 거라면 좋았을 텐데 하필 여자의 눈가에 로버트의 액체 두 방울이 정확히 떨어져 있었다. 마치 눈물 같았다. 그림에 얼룩이 생겨 가슴이 철렁했으나, 몇 걸음 떨어져 보면 그 눈물처럼 추가된 것이 화룡점정처럼 느껴졌다. 게다가 로버트의 것 아닌가.

사람의 세계와 개의 세계에 아슬아슬 걸쳐진 그 개만 눈에 안 보이면, 내가 이 집을 영원히 소유한 것처럼 느껴지기도 했다. 그건 착각이었는데, 어찌 보면 누구나 그렇게 생각할 법했다. 언젠가 나는 로버트와 함께 찍은 사진을 SNS에 올려둔 적이 있었다. 나란히 앉아 있긴 했으나 모르는 이들이 보기에 우리가 대등해 보이지는 않았던 모양이다. 무언가가 부러울 때만 '슬퍼요'를 누르는 친구 하나가 내 글에 '슬

펴요'를 눌렀다. 다른 이들은 개가 너무 귀엽게 생겼다고 했고, 내 상황을 잘 모르는 옛 친구들은 내 표정보다는 뒤에 보이는 거창한 샹들리에와 가구들을 먼저 읽고 부러워하기도 했다. 멀리서 볼 때 나는 귀여운 개를 소유한 남자로 보일 수도 있었다.

그러나 지금 이 환송 만찬 자리에서, 그게 아니라 어디에서라도, 상전은 그였다. 그를 쓰다듬거나 배를 간지럽힌다는 행위 자체가 상상만으로도 어쩐지 좀 불손해 보였다. 그리고 이런 화려한 식사와 안락한 생활, 오로지 그림에만 집중할 수 있었던 이 호사도 오늘 밤이 마지막이었다. 내 그림만 시한부였던 건 아니었다.

만찬의 마지막 코스로 디저트가 나올 때쯤 나는 소각식에 임했던 작가들의 표정이나 태도가 어땠는지 물어보았다. 최 부장이 답해준 바에 따르면 표정을 읽을 수 없는 작가들도 있었고, 표정이 확연히 드러나는 작가들도 있었는데, 아주 환희에 가득한 표정도 있었고, 반대로 침울한 표정도 있었다. 우는 작가도 있었고, 그림이 반쯤 타들어갔을 때 갑자기 입고 있던 모든 것을 벗어버린 작가도 있었다. 귀걸이, 팔찌, 원피스까지 벗어서 불길 쪽으로 던져 넣고 속옷 바람이 된 작가 말이다. 내가 궁금했던 것은 혹시 소각식을 치르지 않겠다고 한 작가는 없었냐는 점이었다. 그러나 그 말은 입

밖으로 내지 못했다.

만찬이 끝나자 밤 9시가 되었다. 두 시간 후 나는 소각장 의자에 앉아 있어야 했다. 어떻게 하면 의연한 표정을 지을 수 있을지 생각했다. 옷을 벗어 던진 여자도 있다는데, 그 불덩어리를 향해 오줌이라도 갈겨볼까. 그게 아니면 소주를 준비해서 계속 마실까. 노래를 부를까. 거울 속에서 표정을 대충 지어 보였고, 마음에 드는 표정도 발견했으나 거울이 없으면 지을 수 없는 표정이었다. 밖으로 나가 마지막 산책을 하기로 했다. 11월의 밤은 고요했고 적당히 차가웠다. 로버트는 소각식이 시작되기 전까지 잠시 휴식을 하겠다고 했다. 그의 방으로 짐작되는 부근의 창들은 죄다 불이 꺼져 있었다. 그는 자고 있을 것이다. 아직 소각장이 개방되진 않았다. 그곳은 밤 11시 정각에 열린다.

소각장 쪽으로 간 건 우연이었다. 처음에는 내 발을 스치는 누군가의 동선에 놀라 잠깐 멈칫했고, 그것이 쥐였는지 다람쥐였는지 모르겠지만 그 동선이 끝난 지점을 응시했던 것뿐이다. 그 지점에 문이 있었고, 그것이 열려 있었다. 들어가란 얘기가 아니고 뭔가. 나는 그 안으로 들어갔고, 그 문은 소각장 뒤에 달려 있던 쪽문이었다. 자연스럽게 들어왔다고 하기에는 어색할 만한 폭이었다. 게다가 내 손에는 바로 오늘 새벽에 완성한 그림이 들려 있었다.

전시회에 내보낸 다섯 작품 중에 가장 애착이 가는 것은 그 솔숲에 눕혀놓고 그렸던 〈떠난 사랑〉이었다. 지금 내가 손에 들고 있는 것도 〈떠난 사랑〉이었다. 전시회가 시작된 이후, 내가 똑같은 그림을 다시 완성했던 것은 몇 가지 이유에서였다. 첫 번째는 꿈 때문이었다. 잠에서 깼을 때는 그것이 꿈인지 아닌지조차 모호했는데, 그 비슷한 상상을 너무 많이 했기 때문이었다. 꿈에서 나는 자루에 송두리째 넣어져 밀봉된 후 활활 타오르는 불길 속으로 던져졌다. 평소였다면 로또를 샀을지도 모르지만, 이건 너무 현실 같아서 다른 어떤 상징으로도 읽어내기 힘들었다.

두 번째는 내 작품이 전시된 2주 동안, 전시회에 두 번이나 찾아왔던 한 여자의 제안 때문이었다. 그녀는 내 엄마 또래로 보였는데, 〈떠난 사랑〉 앞에서 한참 떠나지 못했다. 그녀가 두 번째로 전시회에 왔을 때, 우리는 그 그림에 대한 이야기를 조금 나눴다. 나 스스로도 가장 애착이 가는 그림이었던 것이다. 그녀는 내게 그 그림을 사고 싶다고 말했다. 그 말만으로도 보상받은 듯한 기분이었다. 그러나 그림을 파는 것은 불가능했다. 나는 말했다.

"이 전시회의 룰이 있어요. 모든 그림은 소각식 이후로 볼 수 없답니다. 로버트 미술관에는 처음이신가요?"

"아뇨, 계속 왔죠. 스페인에 있을 때도 간 적이 있었고, 소각의 전통은 잘 알고 있어요. 그렇지만, 정말 이 그림을 소각하실 생각이에요? 이렇게 좋은데요."

원래 소각하기로 되어 있다, 계약 조건이 그러니 내게는 선택권이 없다고 말하려다가 대답을 바꿨다.

"예, 방식이 그렇거든요. 이 그림을 그린 거 자체에 만족합니다, 이미."

그런가요, 하며 이해할 수 없다는 표정을 짓던 여자는 내게 좀 더 가까이 다가와 속삭였다.

"그런 얘기 들어보셨어요? 여기 머물렀던 화가들의 최고작은 바로 이곳에서 불타버린 작품이란 얘기요. 명성은 높아질 수도 있겠지만, 그 이후 이만한 작품은 절대 그릴 수 없다고들 하죠. 통계상 그래요."

"어떤…… 징크스 같은 건가요? 그렇지만, 모두 반드시 소각해야 하지 않습니까?"

"최고의 값을 지불할 뜻이 있어요. 혹시 생각이 있으시면 연락 주세요."

여자는 명함을 내밀고 사라졌다. 이 공간을 나가면 다시 그런 그림을 그릴 수 없다고? 안 그래도 마음이 편치 않던 며칠이었다. 나는 전시장으로 가서 거기 걸려 있는 내 그림을 마치 다른 이의 그림 보듯 낯설게 바라봤다. 며칠 후에 저 그림이 잿더미가 될 거라고 생각하니 입맛도 사라졌다. 며칠을 고민한 후 나는 〈떠난 사랑〉이 완성되기 전의 작품들을 찾아서 다시 완성하기 시작했다. 그 여자에게 새 그림을 보여줄 생각이었으나, 역시 처음 그 느낌은 나지 않았고, 여자는 그 후 전시회에 오지 않았다. 어찌 되었건 나는 오늘 아침까지도 그 그림을 몰래 그렸다. 같은 그림을 마치 모작처럼 그리는 건 우스꽝스러웠다. 원작도 내 것, 모작도 내 것인데 둘 사이에 간극이 없게 만들기가 너무 힘이 들었다. 마음에 들진 않았지만 그림은 완성되었고, 되어야만 했고, 결국 그것을 바꿔치기하기로 했다.

소각장의 쪽문을 열고 들어갔을 때 복도는 내리막길 형태로 계속되었는데 저 끝에서 빛과 소리가 새어 나오고 있었다. 소각장 지하인 듯했으나 이 공간이 지하 몇 층 정도의 규모인지는 알 수 없었다. 다만 아래에 가까워질수록 빛과 소리가 점점 가깝게 들렸다. 소리는 그냥 소리라기보다는 어떤 대화였다. 적어도 둘 이상의 사람들이 대화를 주고받는 것 같았다. 누군가가 웃는 것도 같고 우는 것도 같았다. 너무 많이 내려왔다는 생각이 들었을 때 뒤를 돌아보았지만, 출구는 보이지 않았다. 그림을 구하러 갔던 나는 도리어 그 안에 갇히고 말았다.

말소리는 한층 가까워졌다. 가만히 서서 귀를 기울여보니 한국어는 분명 아니었고, 영어나 일본어도 아니었다. 내가 모르는 언어였다. 그리고 조금을 더 헤맨 후, 나는 어떤 사각의 공간에 도달했다. 벽면 두 면을 가득 채운 것은 지금까지 불타고 남은 작품들의 잔해였다. 까만 재와 미처 불에 녹지 않은 재료들이 뒤엉켜 마치 뼛가루처럼 남아 있었다. 그것들이 얼핏 보면 유골함 같기도 하고, 얼핏 보면 찻잎 케이스 같기도 한 곳에 차곡차곡 라벨을 달고 있었다. 그 라벨 중 내 시선이 닿은 곳에 안토니 타피에스의 〈지도 밖의 시간〉이 있었다. 그 안에는 까맣게 말라버린, 바스러진 잿더미들이 들어가 있을 터였다. 내가 그것을 보고 있을 때 안토니 타피에스의 불타버린 작품이 말을 걸었다. 그러나 나는 그 말을 알아들을 수 없었다.

오래전에 화장장에서 일하던 친구가 했던 말이 떠올랐다. 유골을 화장하는 순간 어떤 소리가 들리기도 하는데, 어떤 이들은 그게 금니처럼 단단한 것들이 터지는 소리라고 했지만, 꼭 그런 것은 아닌 것 같다는 얘기였다. 나는 그 안에서 지금 잿더미들이 하는 말을 듣고 있었다. 그러나 이해하지는 못했다.

"로버트!"

내 목소리가 4미터 위에 솟은 천장을 향해 뛰어오르다 멈췄다. 로버트였다. 로버트는 입으로 웬 수레를 끌고 있었는데, 그 위에 내가 목표로 삼았던 진짜 〈떠난 사랑〉이 있었다. 나는 어떤 말을 해야 할지 몰랐다. 로버트가 수레에 연결된 끈을 뱉은 후, 약간 비꼬는 듯한 목소리로 말했다.

"소각장에 이런 식으로 관심을 보낸 작가는 없었는데."

그는 혼자였다. 우리 사이엔 통역이 없었다. 그런데도 내게는 그의 말이 들렸다. 우리가 통역 없이 대화하고 있다는 사실을 인지한 것도 한참 후였다.

"그럼 설명해봐. 네 그림이 불타지 말아야 할 이유."

"내 그림엔 내 혼이 들어가 있어요."

"그래, 그렇겠지."

로버트는 '혼'이 소금이나 후추 정도 되는 것처럼 대꾸했다. 나는 더 설명했다. 당신이 어떤 방식으로 예술을 지키려고 하는지 알 것 같아요. 그런 당신의 방식이 당신의 예술을 지켜온 것, 충분히 알아요. 그렇지만 이 작품만은 안 될 것 같아요. 작가 스스로가 원치 않는다잖아요. 이건 마치 사형 같아요! 나는 열심히 소리쳤지만, 로버트는 내 말을 듣고 있는 것 같지도 않았다. 어쩌면 전달이 되지 않은 것일 수도 있었다. 그는 단지 조금 귀찮다는 투로 이렇게 말했다.

"좀 더 실용적인 이유를 대."

"내 그림에 들어간 색채는 아주 귀한 재료잖아요. 모두 논지엠오 아마씨유로 만든 물감과 캔버스라고요."

“이봐. 그 물감 누가 주문한 거지? 난 노안이 와서 최대한 유기농으로만 그린 그림을 보고 있어. 그런 그림은 널렸고.”

나는 손에서 작품을 떨어뜨렸다. 물론 그건 진짜 〈떠난 사랑〉이 아니었다. 로버트는 내 손에서 떨어진 작품을 보며 피식 웃었다. 그는 네 작품이 소각될 때의 희열을 왜 거부하는지 이해가 되지 않는다고 말했다. 진짜 아우라는 소각할 때만 연기처럼 피어오른다고 했다. 그게 정 그렇게 싫다면 그 소각의 희열을 뛰어넘을 만한 이유를 대라고 했다. 나를 조롱하는 것 같기도 하고, 정답이 어딘가에 있기를 그 자신도 진심으로 원하는 것 같기도 했다. 어디선가 웅성거리는 소리가 들려오고 있었다. 역시 예술혼은 태운다고 없어지는 게 아니었다. 나는 그에게 말했다.

“로버트. 예전에 화장장에서 일했던 내 친구가 말해준 건데요. 사람의 몸도 물론 개의 몸도 불태울 때 거기서 이상한 말소리가 들린대요. 그러니까 그게 금니 같은 걸 수도 있고, 그렇게 생각하기도 하지만…….”

내가 무슨 얘기를 하고 싶었던 건지는 나도 몰랐다. 그냥 어떤 말로든 그와 나 사이의 간극을 좁히고 싶었다. 그를 설득하고 싶었다. 그런 나를 빤히 쳐다보면서 로버트가 말했다.

“이봐. 이 소리는 위층에서 스태프들이 움직이면서 내는 소리야. 45분 후면 소각식이 시작돼. 소각할 시간이야."

소각, 이란 단어가 마치 재갈처럼 개의 입에 채워져 있었다. 로버트는 자꾸 '소각', '소각' 하고 말했다. 그것은 또각또각하고 누군가가 나를 쫓는 소리 같기도 했고, 째깍째깍하고 시간이 나를 쫓는 소리 같기도 했다. 정말 거대한 화덕이 작품을 삼킬 준비를 하는 소리가 들려오기 시작했다. 그 안으로 내가 그린 다섯 작품이 들어갈 것이다. 다른 것은 몰라도, 단 하나 〈떠난 사랑〉만은, 그것만은 살리고 싶었다. 로버트는 화덕 안으로 들어가서 잿더미가 되어야 '살리는' 거라고 했지만, 나는 심정적으로 그렇지 못했다. 저 작품은 내 인생 최고의 작품이 될 수도 있었다. 로버트의 몸 바로 옆에 있는 저 〈떠난 사랑〉, 저것이 진짜 원본이었다. 지금 내가 들고 있는 모작과 바꿔치기만 할 수 있다면, 있다면! 나는 다급해져서 아무 말이나 쏟아냈다. 내 그림이 얼마나 놀라운 작품인데 당신이 태우려고 하느냐, 이건 불태울 만한 것이 아니다, 안목이 있는 것이 맞느냐.

"이봐, 이렇게까지는 말을 안 하려고 했는데, 이 그림 너무 리히텐슈타인과 비슷하지 않아? 표절이란 얘기가 아니라, 그냥 특별한 개성은 없단 얘기야. 어차피 예술이 개성을 가진 시기는 지나갔어. 태울 때만 고유해지지. 지금 자네의 안달복달하는 태도를 봐. 이런 태도가 소각의 힘을 증명하는 거라고. 관람객 입장에서도 마찬가지야."

눈물이 났다. 정말 오랜만에 눈물이 고였다. 눈물. 그 순간 왜 구여친이 떠올랐을까. 물론 엄마도 떠올랐다. 무언가가 퍼뜩 스치는 게 있어 나는 로버트에게 소리쳤다.

"여기 이 그림, 여자의 눈물 두 방울. 냄새를 맡아봐요."

"그래, 논지엠오 공법의 유기농 물감, 안다니까."

"그게 아니에요. 이건 당신의 흔적이에요. 기억 안 나요? 내 팔을 잡고 당신이 흔들었죠. 소각식 때 내가 당신의 표정을 보는 것도 의미가 있겠는데요. 엉뚱한 데 분출해버린 당신의 그…… 두 방울! 이 작품 이름이 그래서 〈떠난 사랑〉입니다. 이 작품은 대체 불가능한, 유일한 거예요."

나 스스로 그림을 개족보로 만들고 있었다. 뭐가 되었든 함께 이 공간을 빠져나갈 수만 있다면 관계없었다. 로버트의 미간에 주름이 졌고, 그의 목이 길게 늘어났다. 그건 그가 몹시 당황하고 있다는 뜻이었다. 적어도 그 표정에 관해서는 확신할 수 있었다. 우리가 우연히 마주쳤을 때마다, 그는 그런 표정을 지었다. 그런 모서리의 상황에서만 발견되는 표정이었다. 로버트는 마치 두 발로 설 수도 있을 만큼 몸길이를 크게 늘였다. 이제 곧 두 다리로 서서 점프할 것이다, 라고 생각할 때쯤 로버트는, 아니, 개는 두 다리로 서서 점프하기 시작했다. 뛰어봐야 내 허리춤 정도 오는 파동이었지만, 엄청난 괴력이 나를 잿더미 속으로 밀어 넣을 것 같았다. 로버트가 돌연 점프를 멈추고 말했다.

"그림이 대체 가능한지 아닌지는 몰라도, 자네 하나쯤은 대체할 수 있지."

퍼뜩 꿈이 떠올랐다. 소름이 돋아서 나는 입을 다물었다. 고개를 숙이고 키를 낮췄다. 그리고 무릎을 꿇었다. 로버트가 내 옆에 있던 그림을 낚아채 자신의 옆에 던졌다. 수레 위에 원본과 모작이 나란히 있었다.

"이 중에 하나만 갖고 나가라. 열 셀 동안."

그 말을 끝내자마자 그가 하나, 하고 소리를 크게 질렀다. 나는 둘, 소리가 날 때까지 멍하니 서 있다가 곧 빛의 속도로 내 그림을 챙겨 들었다. 두 개의 그림이 바닥에 누워 있었다. 당연히 내가 처음 이곳에 들어왔던 목표대로 원래의 〈떠난 사랑〉을 골라 들면 되는 거였다. 그러나 어떤 것이 내가 챙겨가야 할 원본인지 보이지 않았다. 당연히 눈물 쪽에 개의 체액이 묻어 있는 것일 텐데, 모작 쪽에도 그 체액을 흉내 낸 가짜 체액이 묻어 있었기 때문에 맨눈으로 구별하는 건 불가능했다. 슬픈 일이지만 나는 로버트의 체액 두 방울을 흉내 내기 위해 자위까지 했던 것이다. 셋, 넷, 이 지나갔고, 나는 내 손에서 먼 쪽에 있는 것을 집어 들었다. 그사이에 다섯, 여섯, 이 지났다. 거짓말처럼 출구가 보였다. 일곱, 여덟,

아홉, 로버트의 구령이 따라붙기 전에 나는 뛰었다. 좁은 폭의 쪽문을 통과해서 다시 밖으로 나왔을 때 개가 컹컹 짖는 소리는 더 이상 들리지 않았다.

차라리 개에게 골라달라고 할 걸 그랬나. 그의 민감한 후각으로 분명히 자신의 체액을 구분해낼 수 있었을 텐데. 어둡고 좁은 통로를, 그림 한 점을 가지고 달려나가면서 나는 그런 생각을 했다. 물론 로버트가 어떤 것을 내게 내주었을지는 확신할 수 없었다. 원본을 불태우는 게 당연하겠지만 로버트의 성격으로 미루어보아 자신의 정액이 불타는 건 싫을 수도 있었다. 그게 설령 암컷의 몸이 아니라 길바닥에 떨어진 거라 해도. 결과적으로 나는 내가 들고나온 그림이 좀 전에 바꿔치기 용도로 들고 간 그림인지, 아니면 바꾸길 바랐던 진짜 그림인지 알 수 없었다. 내가 그려 들고 간 모작을 그대로 들고나온 거라면 정말 뻘짓일 수도 있었으나, 나오는 순간엔 손에 든 이 그림을 구출해야겠다는 생각뿐이었다.

이 큰 저택에서도 쪽문은 정말 쪽문이었다. 내가 그 문을 통과했을 때 저만치서 나만 한 키에 검은 셔츠를 입은 남자가 뛰어오고 있었다. 소각식은 밤 11시였다. 강원도의 겨울밤은 춥고 어두웠지만, 그 시간에 맞춰 미술관으로 들어오는 관람객이 꽤 있었다. 그들 중에는 2주간의 전시 기간에 한

번 이상 왔던 사람도 있고, 단지 소각식에만 참석하는 사람도 있었다. 확실한 것은 소각식이 예정대로 시작될 테고, 나 정도는 충분히 대체 가능했다는 점이다. 검은 셔츠의 남자가 내가 나온 출구로 다시 들어가는 걸 보고서 나는 멈춰 섰다. 가로등 불빛에 내가 꺼내온 그림을 비춰보았다. 이게 진짜일까, 아닐까. 이상하게 내가 선택한 이것이 아무것도 아닌 것 같았다. 정말 로버트의 말처럼, 어쩌면 그 안에서 불타고 있을 때에야 비로소 완벽하고 절실한 무엇이 아니었을까.

얼마간 걷다가 다시 멈춰 선 나는 그녀에게 전화를 걸었다. 〈떠난 사랑〉을 사고 싶다던 여자였다. 그림을 빼냈다고 말했지만, 그녀는 믿지 못했다.

"그 작품이 맞아요. 원작이에요."

그녀는 그럴 리가 없다고 했다. 시한부가 아닌 것은 〈떠난 사랑〉도 아니라고 했다.

전설적인 존재

사람들은 말한다. 성인 열 명 중 세 명은 지난 1년간 책을 한 권도 읽지 않았다고. 이건 대한민국뿐 아니라 전 세계적인 고민이라고. 이런 뉴스를 볼 때마다 나는 책 관련 업종에서 일하는 사람들이 부럽다. 적어도 책은 그 죽음을 중계할 만한 가치가 있다는 얘기니까. 사실 멸종 위기에 놓인 것이 어디 책뿐인가. 수첩을 사는 사람들도 줄어들고 있다. 편지지와 우표도 줄어들고 있다. 알람 시계나 계산기의 미래도 비슷하다. 멸종 위기의 품목 중에는 종이 달력도 있고, 종이 달력 제작 회사에 다니는 나도 있다.

4년 전 나는 대학을 졸업했고 그건 커피 자판기에 돈을 넣으면 커피가 나오는 것처럼 자연스러운 일이었다. 그러나 내가 한 잔의 종이컵처럼 배출되었을 때 나를 집어 든 이는 어디에도 없었다. 마치 내 졸업이 잘못된 주문이라도 된다는 듯, 나는 자판기 밖도 안도 아닌 투출구에서 멈춰버렸다. 내 안의 커피는 조금씩 식어갔다. 나를 조금 덜 외롭게 하는 건 방금 머리 위로 떨어진 또 하나의 종이컵이었다. 그리고 그 위로 떨어진, 그렇게 떨어지고 떨어지고 떨어지는, 그러나 누구도 찾아가지 않는 종이컵들이 수두룩하다는 사실이 내게 위안이 된다는 게 슬펐다. 비로소 내가 깔고 앉은 종이컵에 대해서도 생각해보게 되었는데, 나보다 조금 먼저 배출되었을 그 종이컵은 이미 식어 있었다. 나보다 조금 늦게 배출된 종이컵 역시 나를 비슷한 온도로 느낄 거였다. 미지근하게. 더 이상 뜨겁지 않게.

졸업하고 두 계절이 지난 뒤, 학과 조교가 전화를 걸어와서 취업 실태 조사를 한다고 했다. 조교는 내가 알던 녀석이었는데 갑자기 목소리를 움푹 팬 도로처럼 깔더니 이렇게 물었다.

"귀하는 구직 활동에 성공하셨습니까?"

나는 대꾸했다.

"구직 활동은커녕 배변 활동도 원활치 못하다."

그러자 본래의 목소리를 회복한 조교는 '형, 그럼 알바는 하세요? 뭐 하세요?' 하고 물었다. 얼마 후 조사 결과가 발표

되었는데 우리 과는 그 단과대 안에서 가장 높은 취업률을 자랑하고 있었다. 함께 졸업한 사람들의 실상을 아는 나로서는 믿기 어려운 결과였다. 그렇게 포장에 애를 썼는데도 나는 어느 업종으로도 소속되지 못하고 취업률 평균을 깎아내리는 데 일조했다. 일주일 후 낯선 교수에게서 호출을 받았고 지금의 이 달력 업체를 소개받았다. 그때 알았어야 했다. 그 교수는 나와 안면이 없었고, 심지어 내 이름도 잘 몰랐다. 좋은 자리였다면 일면식도 없는 내게 이 자리를 소개했겠나. 더 슬픈 건 월급이 체납된 적이 거의 없다는 이유로, 내가 4년째 이곳에 머물러 있다는 거고, 심지어 이젠 누가 나를 밀어낼까 봐 겁을 낸다는 점이다. 꽤 적은 돈이 꼬박꼬박 들어온다는 것을 빼면 이 일엔 별 장점이 없다. 달력 작가라니……. 무슨 일을 하는지 얼른 떠오르지 않는 직업은 결국 업무도 애매하기 마련이다. 애매하다는 건 이 일 저 일 잡다하게 해야 한다는 뜻이다.

그래서 나는 달력 작가라는 직함이 찍힌 명함을 갖게 되었지만, 명함을 사용할 일은 많지 않다. 서랍 속에서 재고로 쌓이고 있는 명함이 수두룩한데, 팀장은 참 자주 명함을 가져다준다. 바뀐 정보가 하나도 없는, 똑같은 명함을 말이다. 아직 명함이 있다고 말하면, 팀장은 '넣어둬'라고 한다. 그러고는 이거 참 괜찮은 표현 아니냐는 듯 이렇게 덧붙인다.

"명함이 햄은 아니잖아?"

나는 하하하 소리 내 웃지만, 진짜 웃길 때는 그런 소리를 내지 않는다는 걸 팀장은 모를 것이다. 팀장 말처럼 실온에 둔다고 명함이 상하는 건 아니지만(그러니까 '햄은 아니지만') 회사가 자꾸 명함을 만들어주는 게 어떤 무언의 압박은 아닐까 생각하는 건 나만이 아니었다. 우리 사무실에는 나와 꼭 같은 직함을 가진 사람이 스무 명쯤 더 있는데 그들 중 누군가는 이렇게 추측했다.

"아무래도 달력 영업에 신경 쓰라는 거 아니겠어요? 명함을 준다는 건 말이죠."

나는 '그건 우리 업무가 아니잖아요'라고 작게 속삭였고, 그는 조금 더 작게 대답했다.

"지금 하는 일은 뭐, 우리 업무였나요?"

그건 그랬다. 원래 달력 작가의 업무는 달력에 들어갈 글을 쓰는 것이다. 우리 회사에서 만드는 달력은 일력 형태로, 벽에 걸어두고 하루에 한 장씩 뜯어내는 방식이다. 종이에 숫자가 커다랗게 적혀 있는 그 구식 달력 말이다. 특이한 점이 있다면 매일의 날짜 아래 몇 줄의 문장이 적혀 있어 날마다 조금씩 글을 읽을 수 있다는 것이다. 그 글은 하루에 한두 문단씩, 한 달 동안 연재되는 짧은 이야기다. 소설이라고 볼 수도 있고 시나 수필이라고 볼 수도 있다. 그 글을 쓰는 것이 달력 작가의 몫이다. 분명 면접 때는 그렇게 들었고, 지금도 신입 작가가 들어오면 우리는 그렇게 설명을 한다. 조금 전에도 나는 입사 3일 차 후배에게 이 작업의 중요성에 대해 장황하게 설명하지 않았던가. 그러나 그 업무란 나도 말로 듣고 또 말로 하는 게 전부다. 정작 나는 아직 달력에 내 글을 실어본 적이 없다. 이 일을 시작할 때는 내 이름으로 글이 실린다는 게 무척 중요한 요소였는데 어느새 나는 그 핵심 요소를 잊고도 멀쩡히 살고 있는 것이다.

지금 내가 하는 일은 달력의 교정 · 교열 업무인데, 달력의 정보가 제대로 박혀 있는지 보는 것이다. 의외로 많은 달력이 날짜를 잘못 표기한다. 12월 32일이라든지 1월 33일이 등장하는가 하면 공휴일이 엉뚱한 날짜 아래 가서 붙는 경우도 있다. 가장 흔한 오류 중의 하나가 연도 표기다. 달력은 보통 한 해 전에 만들어지니, 미리 1년 후의 시간을 살고 있는 셈인데 자꾸 지금의 연도를 쓰는 것이다. 점검해야 할 것은 끝도 없다.

우편물 발송도 내 주된 업무다. 12월은 특히 죽음의 달이다. 새해 달력과 함께 한 해를 정리하는 달력 업계의 소식지를 '세계달력작가의 모임' 회원들에게 뿌려야 한다. 세계달력작가의 모임(이하 '세달작')은 장옥정 여사를 필두로 한, 약 800명의 회원을 거느린 단체다. 많은 달력 회사가 세달작과

교류하는데 우리 사무실 달력 작가 스무 명도 모두 이 세달작에 가입되어 있다. 800명이라고는 하지만 어떤 사람들이 있는지 나는 잘 알지 못한다. 그 800명이 한자리에 모일 확률은 거의 없다고 보면 된다. 적어도 4년 전, 내가 이 세달작에 입회한 후로는 그런 모임이 단 한 차례도 없었다. 단지 세달작의 회장 장옥정 여사와 저녁 식사를 같이한 적은 있다. 퇴계로의 어느 어복쟁반집에 세달작 소속 작가들이 스무 명쯤 모였고, 그들은 모두 우리 사무실 달력 작가들이기도 했다. 장옥정 여사가 온다고 팀장은 엄청 긴장을 했는데 막상 장옥정 여사가 등장했을 때 누구도 단번에 알아보지는 못했다. 장옥정 여사는 그냥 동네 아줌마였다.

장옥정 여사는 세 명의 원로 세달작 회원들과 함께 나타났는데, 세계달력작가가 어떤 아우라를 뿜어내야 하는지는 잘 몰라도 그렇게 국소적인 친목회 분위기는 아닐 거라고, 내내 나는 그런 생각을 했다. '세계'란 수식어는 그 자리에서 너무 크게 느껴졌다. 저분들이 하는 일은 뭐냐고 옆에 앉은 이에게 슬쩍 묻자, 이런 대답이 들렸다.

"주로 건배사를 하셔."

정말 잠시 후 장옥정 여사가 건배 제의를 했다. 건배사는 우리 회사의 달력에 꼭 맞는 내용이었다.

"달력은 역시 하루에 한 장씩 뜯어야 맛이죠. 그래야 하루가 제대로 넘어갑니다."

뭐 그런 식으로 시작되는 건배사였고, 그 말이 끝나자 모든 작가들이 '뜯어야 맛!'을 외치며 잔을 부딪쳤다. 장옥정 여사는 본업에 충실해서 한 사람 한 사람과 눈을 마주치며 건배를 했고, 내게는 나이를 묻더니 '까마득한 후배'라는 표현을 썼다. 학교에서 퇴계 취급을 받다가 졸업한 나는 다시 새내기가 된 그 상황이 좀 어색했다. 회춘이라기보다는 도태의 느낌으로 다가왔다. 한…… 30년쯤.

내가 발송해야 하는 우편물의 절반 이상은 세달작 회원들에게 가는 것인데, 나는 여전히 세달작이 뭐 하는 단체인지 제대로 모른다. 나 역시 세달작 회원이긴 하지만, 가끔은 정말 800명의 회원들이 존재하는 것인지 의심스럽다. 800명의 주소 라벨을 각각의 서류 봉투에 붙이면서도 이 주소들이 과연 유효한지 의심스럽기만 하다. 그러나 누군가는 받겠지, 하며 그저 종이비행기를 날리는 심정으로 부칠 뿐. 해외로 발송하는 우편물은 하나도 없는데 어찌 '세계' 달력작가의 모임인 건지, 습관적으로 궁금해하면서 말이다.

세달작이 하는 일 중 내가 제대로 파악하고 있는 한 가지는 달력 구매다. 몇몇 회사의 달력을(우리 회사도 포함해서) 20퍼센트 할인된 가격으로 구매해야 한다. 그게 현재 내가 세계 달력작가라는 유일한 증거이기도 하다. 달력 뜯기 4년 만에 나 역시 뜯는 맛을 알게 되었다. 처음에는 단지 아날로그에 대한 향수 때문에 이 달력을 사는 사람들이 있는 게 아닐까 싶었는데 그게 전부는 아니고 어떤 관성의 법칙도 작용하는 것 같다. 장옥정 여사의 말처럼 매일 달력을 한 장씩 뜯어야만 정말 하루가 넘어갈 것 같은, 그런 것 말이다. 어떤 시간이 두렵다면 미리 뭉텅이로 며칠을 뜯어내버릴 수도 있다. 그런다고 시간이 단 하루라도 건너뛰는 경우는 없지만, 심리적인 효과는 좀 있는 것 같다. 내가 며칠을 한꺼번에 뜯어내본 적이 있어서 안다. 어찌 보면 이 행위는 조금 가학적인 형태다. 벽에 걸린 달력을 한 장씩 뜯어본 적이 있는 사람은 알 것이다. 벽에 누군가를 걸어두고 따귀를 갈기는 행위와 약간 비슷하다. 그런가 하면 며칠을 뭉텅이로 뜯어낼 때는 벽에 등 대고 선 누군가의 목을 댕강 베어내는 느낌이 든다. 두툼하게 목매단 하루들을 댕강댕강 베어내거나 그들의 빰을 차지게 때리거나. 쾌감 끝에는 약간의 교훈도 남는다. 지나간 하루는 단지 종이에 불과하다는 것 말이다.

*

내년 달력의 주제가 발표되었다. 회사에서는 작년부터 한국의 도시 시리즈를 제작해왔는데 이번에는 주제가 '서울살이'라고 했다. 그 주제에 맞게 달력 작가들이 글을 쓴다. 열두 명의 작가들이 한 달씩 지면을 맡아서 시든 소설이든 수필이든 뭐든 쓰는 것이다. 회의 때 스무 명의 달력 작가들이 서울살이에서 떠올릴 수 있는 요소들에 관해 이야기했고, 한 사람씩 그것을 맡게 되었다. 물론 이런 업무 배정은 팀장의 몫이었다. 나는 마음을 어느 정도 비우고 있었지만, 사실 아침에 향수를 약간 뿌리긴 했다. 뭐랄까, 팀장에게 내가 있다는 것을 어필하고 싶었다고나 할까. 팀장은 자주 내가 있다는 사실을 까먹으니 말이다. 4년 전 이 사무실의 막내였던 나는 어느새 중견이 되었는데, 그만큼 신참들이 많이 들어오고 있어서였다. 어떤 우편물도 400그램이 넘어가는 경우는 없다고 후배에게 알려주며 나는 괜히 기분이 나빠지곤 했다. 조금 때가 덜 탄 듯한 얼굴들 속에서 신선도를 유지하기 위해 애썼지만, 후배들보다 더 일찍 지쳤고 더 일찍 고갈되었다. 우편 발송 업무도 척척, 생수 교체 업무도 척척, 커피 배달 업무도 척척 해대는 후배들을 보면 정말 내가 '햄이 아닐까' 싶은 기분이 들기도 했다. 실온이 아니라 어디 냉장고 같은 곳에 들어가야 유효기간까지 멀쩡할 수 있는, 그런 존재.

"이번에는 지방에서 올라온 사람들 말고, 아예 서울 토박이 없나? 서울 토박이가 얘기하는 서울살이도 재미있겠는데."

팀장이 그렇게 물었을 때 나는 손을 번쩍 들었다. 머리보다도 손이 먼저 튀어나간 형태였다.

"남산 밑에서 태어났고, 대학도 남산 밑에서 다녔습니다. 지금 일도 남산 밑에서 하고 있고요."

팀장이 나를 쳐다보더니 이런 조언을 해주었다.

"이왕이면 묫자리도 하나 봐둬. 남산에서 태어나 남산에서 공부하고 일하고 남산에서 죽다, 멋지지 않냐."

"하하하."

나는 소리 내 웃었다. 그리고 부모님이 지방으로 내려가시는 바람에 대학 때부터 줄곧 자취를 해와서 서울살이를 잘 안다고 덧붙였다. 사실이었다. 대학 졸업 이후 나는 온갖 아르바이트를 경험하며 서울살이를 지탱해왔던 것이다. 지금은 이곳에 자리를 잡고 있지만, 계속 자리하기 위해서는 반드시 지면을 확보해 달력 작가로서 살아남아야 했다.

"그럼 5월 어떤가, 황 작가는 5월로 하지."

4년 만이었다. 입사 4년 만에 나는 드디어 달력 작가로 글을 쓰게 된 거다. 5월 1일부터 31일까지, 그 한 달이 내 글을 실을 수 있는 지면이 되는 셈이다. 작가의 이름 석 자도 함께 실리게 된다. 5월의 하루하루가 내 글의 독자처럼 등장할 것을 상상하니 소름이 돋을 지경이었다. 내가 너무 들떠 보였는지 우편 업무를 함께하던 후배가 말했다.

"내년에 꼭 5월만 있는 것 같죠? 선배님 표정이 그래요!"

정말 그랬다. 마치 시간이 내년 5월까지 직행버스처럼 달리는 기분이었다. 그 이전 날짜들은 모두 그저 숫자에 불과했다. 오랜만에 부모님께 전화를 걸어 내년 달력은 좀 구매하시라고 예고편을 날리기도 했다. 그러나 며칠 만에 나는 어쩌면 이 기회라는 것이 구조조정의 시험대가 아닐까, 생각할 지경에 이르렀다. 주제에 맞게 몇 개의 단상을 떠올렸지만 머리가 굳어버린 것 같았다. 기름칠이 필요한 것만 같았다. 오래전 소설가를 꿈꾸며 썼던 원고들을 찾아보았으나, 그것들은 몹시 낡아 보였다. 옛 원고를 뒤져본다고 특별히 영감이 부활하는 건 아니었지만, 대학 때 열병처럼 앓았던 문예 공모의 추억을 되새길 수는 있었다. 당시 우리 과에 떠돌던 몇 가지 당선 팁들(그러나 허탕이었던)도 새삼 떠올랐다. 그중에 하나는 종잇장 사이에서 뭔가 알 수 없는 끌림이 느껴지게 하도록 페로몬 향수를 뿌리라는 거였다. 우스갯소리였지만 나는 실제로 작품에 페브리즈와 같은 섬유 탈취제를 뿌린 기억이 있다.

내 문제는 좀 좋은 생각이 떠오른다 싶으면 이미 어디에선가 읽은 문장이란 점이었다. 이제 입사 2주 차가 된 후배는 자타가 공인하는 독서광이었는데, 내가 떠오른 문장을 슬쩍 이야기하면 고개를 갸우뚱하면서 이런 말을 하곤 했다.

"그게 어디서 나왔더라?"

그러고는 무슨 검색엔진이라도 되듯 그 문장의 출처를 기가 막히게 찾아내는 것이었다. 시집, 수필집, 소설집, 영화 대사에 이르기까지 다양한 경로에서 방금 내가 생각한 문장이 동일하게 나타났다. 이건 대놓고 표절을 했다기보다는 기억력의 노화로 인한 실수라고 보는 게 적합할 것 같았다. 다른 작품에서 영향을 받고도 그 출처를 기억하지 못한 채 그것이 내 창작의 결과물인 것처럼 생각하게 되는 것이다. 물론 진짜 운이 나쁜 우연도 있어서 생전 읽어보지도 못한 작품 속에 나와 꼭 같은 생각이 비슷한 문장으로 표현된 경우도 있었다.

이건 끔찍한 일이 아닌가. 나는 지하철을 타고 멍하니 한 바퀴를 돌거나 횡단보도 앞에서 신호등이 점멸하는 것을 보며 영감을 받으려 애썼다. 오래전에 그랬던 것처럼 말이다. 지긋지긋하다던 남산타워를 찾아 산책로를 걸어보기도 했다. 그러나 무엇도 떠오르지 않았다. 서울살이의 흔적들을 쭉 되짚어보고 싶었으나 일단 내가 태어난 동네를 찾아가는 건 불가능했다. 내가 살던 곳들은 대부분 이미 없어진 지 오래였다. 정확히 말하면 나는 실향민이었다. 고향을 잃어버렸다기보다는 어떤 말의 창고를 잃어버린 것 같은 느낌이었다.

그보다는 차라리 내 아르바이트 역사의 흔적을 되짚는 쪽이 좋을 것 같았다. 보습 학원, 설문 조사, 건물 공사장, 빵 공장, 호프집, 편의점, 주차 대행, 대리운전……. 얼마나 목적지 없이 맴돌았을까. 유성처럼 머릿속을 가로지른, 내 어깨를 툭 치고 간 문장 하나가 아니었다면, 나는 내년 5월이 오기 전에 말라죽었을지도 모른다. 다행히 어떤 문장 하나가 내게 펀치를 날렸고, 느낌이 좋았다. 첫 문장이 되기에 충분했다. 나는 얼른 그 문장을 휴대전화 메모장에 저장했다. 순식간에 떠오른 문장이 그새 사라져버릴까 봐 다급해서 오타가 많이 났다. 독서광 후배는 내가 읊은 문장을 가만히 듣고만 있었다. 마치 너무 어려운 질문을 받은 것처럼 묘한 표정을 짓더니 어떤 출처도 찾아내지 못했다. 그러고는 곧 이렇게 말했다.

"좋은 것 같은데요? 뒷얘기가 궁금해져요."

당연하지, 그건 오로지 내 안에서 만들어낸 문장이니까. 내 글 쓰는 습관은 첫 문장을 쓴 다음, 그 문장이 이끄는 대로 따라가는 방식이었다. 이제 발견된 하나의 문장이 그다음 문장을 끌어올 게 분명했다. 그런데 첫 문장은 여전히 섬처럼 떨어져 있고, 그 후로 어떤 문장도 떠오르지 않았다. 며칠간 단 한 줄의 글도 쓸 수가 없었다. 갑자기 유성처럼 떨어졌던 그 문장이 온전히 내 것인지 여전히 의심스러웠던 것이다. 아무래도 내 머릿속 발견이겠지 싶으면서도 영 찜찜함을 떨칠 수가 없었다. 작년이었던가, '제주'란 주제로 달력이 만

들어졌을 때 완전히 이 업계에서 매장되어버린 한 달력 작가가 떠올랐다. 그는 상습적으로 다른 책의 문구를 도용해서 쓰다가 발각되고 말았다.

취업과 동시에 나는 책을 한 권도 읽지 않았으므로, 내가 읽은 책들이란 모두 대학 도서관에서 대여한 책들뿐이었다. 대학 시절 내가 대여했던 책의 목록을 도서관 사이트에서 확인했다. 그 문장이 들어 있을 법한 책들을 추려내니 모두 서른 권이었다. 옆에서 슬쩍 그 목록을 들여다보던 후배는 작가 지망생이었다면서 겨우 서른 권밖에 안 읽었느냐고 말했다.

"이건 도서관에서 빌린 것뿐이잖아."

이렇게 말하긴 했지만 사실 난 책을 사서 보는 스타일이 아니었다. 그 서른 권이 내 전부였을 가능성이 높다. 그 서른 권의 내용을 확인하기 위해 나는 주말이 되면 대학에 가보리라 생각했다. 문장이 단풍잎도 아니고, 직접 책을 펼쳐본다고 그 사이에서 쉽게 찾을 수 있는 건 아니지만, 그래도 행위 자체가 위로가 될 때도 있는 법. 설령 문장의 출처를 발견하지 못한다 해도 하루를 버리는 건 아니었다. 그렇다면 그야말로 정말 내 머릿속에서 나온 문장이란 뜻일 테니까. 이상하게도 나는 그 문장에 집착하고 있었다. 이미 그것이 정답이라고 생각하니 내 것이 아니란 증거가 나오기 전에는 어떤 다른 문장을 찾아낼 생각조차 들지 않았다.

*

주말이 되자마자 나는 대학 도서관으로 갔는데, 책을 찾아보기도 전에 뜻밖의 인물과 마주쳤다. 대학 동기 일구였다. 진흙처럼 엉키기 좋아했던 과 동기들은 졸업 즈음부터 성긴 모래알처럼 흩어져 아직 제대로 된 동기 모임 한번 해보지 못했다. 보통은 누군가의 결혼식이나 장례식이 자연스러운 모임의 장소가 되었다. 만나면 대부분 대학에 입학하던 해의 에피소드들이 반복적으로 오갔다. 그때 그랬잖아, 기억나냐, 아 정말 그랬지, 하면서 외워도 질리지 않는 이야기처럼 아는 장면들을 재생하고 또 재생했다. 그런 곳에서도 일구와 나는 한 번도 마주치지 못했고, 특별한 소식을 듣지 못했던 건 그가 몇 년간 해외를 떠돌았기 때문이란 걸 이제야 알게 되었다.

우리는 낮술을 마시러 갔다. 대학 때 자주 가던 선술집은 대형 주차장을 완비한 곳으로 변해 있었지만 메뉴는 여전했다. 계란말이와 낙지볶음, 고갈비까지 시킨 다음 나는 지갑 속에서 명함을 꺼냈다. 일구는 내 명함을 한참 들여다보더니 크게 웃었다. 나중에 보니 일구가 내민 명함도 나와 같은 것이었다. 우리는 800명 중의 두 명이었다. 일구는 특정 회사에 소속된 건 아니고 여기저기 달력 업체에서 프리랜서로 일한다고 했다. 세달작 모임에 입회한 지는 두 달째라고 했다.

오래 연락을 주고받지 않았지만 일구는 내 청춘에 큰 획을 그은 친구였다. 일구는 우리 과에서 꽤 전설적인 존재였다. 대학 1학년 때 낸 소설이 신춘문예 최종심까지 올랐다가 아깝게 떨어진 경력이 있었던 것이다. 일구는 우리 과에서 작품의 첫머리만 보고도 당락을 예견하는 위치에 있었다. 대학교 2학년 때, 내가 썼던 소설을 두고 일구는 이렇게 말하기도 했다. 네가 이 소설을 모 신문에 낸다면, 그래서 예심을 통과하기만 한다면, 아마 거기서 매해 본심 심사를 보는 모 심사위원이 이 소설을 집어 들지도 몰라. 역시 매해 심사를 함께하는 모 심사위원은 이 소설을 탐탁지 않아 할지도 모르지. 그러나 처음의 그 모 심사위원이 먼저 발견한다면 가능성이 있다고 봐. 그해 나는 처음으로 신춘문예에 작품을 냈는데 웬걸, 예심을 통과하지 못한 건 물론이거니와, 매해 본심 심사를 본다던 그 심사위원들은 명단에 있지도 않았다. 어쨌거나 일구와 나는 우체부조차 믿지 못해서 늘 방문 접수를 고집했다. 준비한 서류 봉투를 옆구리에 끼고 신문사니 잡지사니 하는 곳을 찾아갈 때면 일구가 이렇게 말하곤 했다. 저기 저 여자 보여? 가방에 그거 있다. 자세는 속일 수 없지. 신춘문예 작품 말이야. 저기 저 남자 보여? 이미 내고 오는 거야. 자세가 그래.

자세만으로도 사람을 가려냈던 일구도, 나도, 정말 소설가가 되지는 못했다. 그러나 지금 우린 묘하게도 달력이란 장르로 재회한 것이다.

"황봉식! 널 보니 회춘한 기분인데? 우리 그때 너 자취방에서 밤새 소설 쓰고 그랬잖아."

일구가 그렇게 말하며 웃었다. 몇 년 만인데도 바로 며칠 전에 봤던 사이처럼 느껴졌다. 오래 잊고 있던 우리 사이의 친밀한 기억들과 또 잠시 해방되어 있던 열등감이 솟아올랐다. 나는 이번에 회사에서 만드는 달력에 글을 쓰게 되었노라고 말했다. 일구도 그렇게 되었다고 했다. 이 일을 시작한 지 겨우 두 달이 지났다는 일구가 벌써 달력에 글 쓸 기회를 얻었다는 게 좀 놀라웠다.

"역시, 일구 너답다! 두 달 만에 벌써 지면을 얻다니! 아무튼, 난 너무 오랜만에 글을 쓰는 거라 떨려. 어쩌면 팀장이 글을 훨훨 날려보려고 할지도 몰라. 오래전에 왜 있잖아, 그 교수처럼."

"아아, 우리 시를 교탁에서 휙 날려버리던 교수? 멀리 날아가는 건 가볍다고 C 학점을 주고 멀리 안 나가는 건 묵직하다고 A 학점을 줬지."

그때를 추억하듯 말했지만, 사실 그 교수가 누구인지 우리는 몰랐다. 알 리가 없었다. 그 이야기는 우리가 입학하기 전부터 전설처럼 돌고 돌던 줄거리였다. 예전엔 그런 교수가 있었다더라, 시를 종이비행기처럼 날렸을 때 멀리 안 날아가고 교수 발밑에 떨어져야 점수가 잘 나온대, 하고. 그게 지금에 와서는 마치 우리가 겪은 일인 양 기억되고 있다는 게 우스웠다. 나는 이 기억의 출처가 구전이라는 걸 알고 있었으나 일구는 정말 의식하지 못하는 것 같아 더 우스웠다.

우리는 낮술이 밤술이 될 때까지 이야기했고, 그러다 알아버렸다. 우리가 직업만 같은 게 아니라, 회사도 같다는 것. 일구가 프리랜서로 활동하는 회사 중에는 우리 회사도 있었고, 일구가 우리 회사의 내년 달력에 글을 내기로 했다는 말을 들었다. 어쩐지 불길한 서곡이 들려오는 것 같았다. 그리고 예감처럼 일구의 입에서 이런 말이 튀어나왔다.

"주제가 서울살이라며? 넌 몇 월이냐? 난 5월."

일구의 말에 나도 대답했다.

"나도 5월."

나는 뭔가 착오가 있는 게 아니냐고 물었다. 일구는 오히려 내게 뭔가 잘못 아는 게 아니냐고 되물었다. 1년 열두 달 중에 5월은 단 한 번뿐일 텐데 작가가 둘이라니.

"난 장옥정인가 그 여자가 연락을 해왔거든. 5월로 글을 쓰라고.”

“장옥정 여사가?”

“응.”

일구는 그게 누구인지도 잘 모르겠다는 듯, 대수롭지 않게 말했다. 이건 뭐지? 낙하산인가? 어쩌면 일구 말고 다른 이들이 더 있을지도 몰랐다. 피 튀기는 경쟁 체제가 도입된 것일 수도 있었다. 가장 좋은 작품을 5월에 실어주려는 것이 아닐까. 차라리 그렇다면 다행이지, 내게 한 약속이 취소된 걸까 봐 걱정스러웠다. 들이켜는 게 술인지 물인지 구분도 되지 않았다. 일구 저 자식은 왜 내 앞에 나타난 거지. 그런 눈빛으로 일구를 쳐다보았는데, 녀석은 열심히 고갈비를 뜯고 있었다. 게걸스러운 자식, 글도 엄청 게걸스럽게 잘 썼던 자식. 일구는 잠시 먹는 걸 멈추더니 이렇게 말했다.

“넌 국내용, 난 수출용. 아닐까? 내 글은 너도 알다시피 국내 사정과 좀 안 맞잖아.”

나는 소리 내어 하하하, 하고 웃었다. 일구도 웃었지만 난 점점 울고 싶은 기분이 되었다. 마치 일구가 악의적으로 내 앞에 나타난 것처럼 느껴질 지경이었다. 그렇지 않고서야 이런 우연이 가능하단 말인가. 내 마음을 아는지 모르는지 일구는 술에 가속도가 붙은 듯, 퍼마시기만 했다. 그러다 내게 좀 썼느냐고 물었다. 나는 고개를 저었다. 일구의 눈치를 보니 이미 어느 정도 방향을 잡아놓은 게 분명했다. 우린 오랜 시간 같이 작품을 써왔던 사이다. 표정을 살피면 진도가 보인다.

일구는 지갑 속에서 사진 한 장을 꺼내서 내밀었다. 자신은 이 사진에 대해 썼다는 거였다. 사진은 이미 사라진 남산 식물원을 배경으로 하고 있었다.

"내가 키가 제일 크잖아? 항상 아버지 어깨에 올라타 있었으니까. 목마를 타니까 내가 제일 컸지. 그때 우리 아버지가 식물원 앞에서 일하셨거든. 난 삐삐 신발을 신고 항상 아버지랑 산책로를 걸었어. 그 산책로가 지금은 사라졌지. 참 이상한 게 우리 아버지가 일만 하면 그 업체들이 다 아주 멀리 이사를 가버리더라. 삐삐 신발 무렵부터 알았지. 서울은 참 이사를 자주 하게 만드는 도시라는 걸."

나는 일구의 이야기를 들으며 내가 오늘 학교에 온 이유를 상기했다. 품고 있던 문장이 있었지! 그게 서른 권의 책 속에서 어떤 문장과 겹치는지, 혹시 그런 게 있는지 찾으려고 왔던 게 아니었나. 그런데 책은 펼쳐보지도 못하고 이 녀석을 만나 의욕만 상실한 셈이지 않은가. 일구는 내게 말했다.

"야, 네 집 가자. 너 지금도 자취하지?"

마치 맡겨놓은 물건을 찾듯 당당한 말투였다. 밖으로 나왔을 때 저만치 남산타워가 보였다. 오래전에 어떤 선배가 썼던 시구가 떠올랐다. 저 남산타워로 이를 쑤시고 싶다는 식의 내용이었는데, 이까지는 아니어도 남산타워는 무언가 폐부를 깊숙이 찌를 것처럼 길고 뾰족하고, 그러면서도 너무 익숙해서 흔한, 단지 조금 더 긴 전봇대 같기도 했다. 내게는 지금 그것이 못처럼 보였다. 아주 거대한 못. 거기에 뭔가를 걸 수 있을 것 같았다. 하루에 한 장씩 성실하게 뜯어야 하는, 달력 같은 것.

일구는 남산타워를 바라보며 이렇게 말했다.

"아아, 잠깐 알바할 곳이지 오래 머물 곳은 아닌 것 같아."

그건 나를 너무 초라하게 만드는 말이었다. 난 5월 한 달을 다 가진 양 들뜨지 않았던가. 일구는 이 일을 하는 건 단지 돈 때문이라고 했다. 얼마간 일한 다음 그 돈으로 대학원에 진학하는 것이 일구의 계획이었다.

"박사까지 가볼 생각이야. 이왕 시작하는 거."

나는 그런 일구에게 요즘 유행하는 한마디를 해주었다.

"남산에서 돌을 던지면 김 박사가 맞는대."

굳이 주석도 덧붙였다.

"그렇게 박사가 많단 얘기지. 넘쳐난다고."

일구의 가슴에다가 뭔가를 꽂아 넣고 싶었는데, 취한 일구는 내 말을 주워 담지도 못했다. 막 토하려는 일구를 겨우 부축해서 택시에 밀어 넣었다. 택시 안에서는 타워가 보이지 않았다. 못도 보이지 않았다. 아무것도 보이지 않았다.

일구가 기억하는 내 자취방에서 그리 멀지 않은 곳에 지금의 내 집이 있었다. 택시가 아파트 단지 앞에 멈추자 일구가 말했다.

"그리 멀리 가지도 못했네! 학교 때 살던 데 바로 옆이잖아."

그게 어떤 의도를 가지고 한 말은 아니었겠지만, 내게는 일구의 모든 말이 조금씩 뒤틀려 들리기 시작했다. 일구는 눈치 없이 계속 떠들었다. 여전하구나, 변한 게 없어 너는, 과 같은 말들.

내 집이 있는 2동을 놔두고 3동 건물로 들어간 건 일구 때문이었다. 일구는 너무 거구였고, 술에 취해서 몸이 더 늘어져 있었다. 내 어깨에 체중을 실은 일구는 '성실하게!', '성실하게!'를 외쳤다. 그러다가 마침내 완전한 문장으로 이렇게 말했다.

"졸업한 다음에 성실하게 쪘어. 1년에 3킬로씩. 딱 12킬로 늘었지."

성실한 일구를 부축하느라 늘 들어가던 건물의 입구를 혼동한 거였다. 같은 단지니까 당연한 거긴 하지만 3동 6호 라인도 2동 6호 라인과 너무 똑같았다. 일구는 취하면 침을 끌어모아 뱉는 버릇이 있었고 세월 때문인지 욕도 끌어모아 뱉어내고 있었다. 일구의 주정이 내 몸 어디에도 닿지 않길 바라면서 3층까지 겨우 올라갔다. 열쇠 구멍에 열쇠를 집어넣어도 들어가지 않는 건 술 때문이라고 생각했다. 에이 씨, 똑바로 좀 해봐, 수전증 생겼냐, 너 아직도 이러냐, 우리 아직도 밖이야? 주정 섞인 일구의 말을 흘려들으며 성실하게 열쇠를 구멍에 집어넣으려 했다. 문짝 안에서 다른 사람이 놀란 얼굴로 나올 때까지도 나는 그 집이 우리 집이라고 믿어 의심치 않았다. 내가 현관문 안의 사람에게 '누구세요?' 라고 물었을 때, 그 사람은 문을 쾅 닫았다. 이런 일이 흔한 듯 '여긴 3동 306호예요'라고 말한 후.

다시 일구를 끌고 계단을 내려오면서 나는 뭔가 묘한 기분에 휩싸였다. 약간의 소름을 동반한 그 기분은 뭐랄까, 출처에 관한 것이었다. 좀 전의 그 집이 내 집이 아니었음에도 계단을 올라가는 동안, 문짝 앞에서 열쇠를 돌리는 동안, 나는 조금도 집을 잘못 찾았다는 생각을 하지 못했다. 내가 집에 다다랐을 때 몸이 보내던 신호들, 그러니까 요의를 느낀다든지 하는 신호들도 그대로였다. 진짜 사실 여부는 별로 중요한 게 아니란 얘기였다.

술자리에서 들었던 일구의 서울살이는 내가 떠올려야 하는 서울살이의 이미지보다도 더 선명해서 마침내 내 것을 잠식해버릴 지경이 되었다. 원래 내 고향으로서의 서울은 구체적으로 떠오르지도 않았으니 일구의 서울과 내 서울이 어떻게 다른지 증명할 방법도 없었다. 단지 전해 들었을 뿐인데 사실 내가 떠올렸던 그 문장과 더 잘 어울리는 건 일구의 서울이었다. 신발을 벗을 때 내 푸마 운동화에서 삐삐 소리가 들린 것도 같았다.

일구는 집에 들어오자마자 소파에 가서 철퍼덕 누워버렸다. 잠시 코를 거칠게 골며 자더니, 흠칫 놀라 스스로 깨서 다시 술을 한잔 하자고 했다. 나는 맥주 캔 두 개를 꺼냈다. 그걸 몇 모금 마시고 일구는 또 지갑에서 사진을 꺼냈다.

"아까 봤어, 아까 그 얘기 했다고."

그렇게 말하긴 했으나 나는 일구가 꺼낸 사진을 좀 더 보고 싶기도 했다. 다시 보니 사진 속에는 일구만 있는 게 아니었다. 일구의 일행만 있는 것도 아니었다. 일구와 아무런 연고도 친분도 없지만 한 앵글 속에 우연히 잡힌 다른 사람들도 있었다. 누군가의 팔, 누군가의 발, 혹은 누군가의 뒤통수, 누군가의 웃는 표정, 누군가가 들고 있던 솜사탕, 그런 것들이 새삼 아주 중요한 정보인 양 보였다. 나는 그 사진을 한참 들여다보았다. 어쩌면 이 속에 나도 있지 않았을까 하면서. 이건 내 서울살이 아닌가 하면서. 일구가 말했다. 술 냄새가 풀풀 풍기면서도 또렷한 목소리로.

"이 사진 속에 담겨 있던 사람들은 모두 어디선가 잘 살고 있을까. 그들은 기억할까. 몇 골목을 주름잡았던 그 아이를. 두 발로 비둘기를 쫓던 그 아이를. 혹시 나를 기억할 수 없어도 모두 안녕하시길. 여기 서울에서 우리가 언젠가 또 한 번 어깨를 스치고 지나간다면, 워이 워어이, 한 번 더 안녕하시길."

"그래그래, 그 말도 아까 했어."

흘려듣던 내가 한순간에 술이 깨버린 건 일구의 다음 말 때문이었다.

"아버지는 말했지. 내가 열심히 일했던 공장은 이제는 동남아로 이사를 다 가버리고 내가 자랑했던 회사는 이제는 외환 위기의 주범이 돼버렸네."

나는 머릿속이 하얗게 얼어붙은 채로 일구를 쳐다보았다.

"뭐라고 했어?"

"내가 열심히 일했던 공장은 이제는 동남아로 이사를 다 가버리고 내가 자랑했던 회사는 이제는 외환 위기의 주범이 돼버렸네. 아, 씨발, 진짜 그렇다니까. 우리 아버지 때도 그랬고 지금 내게도 다르지 않아, 서울은."

일구는 힘겹게 다시 그 문장을 재생했다. 술 취한 앵무새처럼.

그건 내가 며칠간 내 것이 아닐까 봐 두려워했던 그 문장이었다. 결국 나는 이런 식으로 문장의 출처를 확인하게 된 셈이었다. 일구가 알고 있는 걸 보면 그 문장은 일구의 것일 수도 있었다. 일구와 오래 글을 같이 쓰면서 내게 일구의 영향이 남았을 수도 있었다. 이쯤 되면 이 문장이 나를 찾아왔다고 해도 좋았다. 문장이 자신의 출처를 이끌고 내 집으로 쳐들어온 것이다. 일구는 내가 몸을 부르르 떨고 있는 걸 아는지 모르는지, 내 이름을 목 놓아 부르기 시작했다.

"사실은, 봉식아! 미안하다, 봉식아."

"……뭘?"

"그냥 그렇게 알면 돼. 미안하다고. 내가 너한테 미안하다고 말한다는 사실. 그렇게 느낀다는 사실. 넌 그것만 알면 된다는 사실."

일구는 내게 등을 보이고 돌아누웠다. 나는 일구의 등을 멍하니 보고 있었다. 실상은 일구의 등이 아니라 일구가 내뱉은 문장에 대해 생각하고 있었다. 등이 조금씩 실룩실룩 움직이면서 일구의 목소리가 들렸다.

"아아, 씨발, 말해줘? 대신 용서한다고 약속해. 나를 용서한다고."

실룩실룩 움직이는 등이 마치 나를 비웃는 것 같았다. 힘이 쭉 빠졌다. 나는 성의 없이, 좋을 대로 하라고 대답했지만, 일구가 뭘 사과하려는지 궁금하지도 않았다. 그가 뜸을 한참 들인 뒤에 내뱉은 말이 '2009년에'여서 더 궁금하지 않았다. 2009년이라니, 기억도 나지 않는 해였다.

"그때…… K 잡지사에서 공모하는 거 있었잖아. 네가 나한테 네 원고도 내달라고 부탁했잖아. 나 그거 사실은."

"안 냈냐?"

"어."

"내 걸 안 냈다고?"

"어."

"왜?"

나는 그 실룩거리는 등을 쳐다보면서 일구에게로 손을 뻗었다. 오래전 그 작품이 어떤 거였는지는 기억나지도 궁금하지도 않았다. 단지 나는 지금 일구가 필요했다. 내 영감으로써 일구가 필요했다. 그럴 수 있다면 어떤 고삐라도, 멱살이라도 잡고 싶었다. 모든 것이 복제된 시대, 내 경험도 네 경험도 뒤섞여 출처가 어디였는지조차 불분명한 시대, 이 시대에 고유한 것이 존재할까. 이 시대에 창의성이란 건 결국 절도 행위를 통해서만 가능한 것 아닐까. 나는 일구의 서울도, 일구의 문장도 훔쳐올 수만 있다면 훔쳐오고 싶었다. 그렇게 믿고 싶었다.

"좋아서."

"……뭐?"

"좋아서. 그때 봉식이 네 글이 좋았거든. 내게 좀 위협적일 만큼."

그건 내가 일구로부터 받은 최초의 칭찬이었다. 일구는 한숨을 푹 내쉰 뒤에 다시 말했다.

"당선작을 보고 후회했지. 그해 당선작이 너무 별로였거든. 네 작품을 내가 제대로 냈다면, 그래서 네 것이 당선되었다면 그게 더 나았을 것 같더라. 내 기분도 말이야."

내 손은 허공에서 멈췄다. 나는 일구를 향해 뻗은 손을 다시 내려놓았다. 일구의 어깨를 노려보았다가 조금씩 내 시선에 힘을 뺐고 이젠 일구의 어깨를 주무르고 싶다는 기분까지 아주 잠깐 느꼈다. 신기한 건 관찰할수록 일구의 거대한 어깨가 종잇장처럼 점점 얇아졌다는 것이다. 나는 일구가 얇아지는 것을 보다가 말했다.

"용서해줄 테니까, 부탁이 있어."

"조건부냐? 뭐든 말해."

"내가 열심히 일했던 공장은 이제는 동남아로 이사를 다 가버리고."

거기까지 말하고 나는 잠깐 눈물이 나려는 걸 참았다. 그리고 이어서 문장을 읊었다.

"내가 자랑했던 회사는 이제는 외환 위기의 주범이 돼버렸네."

며칠 동안 내가 가슴에 품고 다녔던, 내 것인 줄 알았으나 사실 내 것이 아니었던 그 문장, 일구의 것이었던 그 문장을 달라고 할 참이었다. 그 작품은 내게 굉장히 중요한 거였어, 그걸 믿고 맡겼는데 버리다니, 그런 널 용서해주는 대신, 지금 그 문장은 나 줄래? 나 그 문장이 마음에 들어, 꼭 필요해, 넌 나보다 글 잘 쓰잖아, 알바로 하는 거라며, 박사 되셔야지……. 그다음 대사들이 튀어나올 준비를 하고 있었다. 그때 일구가 말했다.

"하늘은 잿빛이 되고 별도 뜨지 않고."

"나는 기타를 잡고."

그다음 말이 내게서 또 나온다는 게 신기했다. 이번엔 일구가 다시 말했다.

"룰루랄라 그대에게 노래 부르네. 아, 이게 노래였구나. 나는 머릿속에 맴돌기에 내 영감인 줄 알았다. 아아 씨팔, 룰루랄라 부기 룰루랄라 부기. 너랑 부르니까 노래가 생각나네."

그대의 구두 속의 발가락이 춤추고 있네. 우리는 어느새 노래를 부르고 있었다. 룰루랄라 부기*. 슬프게도 그건 일구의 문장도, 내 문장도 아닌, 모두가 흥얼거리는 노래 속 가사였다. 단지 내가 그 노래를 언제 어디서 어떻게 들었는지 잊

* 김태춘 작사 · 작곡 · 편곡, 〈룰루랄라 부기〉.

어버렸을 뿐, 그 노래는 씨앗처럼 날려서 내 안으로 떨어진 거였다.

"내가 열심히 불렀던 노래는 이제는 제목조차 기억이 잘 나지 않고."

"내가 들이부었던 술잔엔 내 눈물만 한가득 차버렸네."

우리는 마지막 두 소절까지 약속이나 한 듯 맞춰 불렀다. 그제야 나는 알았다. 내가 종이컵 아래 칸이라면 일구는 위 칸. 내가 2동이면 일구는 3동, 내가 5월 1일이면 일구는 2일, 일구가 2일이면 나는 3일. 우린 그렇게 비슷한 처지. 앞서거니 뒤서거니 해도 비슷하게 식어가는 존재. 우리는 선창과 후창을 주고받으며 노래로 지구를 몇 바퀴나 맴돌았다. 노래는 메들리처럼 온갖 다른 노래로 이어졌고, 가사도 리듬도 엉망이 되었다. 그러나 오래전과 비슷했다. 내 자취방에서 소설을 마감한답시고 모여서는 쓰려는 글은 안 쓰고 노래만 줄곧 불렀던 그때와 정말 비슷했다. 단지 뭔가가 좀 적어졌을 뿐이다. 기타도 없고 여자 친구도 없고 체력도 없고. 그렇지만 페이스트리가 몇 겹으로 부풀어 오르는 것처럼 우리의 성대는 가볍게 부풀어 올랐다.

건너편 유리창에 비스듬히 소파에 누운 한 남자와 그 아래 뻗어버린 또 한 남자의 모습이 보였다. 마치 벽에 나란히 붙은 두 권의 달력 같았다. 시간이란 놈이 다가와 내 뺨을 찰싹

갈기거나 목을 댕강 베어버리면 별수 있나. 그렇게 하루하루 내어주면서 늙어가는 거지. 이렇게 노래를 부르면서 늙어가는 거지. 저만치서 독서광이지만 음악은 잘 몰랐던 후배가 열심히 걸어온다. 나를 쑥 집어 들고는 자그마한 서류 봉투 안으로 집어넣는다. 일구도 비슷한 처지다. 나는 이렇게 소리친다.

"야, 우편물은 대부분 400그램 미만이랬잖아. 난 65킬로그램이고 쟤는 10킬로그램은 더 나갈 거라고."

그건 농담이 아니지만, 후배는 하하하, 소리 내어 웃는다. 그는 우체부가 800부의 우편물을 수거하러 올 시간을 기다린다. 그리고 우리를 종이비행기처럼 날릴 것이다. 유효한지 의심스러운 주소들을 향해. 그럼 우리는 날아가는 거다. 온몸으로 고유한 달력이 되어, 이렇게 노래를 부르면서.

Y-ray

Y-ray가 태어난 것은 2년 전 겨울, 한 X-ray 공장에서였다. 그것은 불량품이었으나, 바로 폐기되지는 않았다. 번잡한 절차 때문이었다. 다음 해 봄, 공장에 불이 나지 않았다면 Y-ray는 발견되지 않았을 것이다.

불은 공장 건물 두 동을 태웠고, 몇 사람의 목숨도 앗아갔다. 그러나 출고 직전의 기계들과 몇 대의 불량품은 살아남았다. 몇 달 후, Y-ray는 멀쩡한 X-ray와 함께 출고되었다. 그것이 불량품인 이유를 알던 사람이 불에 타버렸기 때문에 결함은 영영 묻혀버리고 말았다.

불량 X-ray 기계는 갓 개업한 병원으로 이동되었다. 척추가 아프다고 호소하던 환자를 촬영할 때까지도 의사는 그 기계가 조금 이상하다는 것을 알지 못했다. 그러나 환자의 촬영 결과는 보통의 X-ray 사진과는 좀 달랐다. 사진 속에 보이는 뼈, 라고 생각되는 물체는 돌기 혹은 가시, 아니 보다 정확히 말하자면 자잘한 바퀴가 달려 굴러가는 모양새였다. 누가 봐도 그것은 공장에서나 볼 법한 벨트컨베이어였다. 희미하게 보이는 장기들도 실루엣이 매끈하지는 않았다. 벨트컨베이어를 뼈와 근육처럼 이어서, 그 사이사이에 몇 개의 톱니바퀴를 장기처럼 늘어뜨리고 있는 이것은 인체가 아니라 커다란 괘종시계의 내부였다.

의사는 그 기계를 버리지 못했다. 병원의 간호사 네 명, 그리고 자신의 가족들과 친구들을 연달아 찍어봤는데 제각각 다른 모양새의 사진이 나왔기 때문이다. 결과는 흥미로웠다. 기계는 대부분 아무것도 읽어내지 않았지만, 누군가의 몸에서는 몸 전체에서 톱니바퀴와 벨트컨베이어를 읽어내는 경우도 있었다. 그럴 때 벨트컨베이어 틈에서 어색한 물건들이 포착되기도 했다. 인체가 품지 않을 법한 물건들, 이를테면 고무장갑이라든지 휴대전화라든지 나사못 같은 것. 의사는 새 X-ray 기계를 들여와서 사용했지만, 문제의 X-ray 기계를 버리지는 않았다. 의사의 아내는 그 기계에 귀신이 붙은 것 같다며 버리자고 했지만, 의사는 그 기계가 보여주는 제각기 다른 인체 사진 속에도 어떤 규칙이 있을 거라고 생각했다. 아내의 말대로 기분 나쁜 불량품일 수도 있었지만 새로운 발견일 수도 있었다. 의사는 그 불량품을 가지고 동료 의사와 과학자 들을 만났지만 항상 그 불량품이 자신의 소유라는 점을 강조했다. 동료 의사들 역시 그것이 단순한 불량품이 아니라는 데 의견을 보태는 대가로 몇 퍼센트의 지분을 보장받았다. 그렇게 그 기계는 차츰 자신을 설명할 만한 이론을 얻어냈다. 결론을 한 줄로 요약하자면 이러했다.

'이것은 X선이 아니라 새로운 빛으로 인체를 인식한다.'

X선이 자외선과 감마선 사이에 존재한다면, 이 새로운 빛은 X선과 자외선 사이의 파장을 갖고 있다고 그들은 추측했다. 그 새로운 빛은 X선이 보지 못하는 것을 인식했기 때문에 새로운 미지수, Y로 불렸다. 자연히 Y선이 포착하는 사진은 Y-ray라고 불렸다. 그 이름은 입에서 입으로 퍼지다가, 마침내 한 의학 전문 잡지에서 Y-ray라고 언급되면서 정말 Y-ray가 되었다. Y-ray는 접합 부분의 이상으로 인해 태어난 불량 모델이었으나, 바로 그 사양 그대로가 정확한 기준치로 바뀌었다. 이 도시에 몇 대의 Y-ray가 있는지 누구도 알지 못했다. 단지 새로운 기준에 목말라 있던 사람들이 적지 않았고, 그래서 Y-ray가 멈추지 않고 증식할 거라는 사실만 추측할 수 있었다.

남자의 오른쪽 엄지발톱은 유독 길고 두껍게 자라 있었다.

왼쪽에 비해 오른쪽이 서너 배 정도 더 두꺼워 보였다. 며칠 사이의 일이었다. 아니, 시작 지점이 좀 더 오래전일 수도 있었다. 남자는 냉장고 수리 일을 했다. 매일 수십 개의 현관문을 열고 인사를 하고 그 안에 들어가 냉장고 문을 열어야 했다. 신발을 벗어야 하는 경우가 하루에도 수십 번이나 있었다. 남자가 자신의 발톱이 이상하다는 것을 처음 알게 된 것도 낯선 집에서였다. 엄지 부근에 구멍이 나 있었고, 발톱이 마치 독수리의 그것처럼 억세게 밖으로 튀어나와 있었다. 그 집 안에 있던 모두의 시선이 그 발톱에 머물렀다. 아주 잠깐이었지만 분명 그랬다. 냉장고를 고치러 온 사람의 양말을 유심히 보는 고객이 얼마나 될 것인가. 그럼에도 불구하고 누군가에게 들켰다는 것은 엄지발톱이 그만큼 도드라져 보였다는 거였다.

거리에서는 큼직한 신발을 신어 그 안에 발톱을 숨길 수 있었지만, 신발을 신고 고객의 집에 들어갈 수는 없었다. 발톱의 생장은 양말의 신축성을 능가했다. 발톱을 깎으려다가 몇 번이나 손톱깎이의 칼날이 부러졌다. 남자가 더 나은 손톱깎이를 사기 위해 가게에 갔을 때, 가게 주인이 권한 것은 니퍼였다. 포장에는 뭐든 끊지 못할 것이 없다고 적혀 있었고, 과연 그랬다. 그러나 발톱을 잘라낸 후 남자는 똑바로 설 수가 없었다. 그새 발톱이 체중의 일부를 지탱하고 있었던 것이다. 한번 잘린 발톱은 더 무섭게 자라나, 어느 출근길 남자의 구두코를 뚫었다. 구두코에 구멍이 났고, 그 틈으로 뿔, 혹은 혹처럼 자라난 발톱이 거친 숨을 몰아쉬었다.

남자는 몇 주간 관찰 끝에 엄지발톱의 성분이 다른 발톱들과는 조금 다르다는 것을 알게 되었다. 단지 두께의 문제가 아니었다. 발을 씻을 때면 비 오는 날 녹슨 쇠에서 날 법한 냄새가 났다. 거무죽죽한 엄지발톱은 이제 남자의 목덜미를 위협하고 있었다. 서비스 만족도는 중요했다. 물론 고객들이 남자의 엄지발톱을 문제 삼는 일은 아직 없었지만, 남자는 고장 난 냉장고보다도 자신의 엄지발톱이 더 신경 쓰여서 일을 하기 힘들었다. 일찍 병원에 가지 않은 건 시간이 없어서였다.

겨우 병원에 갈 짬이 났을 때, 남자는 어디로 가야 할지 얼른 알 수 없었다. 종합병원의 안내 데스크에서 엄지발톱에 관한 이야기를 하는 것도 힘에 부쳤다. 냉장고는 냉장고, 세탁기는 세탁기, 텔레비전은 텔레비전으로 분야가 나뉘어 있는 자신의 직장처럼 이곳에도 단지 엄지발톱의 문제를 책임질 수 있는 어떤 부서가 있었으면 좋겠다고 남자는 생각했다. 그의 집과 회사, 어느 쪽에서도 먼 거리에 있는 종합병원이었다. 그러나 정형외과에서는 피부의 문제라고 말했고, 피부과에서는 뼈의 문제라고 말했다. 수많은 환자가 각자의 문을 향해 걸어가는데, 남자는 잠시 어느 문을 향해 걸어가야 할지 고민했다. 혼자만 집을 갖지 못한 사람처럼 주눅이 들었다. 1층, 정형외과. 2층, 피부과. 두 군데에서 비슷한 진단을 받았다. 영양부족, 스트레스. 그것은 남자가 고등학교를 졸업하면서부터 달고 살던 진단이었다. 피부과 의사는 난감한 표정으로 환자분이 쇠라고 믿는 그 부분이 진짜 쇠는 아닐 거라고 말했다. 피부과 문을 나선 그 순간 찰랑, 이상한 소리가 났다. 남자가 멈춰 섰다. 다시 한 걸음 움직이려고 하니 찰랑, 또 한 번 찰랑찰랑. 움직임이 느껴졌다. 그것은 소리이기도 했고, 진동이기도 했다. 그는 걸어갈 때마다 자신의 몸속 장기들이 탬버린에 붙어 있는 은색 코인처럼 춤춘다고 느꼈다. 심장도, 위도, 폐와 신장도 모두 덜겅덜겅, 찰랑찰랑, 청각적으로 움직였다. 목젖은 마치 스피커같이 소리가 들릴 때마다 그것을 흡수해 더 크고 둥글게 퍼뜨리는 듯했다.

사흘 후, 남자는 또 휴가를 내서 병원을 찾았다. 사흘 내내 그는 업무에 집중할 수 없었다. 그가 고친 냉장고들은 다시 같은 증상을 호소했다. 상사에게서도 한 소리를 들었다. 그러나 고쳐야 할 건 냉장고가 아니라 자기 자신이었다. 남자는 모든 게 몸속에서 울리는 진동인지 소리인지 모를 이물감 때문이라고 대꾸하고 싶었지만 이해해줄 사람이 있을 리 없었다. 남자는 퇴근해서 혼자 지냈고, 출근해서는 동료나 고객과 늘 함께였지만 역시 혼자였다. 남자가 찾아간 곳은 지난번과 같은 병원 3층에 있는 이비인후과였다. 이비인후과를 나서면서 4층 흉부외과로도 찾아가보았다. 이렇게 한 층씩 올라가다가는 언젠가 천장을 뚫고 하늘로 승천할 수 있을 것 같은 기분이었다. 5층에는 내과가 있었다. 엄지발톱이 내과적 문제라는 건 남자가 전혀 예상치 못한 일이었다. 마치 냉장고를 텔레비전 전문가들이 수리하는 것처럼 구획 정리가 이상하게 뒤섞인 것 같았다. 그러나 내과 의사는 남자의 엄지발톱을 그 어떤 사람보다도 세심하게 관찰했다. 남자가 호소하는 이물감에 대해서도 귀를 기울였다. 그러고는 엄지발톱이 문제가 아니라고 말했다.

스무 살 이후로 몸의 무언가가 자란다는 것은 대체로 부정적인 의미를 품고 있었다. 종양이 자라거나 혹이 자라거나. 그중에 최악은 방금 자신이 들은 말일 거라고 남자는 생각했다.

"발톱은 계속 이런 형태로 자라날 겁니다. 당분간은 그렇습니다. 중요한 건 이 발톱이 더 큰 변화의 징후일 수 있다는 거죠."

한마디로 뭔가 더 불안한 것이 자라고 있다는 얘기였다. 남자는 더럭 겁이 났다. 의사는 남자에게 Y-ray 촬영을 권했다. 남자는 Y-ray에 대한 이야기를 들어본 적이 없었지만 들어보니 이미 몇 차례 뉴스에 언급된 적이 있는 의료 장비라고 했다. 불치병을 진단하는 변형된 X-ray라고도 했고, X선과는 차원이 다른 빛으로 온몸을 훑고 지나간다고도 했다. 그걸 재미 삼아 찍어보는 사람들도 있었지만, 남자는 새로운 빛에 노출된다는 것이 어쩐지 두려웠다. 차라리 의사가 아무런 설명 없이, 선택권도 주지 않은 채 검사를 진행했다면 더 좋았을 거라고 그는 생각했다. 어쨌거나 촬영은 금방 끝났다. 사진을 찍는 동안 몇 번이나, 의사가 가래 끓는 소리를 내고 가래를 뱉어냈다. 그 과정에서 아주 조금, 촬영이 지연되었지만 크게 문제 될 것은 없었다. 빛이 남자의 몸을 훑고 지나갔고, 마침내 남자의 몸이 보였다. 남자는 차라리 사진을 찍지 말 걸 그랬다고 다시 한번 후회했다. X-ray와 다르다는 것은 대충 들어 알고 있었지만, 자신의 몸속에 그렇게 많은 벨트컨베이어와 톱니바퀴가 들어 있을 줄은 몰랐다. 그의 몸은 몇 개의 톱니바퀴와 긴 벨트컨베이어가 교차하면서 움직이는 하나의 공장 같았다. 의사는 그 공장의 한구석에 둥글게 표시를 했다.

"이게 뭐로 보이십니까?"

"가위 아닌가요?"

맹장이 있을 법한 위치에 놓인 것이 가위였다. 가위라니.

남자는 당혹스러웠다.

그는 태어나자마자 탈장 수술을 받았다. 그러나 수술 후 30년 가까이 살아오면서 몸 안에 무언가가 들어 있을 거라고는 생각해본 적이 없었다. X-ray 사진이 종종 몸 안에 있지 말아야 할 것들, 있을 필요가 없는 것들을 포착해서 보여준다는 얘기를 들은 기억이 있었다. 사람들이 자신도 모르는 사이에 코나 입을 통해 섭취한 것이거나, 개복수술 후 의료진이 자신도 모르는 사이에 환자의 몸 안에 수술 도구를 떨어뜨리고 나오는 것이 그 이물질의 유입 경로였다. 실제로 가끔 30년 넘게 수술용 가위를 몸 안에 품고 살아온 사람이라든지, 1미터가 넘는 철사를 몸 안에 넣은 채로 평생을 살아온 사람의 이야기가 떠돌기도 했다. 그렇게 운 나쁜 일이 바로 자신에게 벌어졌다는 게 믿기지 않았다.

"저 가위는 진짜 당신 몸에 들어 있는 게 아닙니다."

의사는 그렇게 말했다.

"이건 Y-ray일 뿐이니까요. 전혀 새로운 형태의 빛이라서 그대로 받아들이면 안 됩니다."

그 말은 의사가 남자의 배를 가르고 녹슨 가위를 꺼낼 수도 없단 얘기였다. 의사가 생각보다 당황하지 않은 것은 남자 전에 다녀갔던 수많은 환자 때문이었다. 휴대전화 배터리를 품은 사람도 있었고, 칼날을 품은 사람도 있었다. 종잇조각과 비닐봉지도 흔했다. 그러나 이 모든 것들은 실재가 아니라 그림자였다. 의사는 늘 그렇게 설명했다. X-ray 사진이 보여주는 게 실재라면 Y-ray가 보여주는 건 그림자라고 보면 됩니다. Y-ray는 우리 몸속에 들어 있는 물체가 아니라 우리가 눈으로 인지하지 못하는 어떤 것들을 보여주니까요.

이상한 건 눈으로 인지하지 못하는 그 무언가 때문에 이물감을 느끼는 사람들이 있다는 사실이었다. 그 부분이 아직 의사가 풀어내지 못한 무언가, 였다. 진짜 가위가 이 남자의 몸에 들어 있는 것은 아니었지만, 남자 역시 마치 가위가 들어 있는 것처럼 이물감을 느낀다고 했다. 엄지발톱은 점점 가윗날을 닮아갔고, 그건 시작에 불과했고, 남자가 아직은 땀이라고 믿고 있는 그것이 녹물일 수도 있었다.

"그럼 가위가 들어 있는 것과 다를 바가 없지 않나요?"

의사는 그건 아니라고 말했다. 남자는 다시 의사에게 물었다.

"그럼 내가 뭘 어떻게 해야 하나요?"

남자의 엄지발톱은 체액에 닳고 닳아 녹슬어버린 쇳조각처럼 불쾌한 냄새를 풍겼다. 쇠 냄새 같기도 하고 살냄새 같기도 했다. Y-ray 촬영 결과를 보고 난 후 남자는 더부룩한 느낌이 더 심해진 것 같았다. 몸 안에 있는 무언가는 열심히 활동했고, 밤마다 경쾌하게 울렸다. 소리는 심장박동보다 더 컸다. 그러나 안에서 울리는 소리에만 집중하기에는 그의 삶이 너무 바빴다. 소리를 듣기보다는 듣지 않기 위해 애썼고, 늘 긴장 상태로 있어야 했다. 양말을 몇 겹씩 겹쳐 신어서 깁스라도 한 것처럼 두툼했고, 신발은 헐거웠다. 그러나 그마저도 금방, 엄지발톱이 따라잡을 것이 분명했다. 남자는 그렇게 비밀스러운 급소를 하나 갖게 되었다. 남자가 할 수 있는 건 의사의 말대로 일주일에 한 번씩 병원에 와서 몸 안의 활성산소를 줄여주는 약을 받고, 치료용 레이저를 쏘여주는 것뿐이었다. 몸 안에 가위가 있다는 것이 어떤 의미인지에 대해 물었을 때 의사는 이렇게 대답했다.

"중요한 건 아무것도 포착이 안 되는 경우가 대부분이라는 겁니다."

300명 중의 한 명꼴로 그렇게 가위니 펜이니 하는 이상물질들이 사진에 포착되고 있었다. 그게 무얼 의미하는지는 알 수 없었으나 그 사람들의 손톱이나 발톱은 성치 않았다. 남자는 Y-ray 촬영 결과에 그렇게 이물질이 보이는 사람들을 Y라고 부른다는 것도 알게 되었다. Y로 진단을 받은 것에 대해서는 상사에게 공개하지 않는 편이 낫겠다는 생각도 들었다.

동료의 모친상이 있던 날, 남자를 비롯한 몇 사람은 한차에 탔다. 밀폐된 승용차 안에서 사람들이 무언가에 대해 떠들어주길 그는 기대했으나, 차 안은 조용했다. 조는 사람도 없었다. 모두 단지 숨을 쉬는 데 집중하는 것 같아, 남자는 숨이 막혔다.

빈소에 들어선 남자는 온몸으로 주객이 전도되는 기분을 느꼈다. 바로 그 순간, 몸속 탬버린들이 일제히 코인을 흔들어대기 시작했다. 집중해서 들어보면 탬버린이 아니라 가위질 소리처럼 들리기도 했다. 찰랑, 이 아니라 싹둑, 이었다. 그는 내부에서 들려오는 소리에 집중했다. 충격으로 환청이 들리는 것인가. 색종이를 자르던 가위, 엿장수가 돌리던 가위, 미용사의 손가락에 걸려 있는 가위, 부엌에 걸려 있는 가위, 의사의 수술용 가위……. 그는 눈을 크게 뜨고 심호흡을 했다. 싹둑. 그의 옆에 있던 동료가 그를 쳐다보았다. 남자는 이 싹둑, 소리가 동료의 귀에도 들리는지 궁금했다. 또 한 번 싹둑. 동료가 조금 놀란 표정으로 그를 바라보았다. 남자는 가위질 소리가 어디까지 들리는 건지 궁금했다. 어쩌면 내 몸속에서만 울리는 게 아닐지도 모르고, 어쩌면 내 귀에만 들리는 게 아닐지도 모른다는 생각이 스쳤다. 또 한 번 싹둑, 하고 가위가 움직였을 때 동료가 그를 툭, 치면서 입을 열었다.

"뭐 하는 거야?"

"들려요?"

남자가 속삭였다. 동료가 입을 열었다.

"뭐 하느냐고, 절 안 하고."

남자를 바라보고 있는 사람은 동료뿐이 아니었다. 상주가 그를 빤히 쳐다보고 있었다. 가위질 소리를 들은 사람은 남자 자신뿐이었다. 어쩌면 살짝 미소를 짓고 있는 영정 사진 속 누군가도 그 소리를 들었는지 모른다. 남자 앞에서 몇 사람이 그의 두툼한 양말을 유심히 보고 있었다. 그는 그들의 시선을 애써 모른 척했다.

집으로 돌아올 때 남자는 동료의 차가 아닌 지하철을 탔다.

없어야 할 무언가가 몸속에 들어 있다는 게 불안했다. 게다가 그 이물질이 살아 있는 것처럼 계속 움직인다면 더더욱. 어느 새벽, 동이 트기 전에 가장 먼저 일어난 첫닭처럼 가위는 날렵하게 울더니 명치 부근의 무언가를 잘라버렸다. 그건 꿈이었다. 꿈에서 남자는 마치 몇 번째 장기라도 되는 것처럼 늑골 부근에 웅크리고 있던 가위를 꺼냈다. 그러나 꿈에서 깨어난 후 여전히 몸 안에 무언가가 들어 있는 것 같은 이물감을, 그리고 그것이 움직이는 것 같은 불안감을 느꼈다. 공장 설비가 갖춰진 몸이 열심히 가위를 만들어놓으면, 공장에서 제품을 출하하듯, 의사들이 가위를 꺼내는, 그런 줄거리가 대부분이었다.

몸 안의 가위 때문인지는 몰라도 몸 안팎의 모든 것이 멋대로 편집되고 재단되었다. 주체가 남자인지 가위인지도 헷갈릴 만큼 충동적인 결정들이 난무했다. 싹둑, 가위가 한번 울어 상사와 싸움이 붙었고, 또 한 번 싹둑, 할 때 동료에게 짜증을 냈고, 가위가 싹둑싹둑, 할 때 고객을 윽박질렀다. 언제부터인가 그의 동선은 인적이 가장 드문 곳으로만 이어졌다. 그는 퇴근하면 지하철이 아니라 택시를 잡아탔다. 택시마저 자신을 외면하는 것처럼 느껴질 때는 일부러 한참을 걸어서 버스를 탔다. 집이 있다는 것은 얼마나 다행스러운 일인가, 하고 그는 생각했다.

남자는 텔레비전 채널을 이리저리 돌리다가 익숙한 얼굴을 발견했다. 자신을 진단했던 의사였다. 의사는 건강 관련 프로그램의 패널이 되어 있었다. 거즈, 붕대, 반지, 문풍지, 나무젓가락, 시계, 본드, 두루마리 휴지, 과자 봉지, 지갑, 휴대전화 배터리……. 이것은 유실물 센터나 휴지통이 아니라 의사가 지금까지 찍은 이물질 목록의 일부였다. 크기와 재질, 그리고 유통기한마저 제각각인 물품들이 사람들의 몸에 들어가 각기 다른 증상들을 만들어내고 있었다. 몸속에서는 그 어떤 일회용품이라도 그것을 품은 사람의 수명에 따라 영구적으로 저장되었다. 물론 진짜 물건들이 아니었다. 그저 이미지일 뿐이라고, 의사는 강조했다. 패널 중 누군가가 이렇게 물었다. 그럼 심령사진 같은 건가요?

"심령사진이라고 할 수는 없지요. 단지 우리가 모르는 새로운 기준의 빛에 의해서 이렇게 보이는 겁니다."

의사의 말은 들어도 잘 와 닿지 않았다. 이를테면 가위와 같은 것이 실제 존재하는 것이든 아니든 간에 그건 두려운 결과였다. 자신의 몸통 속에서 가위의 이미지를 발견해낸 사람은 마치 몸 안에 흉기가 들어 있는 것처럼 심경이 복잡해질 수밖에 없었다. 지금 남자가 꼭 그랬다. 게다가 엄지발톱은 이제 손끝으로 만지면 위험할 정도로 날카로운 가윗날이 되어버렸다. 내 몸은 가위 공장이구나, 그렇게 생각하고 보니 정말 그럴 듯도 했다. 모든 인체는 공장이 되기에 아주 적절한 구조로 되어 있었다. 입, 식도를 거쳐 위장, 소장, 대장까지 연결된 채 같은 간격으로 잘린 시간, 같은 규격으로 포장된 공기가 자신의 몸속을 맴돌고 있는 것 같았다.

"이러한 변화가 진화인지 퇴화인지, 지금으로써는 어떤 결론도 내릴 수 없습니다."

전문가들은 조심스럽게 말했다. 그러나 진화든 퇴화든 보통 사람들과 너무 멀리 차이가 벌어지는 것은 좋지 않았다. Y들은 달라진 신체로 인해 어느 정도 부당함을 감수해야 했다. 이 병을 설명하기 위해 다양한 단어들이 소비되었다. 그러나 가장 정확한 지칭은 역시 미지수, Y였다. Y-ray로 진단을 받은, 이 사회의 공식으로 설명할 수 없는 미지수. 그들은 Y라고 불렀다. Y는 최근에 가장 주목받고, 자주 언급되는 알파벳이었다. A부터 X까지는 Y를 부르기 위해 존재하는 들러리 같았다.

내부 이물질 신고서:

내부 이물질이란, 일상생활에 지장을 주면서 X-ray로는 포착되지 않고 Y-ray로는 포착되는 물질을 말함.

1. 살아 움직이는가? (예, 아니요)

2. 가로, 세로, 높이를 합한 값이 20센티미터를 넘는가? (예-넘는다면 정확한 수치를 기입하시오, 아니요)

3. 기내 반입 금지 물품에 해당하는가? (예, 아니요)

4. 습기와 화력에 약한가? 각 동사무소와 보건소 및 지정 약국에 있는 습기 탐지기와 화력 탐지기를 이용해볼 것. (예, 아니요)

5. 계속 자라고 있는가? (예, 아니오)

6. 개체가 늘어나고 있는가? (예, 아니오)

검사 대상이 인체라는 점만 잊으면 낯설 것도 없었다. 신고서는 객관식이었지만 그 여섯 개의 질문이 전부는 아니었다. 뒷장에는 훨씬 더 세분화된 질문들이 있었다. 남자는 그 질문에 답을 하다가 어느 순간 비명을 지르고 싶은 심정이 되었다. 남자의 몸 안에 가위를 넣어둔 사람은 남자 자신이 아니었다. 아니, 그건 진짜 가위가 아니라 가위 형상의 새로운 빛이라고 하지 않는가. 어떤 식으로든 남자는 자신이 왜 자기 몸 내부의 무언가에 대해 자꾸 해명해야 하는지 이해하기 어려웠다. 확실한 건 이제 남자가 몸에 가위를 지닌 사람이란 것을, Y라는 것을 모두가 안다는 사실이었다. 적어도 이 신고서는 그것을 알고 남자에게 날아오지 않았는가.

다음 날 출근하자 상사가 남자를 불렀다. 상사는 일단 남자의 엄지발톱에 대한 안부를 물었다. 남자는 상사가 원한다면 양말을 까뒤집고 엄지발톱을 공개할 의향도 있었으나 상사는 원치 않았다. 단지 남자가 자주 병원에 가기 위해 휴가를 썼던 사실을 언급하며, 아침 조회 시간에 회사로부터 Y들의 명단을 받았다고 말했다. 남자가 제출한 내부 이물질 신고서가 이미 회사 쪽으로도 공개된 모양이었다.

"회사 측에서는 걱정하고 있네. 자넨 성실한 직원이었으니까. 그렇지만 우린 고객을 일대일로 응대해야 하는, 고객의 집으로 찾아가야 하는 사람들 아닌가. 게다가 가위라니, 냉장고 수리에 도움이 되겠나."

"진짜 가위를 품고 있는 게 아닙니다. 이건 이미지일 뿐이에요. 그림자 같은 거죠."

남자는 어디선가 주워들은 대로 말했지만, 상사는 남자의 말을 주워듣지 않았다. 단지 '자넨 너무 성격이 급해'라고 대꾸했을 뿐이다. 표면적으로는 병 치료를 위한 휴직이었지만, 사실상 해고 통보에 가까웠다. 회사 측은 완치된다면 복귀시키겠다고 약속하며 약간의 위로금도 지급했지만, 어떻게 완치할 수 있는지 그 치료 방법에 대한 내용은 누구도 몰랐다. 게다가 위로금은 정말 약간이었다.

남자는 이제 정말 혼자가 되었다. 고립되니 좋은 점도 있었다. 내 몸에서 소리가 나는지 어떤지, 엄지발톱이 좀 더 자랐는지 어떤지에 대해 무감할 수 있게 된 것이었다. 휴직 첫날, 남자는 종일 집 안에 틀어박혀 있었다. 남자의 집은 빌라 1층이었다. 앞집 사람들과 마주친 지도 굉장히 오래된 것 같다고 남자는 생각했다. 오후가 되자 남자의 집 현관에 이상한 쪽지가 붙었다. 읽어도 이해할 수 없는 글이었는데, 그날 저녁 남자는 자신이 신경 써야 할 대상이 회사에서 이웃으로 바뀐 것뿐이라는 사실을 알게 되었다. 남자가 집을 비우기 전, 맞은편 집 사람들이 먼저 이사를 갔다.

Y-ray가 도시 전체를 관통하는 빛처럼 서서히 움직일 때, 의사가 가래를 뱉어냈다. 원래도 기관지가 좋지는 않았지만,

요즘 들어 자꾸 가래가 끓었다. 방송 프로그램이 아니더라도 그는 많은 환자를 상대해야 했다. 사람들이 몰려들었고, 하루에도 쉴 새 없이 사진을 찍어야 했다. 플래시는 초 단위로 터졌다.

의사는 정기적으로 방송에 출연하면서 고정적인 수입과 팬을 확보했다. Y-ray 회사의 광고에 출연하는 기회도 찾아왔다. 그는 원래 목소리가 조금 얇고 높았지만 방송에서는 중저음으로 말하기 위해 노력했다. 시력이 나쁘지도 않았지만 도수 없는 안경을 썼고 덥수룩한 헤어스타일도 필요 이상으로 자주 손질해야 했다. 사람들에게 둘러싸여 있을 때 그의 목소리는 중저음에 가까웠다. 일이 모두 끝나고 집으로 돌아가면 그의 목청은 다시 빠른 고음을 낼 준비가 되었지만, 아쉽게도 이제는 말을 할 필요가 없었다. 아내는 늘 늦었고 의사보다 더 바빴다. 그의 목소리를 들어줄 청중은 없었다. 목소리는 과연 최고의 악기였지만 청중이 없는 무대에서 혼자 울리는 법은 드물었다. 다시 자신의 리듬, 자신의 음을 찾았을 때 그가 읽을 수 있는 악보는 침묵뿐이었다.

의사는 텔레비전을 틀었다. 텔레비전 속에서는 자주 Y-ray 광고가 흘러나왔고, 광고 속 그의 목소리는 중후했다. 조금 낯선 기분으로 그것을 보고 듣던 의사의 몸속에서 큰 진동이 울렸다. 의사는 가래를 뱉었다. 가래는 알록달록했다.

가래라기보다는 종이에 가까웠다. 0.2미터 간격으로 일정하게 썰린 붉고 푸른 종이들은 꽤 길었다. 생일날 터뜨리는 축포 속에서나 볼 수 있을 종이였다. 10분 후, 그는 텔레비전이 아니라 거울 앞에 서서 하, 하고 입을 벌렸다. 목젖 뒤에 무엇이 있는지는 몰라도, 그 안에서 끊임없이 축포 알맹이들이 끌어져 나왔다. 잠시 후 찰칵, Y-ray가 빛을 발했다. 그가 처음으로 들여다본 자신의 목젖 속에는 알록달록한 종이 더미가 몇 롤이나 쌓인 채, 매끄러운 바퀴처럼 굴러가고 있었다.

폭죽을 발견한 그날 이후, 의사는 40분 분량의 방송 프로그램을 무사히 촬영하기 위해서 거식증 환자처럼 행동할 필요가 있었다. 웬만하면 먹지 않고, 먹는다 하더라도 속을 게워내야 가래가 덜 끓었다. 정확히 말하자면 그렇게 해야만 폭죽 속에서 발견되어야 할 법한 종이가 그의 혀 위에서 발견되는 일을 방지할 수 있었다. 그것이 굴러가는 소리는 플래시 터지는 소리와 비슷해서 내부의 장기들이 증명사진처럼 뻣뻣하게 굳었다. 폭죽 실이 장기를 하나하나 점령해 오장이 시한폭탄처럼 느껴졌다. 텅 빈 집으로 돌아오는 것이 지겨워 회식이라면 빠지지 않고 참석하던 그였지만 Y가 되고부터는 회식도 피하게 되었다. 가래를 뱉다가 몸 안에서 알록달록한 폭죽 종이가 털실처럼 끌려 올라온다는 것이 발각되기라도 하면 큰일이었다. Y들은 대부분 Y가 된 후, 무언가를 얻기보다는 잃었다. 그가 아는 한, 거의 모든 Y가 그 전보다 더 불리해졌다. 아주 실용적인 이유로, 그들은 더 이상 회사에 다닐 수 없었다. 회사에 다니던 사람들은 졸지에 실업자가 되었고, 회사를 꿈꾸던 사람들은 면접장에 들어갈 수조차 없었다. 학교에 다니던 사람들은 잠시 휴학계를 내야 했고, 휴학 중이던 사람들은 다시 복학할 수 없었다. 학교도 회사도 다니지 않던 사람들은 그나마 나았으나, 검진과 치료를 하는 동안 돈과 친구가 급속도로 사라졌다는 점에서는 마찬가지였다.

임산부 두 명이 동반 자살을 하지 않았다면, Y-ray는 계속 진화했을 것이다. 하이힐을 품은 임산부가 낳은 아이의 이마에 인두로 지져놓은 것처럼 뾰족한 구두 굽 자국이 나 있었다. 그 후 전국에서 임신했거나 임신을 계획 중이던 Y들이 낙태 수술을 하기 위해 산부인과의 문을 두드렸다. 면도칼, 활, 스케이트 날, 긴 스카프, 밧줄, 접착테이프, 스프레이……. 태아에게 위험한 물건들이 너무도 많았다. 아이가 어떤 모습으로 태어날지 예측할 수 없다는 것은 산모들에게 불안감을 안겨주었다.

진료카드가 Y들의 새로운 신분증이었다. 자주 활용해야 했으므로 발급 일자와 발급처까지 달달 외워두는 것이 좋았다. 진료카드는 병원에 주 1회씩 방문하는지 아닌지를 꼬박

꼬박 체크하는 데 도움이 되었다. 그 결과 Y는 병원에 규칙적으로 드나들게 되었고 통장에서도 규칙적으로 돈이 빠져나가게 되었다. 진료카드를 잊기란 어려웠다. 텔레비전에서는 뉴스가 시작하고 끝날 때마다 진료카드를 꼭 발급받자는 광고가 따라붙었다. 그것이 그들의 수감 번호였고, 창살은 보이지 않았다. 폭죽을 품은 것이 분명한 의사는 아직 아무런 등록도 하지 않았지만, 그에게도 창살은 분명하게 보였다. 그는 창살 밖이 아니라 안에 서 있었다. 마치 창살 밖에서 있는 것 같은 태연한 표정을 연습하면서.

Y. 그것은 놀라운 힘을 가진 말이었다. Y. 그 한마디에 연애는 끝이 났고, 사랑은 다시 시작되지 않았으며, 대출은 꿈도 꿀 수 없었고, 꿈은 대출조차 되지 않았다. Y. 그것은 불길한 낙인이었다. 상점에 들어가 물건을 고를 수도, 버스를 탈 수도 없었다. 집 밖에서 움직일 때마다 갖가지 제약이 따라붙었다.

1. 공공장소에서는 몸을 긁지 마시오.

2. 공공장소에서는 재채기, 기침 등 타액이 노출될 수 있는 행위를 자제하시오.

3. 공공장소에서는 땀을 흘리지 마시오.

4. 그 외에 타인에게 혐오감을 주는 행위를 하지 마시오.

가려움과 재채기, 땀까지 통제받는 사람들은 종일 방 안에 틀어박혀 전화통만 붙잡고 있었다. 상담 전화는 그들이 유일하게 외로움을 달랠 수 있는 통로이기도 했다. 그러나 이웃들의 말에 의하면 그들이 집에 머무는 것도 문제였다. 그들이 사는 동네의 집값은 바닥을 향해 곤두박질했다.

"Y는 전염병이 아닙니다. 우리 모두의 관심과 이해로 극복할 수 있는 증상입니다."

공익광고는 전파를 타는 빈도수가 높아질수록 설득력을 잃어갔다. 차별과 제약은 한 생명이 문화적으로 성장하는 과정과 같았다. 아이가 젖을 먹는 법을 배우고 걷는 법을 배우고 배설하는 법을 배우듯이, Y들은 새롭게 젖 먹는 법, 걷는 법, 배설하는 법을 배워야 했다. 증상이 미약하거나 눈에 띄지 않아서 Y가 아닌 척을 하던 Y들도 배설 단계에 가면 무의식적으로 Y들의 줄을 따라갔다. Y는 더 이상 여자 화장실로도, 남자 화장실로도 들어갈 수 없었다. 간혹 동떨어져 있는 장애인 화장실도 불가능했다. Y에게 허락된 것은 Y 전용 화장실이었다. Y들의 배설물이 그 유해한 성분을, 혹은 유해할지도 모르는 성분을 흘려보낼 수 있었기 때문에 별도의 정화조와 변기가 필요했다. 그리고 두 배, 혹은 세 배의 노동력이 필요한 만큼 비용이 청구되었다. 보통 500원짜리 동전 두 개가 필요했다. 500밀리리터 물 한 병을 사는 데 드는 비용보다 그만큼의 물을 비워내는 데 드는 비용이 더 비쌌다. Y들이 내는 세금의 일부분이 Y 전용 화장실을 짓는 데 들어가고 있다고 했지만, 화장실이 늘어나는 수는 Y가 늘어나는 수보다 느렸다.

이제 Y들이 말을 꺼내면 상대의 귀에는 이렇게 들렸다. Y, Y, Y, Y. Y는 X항보다 훨씬 모호하고 불길한 미지수였다. 그것을 풀고 싶어 하는 사람은 없었다. 그러나 그대로 두고 싶어 하는 사람도 없었다.

의사는 자타가 공인하는 Y-ray 전문가였다. 그러나 그가 전문가가 될 수 있었던 것은, 누구도 알지 못했지만, 그리고 그 자신도 이제야 알았지만, 자신이 Y이기 때문이었다. 의사는 이틀 정도 아무것도 먹지 않았다. 그 결과, 가래가 덜 끓는다는 사실을 알게 되었다. 비극적인 발견이었다. 몸 안의 이물질을 죽이기 위해서는 스스로도 죽어야 한다는 얘기였으니까. 아니, 지금의 생장력으로만 보면 이물질은 의사가 죽은 후에도 그의 몸을 거름 삼아 자라날 것만 같았다.

남자는 편의점에서 컵라면 몇 개를 사 들고 나오다가 신호등 앞에서 의사와 마주쳤다. 두 사람은 같은 동네에 살지 않았고 평소의 동선은 전혀 겹칠 일이 없었다. 그러나 남자가 자신의 동선에서 일탈했고 의사 역시 일부러 일탈했기 때문에 두 사람은 신호등 앞에서 마주쳤다. 먼저 알아본 건 남자 쪽이었다. 남자는 방송에서 의사의 모습을 자주 봤기 때문에 흰 가운 없이도 의사를 알아볼 수 있었다. 아니, 그보다 먼저 의사가 남자를 알아봤을 수도 있다. 그러나 의사는 아는 체를 하지 않았다. 자기도 모르게 시선만이 조용히 남자의 운동화 앞코 쪽으로 향했다. 운동화는 군함처럼 몹시 컸다. 그 안에 무엇이 있는지, 아무도 모르고 지나갈 수 있을 만큼 거대한 군함이었다.

두 사람의 눈이 마주치고, 남자가 입을 둥글게 벌리며 아는 체를 한 순간, 남자의 시선도 의사의 운동화 쪽으로 향했다. 남자는 지난주 방송을 봤고, 패널들 사이에 의사가 빠져 있던 것을 기억했다. 프로그램의 진행자가 이렇게 말했다. 지난주까지 수고해주셨던 내과 전문의 모모 선생님이 Y 판정을 받아 더 이상 방송을 하기 힘들어졌습니다. 의사가 Y였다는 말에 함께했던 패널들이 모두 걱정스러운 표정을 지었다. 그 프로그램 뒤에 따라붙은 뉴스에서는 Y로 진단을 받고 파혼을 당한 후 자살한 누군가의 사연이 보도되었다. 얼마 전에는 한 연쇄살인범을 Y-ray에 노출시킨 결과, 그의 몸에서 망치가 찍혀 나왔던 일로 시끄러웠다. 뒤숭숭한 뉴스들 틈에서 Y-ray의 최초 발견자는 그렇게 Y가 되었고, 방송 프로그램에서 하차했다. 그리고 지금 여기에 케이크 상자를 든 채로 서 있었다.

두 사람은 고개를 숙여 인사했다. 그러고는 공교롭게도 같은 방향으로 걸었다. 버스 정류장 쪽이었다. 정확히 말하면 쓰레기통이 그들의 목적지였다. 쓰레기통 옆에 버스 정류장이 있었고, 그 옆으로 긴 의자가 여럿 있었다. 의사가 남자에게 안부를 물었다.

"왜 병원에 더 안 오십니까?"

남자는 바빠서 그랬다고 대답했다. 의사는 남자가 직장을 잃었다는 걸 몰랐지만, 충분히 짐작할 수 있는 일이긴 했다. 의사는 좋은 레이저가 나왔다고 말했다. 그걸 주기적으로 쬐어주면 좋을 거라고 했다.

"엄지발톱에 말입니다. 보이는 쪽에 쬐어주는 거죠."

"부작용이 없을까요?"

의사는 걱정하지 않아도 된다고 대답했지만, 남자는 의사의 표정이 그의 상황과 참 어울리지 않는다고 생각했다.

"부작용이 없는 게 있겠습니까. 부작용은, 효과가 없을 수도 있다는 겁니다."

"최악의 부작용이네요."

남자는 의사의 몸에서 Y-ray가 무엇을 읽어냈는지 문득 궁금해졌지만 물어볼 수는 없었다. 의사가 먼저 입을 열었다.

"전 폭죽입니다."

"예?"

"폭탄이죠."

남자는 그제야 의사 옆에 놓인 케이크를 보았다. 폭죽 두 개가 케이크 상자 위에서 대롱대롱 흔들렸다. 의사는 폭죽을 사기 위해서 케이크를 산 것 같았다. 그는 눈앞에서 폭죽 하나를 터뜨렸다. 불발이었다. 상관없었다. 폭죽 속에 들어 있는 조잡한 종이들만 꺼내면 그만이었다. 의사는 그 종이들을 무릎 위에 늘어놓고, 자꾸만 가래에 묻어나는 종이들을 다른 한쪽에 늘어놓았다. 불빛 아래서도 보고 어둠 속에서도 보고 옆으로도 보고 앞으로도 보았다. 눈을 감았다가 떠서도 보고 그냥 계속 노려보기도 했다. 두 종이는 색깔만 다를 뿐, 재질도 폭도 똑같았다. 의사가 남자에게 말했다.

"목젖 아래서 축포가 터졌나 봅니다. 자꾸 시동을 걸어요. 부릉부릉, 가래가 끓습니다."

남자는 의사가 달빛 아래서, 가로등 불빛 아래서 자꾸 축포를 게워내는 걸 보고 있었다. 실재하는 형태의 이물질은 아니라더니 꼭 그렇지만도 않은 모양이었다. 폭죽 두 개를 떨어낸 케이크는 한층 홀가분해진 것처럼 보였다. 사실 오늘은 의사 아내의 생일이기도 했다. 그러나 아내는 집에 돌아오지 않고 있었다. 케이크 상자는 이미 그 의미의 시효가 지나버린 케이크를 담은 채 운구차처럼 흔들리고 있었다. 의사는 상자 속에서 케이크를 꺼냈다. 원형이 실그러져 찌그러진 보름달처럼 보였다. 의사는 자신이 이 찌그러진 케이크, 즉 보름을 넘어 실그러지는 하현달을 닮았다고 생각했다. 의사는 케이크 하나를 혼자 다 먹어치운 것처럼 포만감을 느꼈고, 그만큼 엄지발톱이 더 자라난 것 같았다. 몸의 변화들이 의사를 불안하게 만들고 있었다. 의사는 남자를 지나쳐 텅 빈 병원으로 돌아갔다. 케이크는 그대로 의사의 자리에 남았다. 남자는 그걸 집어 들었다. 그리고 자신의, 아직은 멀쩡한 냉장고 안에 집어넣었다. 상자 안에서 둥근 케이크가 무덤처럼 봉긋, 솟아 있었다. 거기엔 어떤 문제도 없었다. 아직은 그랬다.

책상

속기사가 한때 유망 직종이었다는 걸 부인할 사람은 없습니다. '한때'가 아니라고 반박할 사람은 있을지도 모르지만요. 나는 두 해 전에 속기사 자격증을 땄고, 그건 어머니의 선견지명에 의한 것이었는데, 속기사 자격증이 공무원이 되는 데 도움이 될 거라는 판단 때문이었죠. 그런데 어머니와 같은 경로로 판단을 한 사람들이 한둘이 아니었나 봐요. 고로, 나는 아직 공무원이 되지 못했습니다. 다만 속기사 자격증이 아르바이트를 구하는 데 도움이 되긴 했습니다. 공무원 시험을 준비하면서도 일을 해야 했고, 그러기에 이 아르바이트는 썩 괜찮은 근무 환경을 제공했거든요.

나는 비서입니다. 내 고용주는 하필 작가고요. 이렇게 말하면 그 작가가 내 말을 딱 끊고 끼어들지도 모릅니다. '하필, 이라니. 그게 무슨 뜻이지?' 이러면서 말이죠. 무슨 의미긴 무슨 의미겠어요. 많은 직업 중에 왜 하필 작가가 나를 고용했느냐 이 말이죠. 내가 작가 밑에서 일을 하고 있다고 말하자, 어머니는 걱정하시더군요. 드라마나 영화에 나오는 작가들의 캐릭터를 좀 보세요, 걱정 안 하게 생겼나. 물론 모든 작가가 성질 더럽고 지저분한 건 아닙니다만, 한 직업군에 대한 고정관념이란 건 아무래도 통계가 어느 정도 바탕이 된 거 아니겠어요? 난 그렇게 믿게 됐습니다. 작가의 비서로 일한 다음부터 말이죠.

작가 밑에서 비서로 일하는 경우를 보면 작가 지망생이거나, 문학을 아주 좋아한다거나 뭐 그런 특징들이 있나 보던데 내 경우는 그렇지도 않습니다. 나를 고용한 작가는 소설을 쓴다고 하더군요. 오래전에 신춘문예에 당선된 적이 있었다고 하고요. 뭐, 그분 말로는 원래 신춘문예로 등단하면 그해에 한두 명만 살아남는다던데, 자신이 그중 한 명이라고 합디다. 난 사실 그쪽 세계의 생존이 어떤 의미인지 잘 알지 못합니다만, 그게 일하는 데 걸림돌이 된 적은 없습니다. 면접 때 내가 작가에게 어떤 질문을 했는지 아세요? '작가님의 소설은 어떤 건가요?'라든지, '문학이 뭐라고 생각하세요?'와 같은 질문들을 했는데, 실제로 궁금하기도 했습니다만, 작가는 썩 명확한 대답을 하지 않았어요. 나중에 알았지만 이런 질문을 엄청 싫어한다더군요. 사실 비서 면접인데 질문은 내가 더 많이 한 셈이었어요. 이렇게 묻기도 했죠.

"작가님이 쓰시는 소설이 판타지인가요? 에세이인가요?"

작가는 웃더군요. 그러더니 갑자기 방언이 터지기라도 하듯, 엄청난 말들을 쏟아냈습니다. 에세이는 소설 아래에 속한 하위개념이라고 볼 수가 없다, 그건 소설과 대등한 갈래에 있는 다른 개념이기 때문에 소설 쓰는 사람에게 당신의 소설이 에세이냐고 물어볼 수는 없다, 뭐 그런 얘기들 말이에요. 듣고 보니 맞는 말이더군요. 고등학교를 졸업한 이후로 사실 그쪽 세계에 대한 관심을 딱 끊었거든요. 그렇지만 그 황당한 질문 때문에 내가 고용된 거랍니다. 작가는 오래전에 비서를 한 명 둔 적이 있었대요. 그런데 그 비서가 자신의 아이디어를 도용해가는 바람에 큰 상처를 받은 적이 있었다고 하더군요. 맞아요, 문학에 무관심한 내가 이 작가에게 일종의 신뢰감을 준 겁니다. 나는 면접 다음 날 24인치 캐리어 하나와 박스 세 개를 들고 역삼동에 있는 오피스텔로 이동했습니다. 이 작가의 작업실이었는데요. 방이 두 개 딸려 있어서 그중에 하나를 내가 사용할 수 있었어요. 숙식이 해결된다는 게 어찌나 좋던지요. 작가는 매일 오긴 했지만 이곳에서 잠을 자진 않았고요. 월급이요? 그런 걸 물으시면 되나. 일단 내가 하는 업무의 양과 성격에 대해 들어보고 판단하세요. 내가 얼마쯤 받으면 될지. 참고로 경력직은 아닙니다만, 속기사 자격증이 있다는 거 잊지 마세요.

작가들은 담배 정도 있으면 되는 건 줄 알았는데, 지내다 보니 작가의 작업환경이란 생각보다 훨씬 섬세한 결이 필요한 형태였어요. 이 작가는 담배를 피우지 않았기 때문에 나는 담배를 피우려면 오피스텔 건물 밖으로 나가야 했습니다. 작업실로 돌아오기 전에 몸에 향수를 뿌려야 했고요. 담배 대신 작가는 커피나 차를 마셨습니다. 특이하게도 초콜릿이 입혀진 해바라기씨를 중요하게 챙기더군요. 내 업무 중의 하나는 작업실에 필요한 물품들을 제때 구비해두는 거예요. 이를테면 원고지라든지, '딥블루'라는 이름의 만년필 잉크, 네스프레소 캡슐이나 초콜릿이 입혀진 해바라기씨 등이죠. 종종 작가는 곰 모양 젤리에 집착하기도 합니다. 예전에 만년필 잉크 한번 잘못 주문했을 때 어찌나 짜증을 내던지, 그는 내게 이런 말을 하더군요. 발터 벤야민도 작가의 집필 도구에 대한 까다로움을 허락했다고 말이죠. 글쎄 발터 벤야민이 누군지는 모르겠습니다만, 정말 끼리끼리 논다는 생각이 들더군요. 생각은 그래도 몸은 어쩌겠어요. 작가는 똑같이 생긴 두 자루의 만년필을 번갈아 사용하는데, 그중에 하나를 수리하기 위해 맡겼다가 찾아가던 중에 고비가 한번 있었죠.

버스 뒷자리에 앉아 있었는데요. 차가 덜컹거리는 바람에 열린 제 가방 틈에서 그 만년필 케이스가 휙 날아가버린 겁니다. 뒷좌석 등받이 뒤로 떨어졌는데 그걸 줍기 위해서 버스 종점까지 가야 했습니다. 좌석 밑으로 기어들어서 볼펜을 꺼냈을 때는 이미 흰 티셔츠에 까만 자국이 남은 후였죠. 타이어 무늬처럼요. 이 작가의 작품에는 확실히 내 땀의 일부가 들어가 있을 겁니다.

원고지에 익숙했던 작가는 지금도 여전히 원고지 위에 글을 쓰는데, 그 육필 원고를 컴퓨터로 옮겨주는 것도 내 몫이에요. 옮긴 다음 인쇄해서 다시 작가에게 건네주고요. 컴퓨터가 아니라 원고지의 것을 또 원고지로 옮겨놓기도 하죠. 타인의 필체로 쓰인 자신의 글을 읽는 게 꽤 도움이 된다고 하더군요. 작가가 글을 다 마무리하면 그걸 출판사나 잡지사에 보내는 것도 내가 합니다. 내 이름이 아닌 작가의 이름으로 가는 메일인 셈이죠. 우편물이 오면 받아두는 것도, 청탁 메일 관리나 독자와의 SNS 소통도 다 내가 합니다. 처음부터 이런 게 내 업무는 아니었는데, 하다 보니 작가가 내게 의존하는 부분이 점점 많아지더라고요. 나도 작가의 이름으로 답하는 것이 나름 재미있게 느껴졌고요. 때로는 신문 기사를 오려서 작가의 책상 위에 올려두기도 해요. 작가의 구미에 맞을 듯한 기사들을 오려두거나 인쇄해서 모아두는 거죠.

그의 구미에 맞을 듯한 기사들이 뭔지 어떻게 아나, 처음에는 막연하기만 했는데 2년이 지난 지금은 대충 이 작가의 취향을 알겠더라고요. 그 취향이 이제 내 취향이 된 셈이죠. 어떤 글을 봐도 이제 작가의 취향을 고려해서 반응하게 된다니까요.

작가는 오피스텔의 다른 방을 집필실처럼 쓰는데, 그 방의 두 면은 코르크 형태의 벽이어서 거기에 온갖 메모가 붙어 있습니다. 그 메모를 붙여놓는 것도, 이미 사용된 메모를 폐기하는 것도 내 몫입니다. 작가는 모르지만 약간의 질서도 필요하죠. 좌표처럼 위아래 배열을 보면 이 메모가 생성된 날짜를 알 수가 있어요. 혹시 영감의 재생이 필요한 경우를 위해서 날짜별로 붙여두는 거죠. 재미있는 건 작가가 문장 하나 때문에 소설을 시작하기도 하는데, 다 써놓고 보면 막상 처음의 그 문장이 빠져버린 경우도 있다는 겁니다. 그래서 한번은 물어봤어요. 그 문장은 대체 언제 소설에 넣을 건지 말이죠. 작가는 날 흘끗 쳐다보더니 이렇게 말했습니다.

"해바라기 좀."

나는 얼른 초콜릿으로 코팅된 해바라기씨를 대령했습니다. 간장 종지만 한 그릇에 담아서요. 그걸 씹으면서 작가가 저 벽을 한참 바라보았습니다. 그리고 말했죠.

"때로 어떤 문장들은 그냥 문 역할을 하기도 하지. 소설에 쓰이지 않아도 말이야. 어떤……."

작가의 손이 텅 빈 그릇 위에서 헛스윙하는 걸 보고 나는 얼른 '리필'을 해드렸습니다.

"일종의 호객 행위랄까. 그래, 호객 행위를 하는 문장들도 있는 셈이지. 이야기를 쓰게 만들고는 사라져버리는 거야."

그러더니 방금 자신이 내뱉은 비유가 마음에 든 모양이었습니다. 한 번 더 곱씹듯 중얼거리더군요.

"호객 행위를 하는 문장이랄까."

펜으로든 키보드로든 받아 적는 건 내게 껌이죠. 나는 신나게 받아 적었습니다. 작가는 그날따라 운이 좋았는지 몇 개의 문장들을 연달아 발견해냈죠. 꼭 해변에서 진주알을 줍는 사람처럼 보였어요. 우리가 바라보고 있는 두 면의 벽이, 그리고 그 벽에 붙어 있는 수백 장의 메모지들이 해변의 갈매기처럼 파닥파닥 날갯짓하는 것 같았습니다. 작가는 갈매기들에게 먹이를 주듯 만년필 펜촉을 집어 들었죠.

그런데 문장을 잃어버린 겁니다. 무슨 말이냐고요? 며칠 전 나는 그 '문'이라 부르던 벽의 한 부분이 땜통처럼 비어 있는 걸 발견했습니다. 물론 저 벽에는 여백들이 있고 새로운 메모를 붙일 공간은 확보해야 했지만 저런 방식으로 땜통이 생길 수는 없거든요. 날짜별로 붙이기 때문이죠. 좌표, 내가 아까 말씀드렸잖습니까. 그런데 저기 저 수많은 메모지 사이에 땜통처럼 나 있는 그것이 뭐란 말입니까. 마치 교통 사고가 난 도로 위에 흰 테두리로만 남은 사람의 흔적을 보는 것 같았어요. 그 사람은 대체 어디로 갔단 말이죠? 그 자리에 붙어 있던 메모지가 사라진 겁니다. 메모를 고정했던 압정도 사라진 채 구멍만 남아 있는 걸 보면 벽에서 떨어진 모양인데 말이에요.

이게 최악의 경우입니다. 이런 사유로 내 이전의 비서가 해고되었고, 알고 보니 그 비서는 문장을 잃어버린 게 아니라 훔친 거였어요. 작가의 말에 의하면 그랬습니다. 5년간 자신의 비서로 일했던 사람이 책을 냈을 때, 그 책의 첫머리에 작가가 아는 그 문장, 그러니까 작가의 문장이 등장했다는 겁니다. '외로움은 최고의 비아그라다'라는 문장이었는데요. 이게 작가의 것이었단 걸 증명할 만한 단서는 어디에도 없었죠. 오로지 작가의 주장 하나뿐이었으니까요. 먼저 문장을 쓴 사람이 임자 아니겠습니까. 첫 문장 말고 나머지는 그 비서의 문장들이었다고 하지만, 그렇다고 해서 절도죄가 덜어지는 건 아니죠. 작가는 늘 이렇게 말하곤 했거든요. 소설의 첫 문장이란 금싸라기 땅의 쇼윈도와 같다고.

잃어버린 문장이 뭐냐고요? 그걸 알면 지금 이러고 있겠습니까. 난 진짜로 훔친 게 아니라 잃어버린 거라니까요.

처음에 그것이 비어 있다는 걸 알고 나는 생각했죠. 이 방

안에 있어, 반드시 이 방 안에 있다고. 대청소만 하면 돼. 청소하기만 하면 나올 거야. 그게 문제였습니다. 나는 밤새 그 방을 샅샅이 청소했는데, 청소 끝에 메모지를 발견하긴 했으나 그게 그 위로 잉크를 쏟은 후의 것이었다, 그 말입니다. 이 양반은 왜 잉크 뚜껑을 열어둬가지고! 진남색 잉크가 메모지 위의 글자들을 이미 덮어버린 후였고요. 그걸 말리거나 다리거나 어떤 방식을 써봐도 그 이전의 글자를 판독하긴 힘들었습니다. 작가가 올 시간이 다 되어가자 나는 초조해지기 시작했어요. 일단 아무 말이나 적어서 그 땜통을 메우기로 했습니다. 어차피 다 제 필체로 쓰인 것들이니 쓰는 건 문제가 아니었는데 문제는 내용이었죠. 아무 말이나 적자, 고 마음을 먹었는데도 그 아무 말이 쉽지 않더라고요. 그래서 뭐라고 적었느냐고요? 그냥 넘어가지요. 확실한 건 그 짧은 순간, 내게도 해바라기씨가 필요했다는 겁니다.

안될 놈은 자빠져도 코가 깨진다더니, 하필 그날따라 작가가 벽을 물끄러미 바라보는 거 아니겠어요? 그러더니 내가 아까 써서 붙인 그 메모를 떼어달라고 하더란 말입니다. 나는 조마조마한 마음으로 그 메모를 떼어냈죠.

“이 말을 내가 언제 했던 거지?”

“3월 1일에 말씀하신 거예요.”

"3월 1일? 그날 내가 뭘 했더라?"

나는 달력을 보고 대답했습니다.

"3월 1일엔 밤늦게 작업실에 오셨고요. 2월 28일 저녁에 고교 동창 모임에 가셨고, 1일 아침에 귀가하셨죠. 바로 댁으로요."

"아아, 그랬지. 맞아, 그날 아침에 자네가 날 데리러 왔었지. 내가 지하철을 타자고 했고, 출근길 지하철을 타고 집으로 오던 중에 뭔가 좋은 아이디어를 떠올린 기억이 나."

사라진 문장이 그 경로로 태어난 게 분명했습니다. 나도 기억이 났죠. 다만 그 문장이 기억나지 않을 뿐이었고요. 작가는 또 한 번 벽을 바라보았어요. 다행히도 3월 1일에는 수십 개의 메모가 붙어 있었어요. 그걸 바라보며 작가는 저 중에 교대역에서 떠올렸던, 지하철에 대한 문장이 있을 거라고 말했어요. 그걸 다 모아달라고.

"시간 안에 가시려면 이제 출발하셔야 할 것 같은데요."

작가는 1박 2일로 열리는 문학 캠프에 참가해야 했고, 그 문학 캠프가 내겐 정말 다행스러운 일이었어요. 아까 작가는 당장에라도 그 메모들을 하나하나 보면서 확인할 기세였거든요. 뭔가 문장이 기억난 듯한 표정이기도 했고요.

작가의 차가 저만치 사라지는 걸 확인하고서야 나는 서둘러 교대역으로 나갔습니다. 아침 7시가 조금 넘은 시간. 출근 시간대였어요. 내 동선을 보시겠어요? 교대-강남-역삼-다시 강남-교대-서초-방배-사당-다시 방배-서초-교대-남부터미널-양재-다시 남부터미널-교대-고속터미널-잠원……. 예, 그만하죠. 나도 정말 그만하고 싶습니다. 교대역을 중심으로 두고 십자 모양으로 줄곧 이동했는데 이렇게라도 해야 그때 그 문장이 기억나지 않을까 해서 말입니다. 머리는 기억하지 못한다 해도 내 손은 기억하지 않을까요? 지하철 안에서 작가의 말을 받아 적었을 당사자는 내 손이니까요. 그 문장을 다시 생각해내지 않으면, 문장을 잃어버렸다는 게 발각되면, 나는 가차 없이 해고당할지도 모르고요.

작가 비서 못 해먹겠다고 할 땐 언제고 왜 그렇게 자리에 집착하느냐고요? 아까 말했지만 난 입주 비서 아닙니까. 갑자기 잘려버리면 당장 갈 곳이 애매해지거든요. 게다가 작가가 좀 변덕스러운 성격이긴 해도 좋을 때는 또 그렇게 좋을 수가 없거든요. 그 주기만 잘 파악하면 꽤 살 만하고요. 가끔은 요리도 해준다고요. 요리의 여운도 꽤 있는 편이죠. 사흘이 지난 후부터 벽 틈새에서 말라비틀어진 애호박이라든지 국수 면발 같은 걸 발견하는 기쁨이란! 굳은 골뱅이의 단면 같은 걸 싱크대 서랍 틈새에서 보게 될 때는 뭐랄까, 고생대의 화석을 발견한 것 같은 희열마저 느껴진답니다. 담배 연기에는 질색을 하지만 술에는 관대한 편이고요. 작업실에서는 캡슐 커피도 매일 한두 잔씩 먹을 수 있죠. 게다가 작가는 가끔 내 얘기를 들어줍니다. 나는 내 얘기 하는 걸 좋아하지 않지만, 작가는 이상하게도 그런 것에 관심이 많고요. 억지로라도 얘기를 풀어내면 속이 좀 시원해지는 것도 같았고요. 몇 장면, 내가 말한 것들을 소설에 써먹기도 한 것 같더라고요. 그가 쓰는 건 결국 내 손으로 옮겨지니까요. 그에겐 비밀이지만 내가 영감을 준, 내가 시작이 된 소설은 마르고 닳도록 몇 번이나 읽어봤다니까요.

제 발로 그만두면 몰라도 절도죄로 잘리고 싶진 않아요. 작가는 기억력이 안 좋거든요. 엄청 안 좋아요. 그럴 일은 없겠지만 제가 어쩌다 잘못된 길로 빠져들어 그 등단이란 거라도 하게 된다면, 내 문장 하나하나 시비를 걸면서 그때 그 벽에 걸려 있었던 문장이라고 우길지도 모릅니다. 갑자기 예전 비서가 궁금해지네요. 그분은 정말 문장을 훔쳐갔을까요, 아니면 저와 같은 실수로 덤탱이까지 쓰게 된 걸까요. 덤탱이가 아니라 덤터기라고! 작가는 이렇게 말할 게 분명합니다만, 전 역시 '탱이'가 더 어울린다고 생각합니다.

지하철이 멈춰 섰습니다. 또 새로운 사람들이 우르르 탑니다. 난 2-1이라는 숫자가 적힌 문 앞에 서 있지만 보이는 건 앞사람의 뒤통수뿐이죠. 그날도 우리는 이렇게 사람들이 가득한 지하철에 타고 있었는데, 내가 겨우 자리 하나를 확보해서 작가를 앉혔죠. 작가는 신나게 졸았습니다. 술 냄새가 폴폴 풍기는 머리통을 좌우 사람들에게 기대기도 하고 튕기기도 하면서요. 그렇게 술을 먹고도 작가가 택시가 아닌 지하철을 타자고 해서 황당해했던 기억도 나요. 출근길 사람들에게 그게 뭔 민폐랍니까. 가장 큰 민폐는 그 와중에 작가가 영감을 받았다는 거죠. 결국 그 때문에 지금 내가 이 고생 아닙니까.

도처에 검은 뒤통수만 가득해서 눈을 어디에 둬야 할지도 모르는 상황이었습니다. 다들 목적지가 있겠지요. 나처럼 이렇게 목적지가 어떤 영감인 사람은 없을 겁니다. 시선을 저 위 지하철 노선도에 고정했죠. 하릴없이 역명을 읽기 시작했습니다. 그러다 보니 어떤 기시감이 느껴지기 시작했는데요. 이런 구도로 저 노선도를 본 적이 있는 것 같았어요. 최근에 말이죠. 작가가 분명 저 노선도를 보고 뭔가 한마디 한 것 같았어요.

'지하철 노선도를 보지 말라. 그 끝이 올가미처럼 너의 목을 조일지도 모른다.' 방금 이 문장이 떠올랐는데 네, 이건 아닙니다. 이건 내 휴대전화로 좀 전에 찍어둔 그 벽에 이미 붙어 있는 거네요. 이 문장이 떠오른 이유가 있지요. 지금 그런 심정이니까요. 문장을 생각해내지 못하면 정말 이 열차 칸칸이 올가미가 되어 내 목을 휘감을지도 모른다니까요. 작가는 언젠가 지하철을 두고 혁대 같다고 말한 적도 있었죠. 채찍 같다고 말한 적도 있었고요. 그러나 이 문장들은 모두 저 벽에 그대로 붙어 있거나 이미 소설 속에 활용된 비유였어요. 그러나 지하철 노선도를 조금만 더 들여다보면 뭔가 잡힐 것도 같았어요. 그 무형의 문장이 내게 좀 더 가까이 다가오고 있다고 느꼈을 때 나는 그만 손에 잡힐 것 같던 그 문장을 놓치고 말았어요. 지하철 문이 열릴 때 어떤 각진 어깨와 부딪히는 바람에, 그 어깨가 내 옆구리를 치고 지나가는 바람에, 방금 주워 들 뻔했던 그 문장을 다시 잃어버리고 말았던 겁니다.

각진 어깨는 사람이 아니라 책상이었어요. 책상은 학교 교실에서 쓰는 형태의 1인용이었고요. 각진 어깨가 치고 지나간 옆구리가 나 하나는 아닌 것 같았어요. 그럴 수밖에 없었죠. 복잡한 만원 지하철이니까요. 출근 시간대에 웬 책상을 운반하는지, 그것 때문에 사람들이 꽤 술렁였습니다. 대놓고 매너 없다고 말하는 사람도 있었죠. 지하철은 다시 미끄러지듯 출발했고, 나는 차창 밖으로 조금씩 작아지는 그 책상에서, 책상을 든 남자에게서 시선을 떼지 못했습니다. 얼핏 스친 옆모습이, 뒷모습이 어딘가 낯익었거든요. 순간적으로 떠오른 단어는 '기암'이었어요. 기암이라니.

책상 든 실루엣에 대해 떠올리다가 어느 순간 지하철이 강을 건넜다는 것을 알아차렸습니다. 이미 지하철은 금호역에 닿아 있었죠. 내릴 곳을 잊었기 때문이긴 하지만, 비로소 교대를 중심으로 한 그 사각의 동선에서 벗어난 것 같아 후련하기도 했습니다.

금호역 밖으로 나왔지만 여전히 어딘가에 매여 있는 것 같은 기분을 지우지 못했습니다. 그 사각형 책상인지도 모르겠습니다. 기암을 닮은, 아니 기암이 분명한 그 사람이 들고 있던 그 책상 말입니다. 기암은 내가 다닌 고등학교에서 물리를 가르치던 선생이었습니다. 이름은 기억이 나지 않지만 기암은 그의 호였죠. 그분이 직접 지으신 겁니다. 그에게서 배운 것 중에 기억나는 건 '작용-반작용의 법칙'과 '관성의 법칙' 둘뿐이었고, 지금 와서는 그 둘만으로도 세상의 힘에 대해 설명하는 건 무리가 없다는 생각도 듭니다만, 사실 그의 과목은 그 자신이었다고 봐야 하죠. 그는 '나 기암이 어떻게 살아왔는가'에 대해 이야기하기를 즐겼고, 우리는 그 '기암'에 대해 듣고 또 들었습니다. 요약하자면 세계 8대 성현 중 하나가 자신이라는 거였죠.

기암은 수업 내내 자신의 역사에 대해 이야기하느라 바빴고, 수능과 관계없는 무언가로 가득 찬 수업이 계속 유지될 리 없었죠. 어느 날 기암이 잘렸다는 소문이 학생들 사이에서 돌기 시작했습니다. 그러더니 정말 우리 반에도 다른 사람이 들어오기 시작했고요. 그 해고가 어떤 형식의 것인지는 자세히 몰랐지만 확실한 건 교무실에서 그의 책상이 빠졌다는 사실이었죠. 기암이 쓰던 것으로 추정되는 책상이 다른 곳으로 옮겨졌다는 얘기도 들었습니다. 그 책상을 직접 운동장 구석의 폐자재 놓는 곳으로 옮긴 애들이 증언을 했어요. 그런데 다음 날이 되자 기암의 책상이 다시 교무실에 등장했다는 얘기가 돌더군요. 결과적으로 그 이야기는 이렇게 정리가 되었어요. 교무실에서 기암의 책상을 빼면, 기암이 다시 책상을 들고 교무실로 꿋꿋이 걸어온다더라, 그런 식으로요. 기암은 본인이 설명하던 그 관성의 법칙을 충실히 재현하는 것 같았습니다. 자꾸 돌아왔죠. 내가 고등학교 3학년 때의 이야깁니다. 그런데 지금, 기암이 여전히 책상을 들고 있는 장면을 보게 된 겁니다. 10년이 지난 시점에, 그것도 지하철에서 말이죠. 그나저나 기암은 왜 아직도 책상을 들고 있는 걸까요.

신기하게도 강을 건너서인지, 3월 1일의 기억이 언뜻언뜻 떠올랐습니다. 몇 장면이긴 하지만요. 그때 작가는 엄청 취해 있었고요, 서 있었지만 사실상 내게 체중을 다 기대고 있었습니다. 그의 술 냄새가 내 귓구멍으로 바로 들어올 법한 구도였죠. 술 냄새보다도 주변의 시선이 더 괴로웠는데요.

출근길에 악취를 풍기며 지하철을 탄 우리를 멸시하는 듯한 눈빛들이었습니다. 나로서는 억울한 일이었죠. 정말이지 마치 한 몸처럼 내게 엉겨 붙어 있는 이 인간을 버리고 싶었어요. 차창에 비친 내 모습을 보니 오싹하더군요. 그가 너무 기댄 나머지 내 머리는 보이지 않고 그의 머리통만 보였거든요. 마치 몸은 내 것인데 그 위에 그의 머리를 얹어놓은 듯한 모양새였습니다. 그것참 기묘하더라고요. 내 몸에 작가의 머리라……. 그런 채로 우리는 몇 정거장을 흘러갔습니다. 그러다 어느 순간 작가가 내게 메모를 하라고 말을 했겠죠. 아니, 생각해보면 그날 작가는 듣기만 했던 것 같습니다. 말할 기운조차 없었죠. 그날 메모를 한 기억은 있는데, 그 문장은 어쩌면 내 머릿속에서 나온 걸 수도 있단 말입니다. 이 생각이 왜 지금에서야 나는 거죠? 그러니까 내 손이 기억하지 못한다면 뇌가 기억할 가능성도 조금은 있는 거네요. 내 머릿속에서 나왔던 문장이라면 말이죠.

그러나 내가 어떤 경로로 그 문장을 기억하게 되었는지는 떠오르지 않았습니다. 나는 휴대전화 메모장을 들여다보았습니다만 거기엔 내 것이 아닌 작가의 생각이 가득했습니다. 수첩에 적힌 것도 마찬가지고요. 일정 관리를 딱히 하지 않은 지도 오랩니다. 트위터와 페이스북, 홈페이지에 끄적끄적 무언가를 쓰긴 했지만 그것 역시 내 생각이라고 볼 수는 없었습니다. 모두 작가의 계정을 활용해 작가의 목소리를 대필한 것이었으니까요. 사소한 메일 확인조차도 나는 잘 하지 않았습니다. 오히려 내가 자주 확인했던 건 작가의 몫으로 된 아이디와 비밀번호였죠. 어쩌면 이렇게 흔적이 없을까요.

나는 다시 지하철을 타기 위해 계단을 내려갔습니다. 한 칸 한 칸 내려가다 보니 아래로 남은 계단들이 오선지처럼 보이기도 하더군요. 종종걸음으로 내려놓은 발들이 음표처럼 보이고요. 어느 순간에는 그 오선지가 가지런히 줄이 그어진 대학 노트처럼 보이기도 했죠. 문득 이런 노트를 사고 싶다는 생각을 했습니다. 딥블루 색상의 잉크로 채운 만년필도요. 그렇다면 노트 위에 뭔가를 메모할 수도 있을까요? 일기를 써본 기억은 아주 오래전에 머물고 있을 뿐, 최근에는 특별히 뭔가를 써본 기억이 없습니다. 물론 수많은 문장을 썼지만 그건 엄밀히 말하면 작가의 것이었죠.

출근 시간이 약간 지났는지 지하철 안은 훨씬 한적했습니다. 나는 가만히 앉아서 맞은편 차창에 비친 내 얼굴을 들여다보았죠. 내 목 위에 붙은 건 내 머리인데, 자꾸만 다른 얼굴이 내 목 위로 기어 올라오는 듯했어요. 작가의 머리일 수도 있고, 한 번도 본 적 없는 머리일 수도 있었죠. 나는 그 머리를 손으로 몇 번씩 밀어냈지만 아무리 빼버려도 다시 되돌아오던 기암의 책상처럼 자꾸 내 머리 위로 되돌아오더군요. 그래서 벌떡 일어섰습니다. 어디였는지는 몰라도 그냥 내려버렸죠.

어느 순간부터 내 동선은 잃어버린 문장을 찾는 것으로부터 동떨어져 있었습니다. 아무 지하철역에서나 내려 내키는 대로 걷다 보니 고등학교에 가보자는 생각이 들더군요. 마침 그 근처는 내 고등학교가 있던 곳이었고요. 학교는 그대로 있었어요. 내가 교문을 통과하려고 하자 경비가 나를 막아섰습니다. 무슨 일이냐고 묻기에 나는 학교 구경을 왔노라고 대답했어요.

"그래서요?"

예기치 못한, 고압적인 자세였죠.

"그래서 운동장까지만 들어갔다가 나와도 되겠습니까?"

"외부인은 출입 금지예요."

"여기 졸업생이거든요. 좀처럼 올 기회가 없었는데, 오랜만에 지나가다가 들렀어요. 뭐가 바뀌었나 궁금하기도 하고."

나는 구차하게 설명을 하고 있었습니다.

"궁금할 게 뭐 있어요, 만날 여기 있던걸."

내 표정에서 약간의 짜증을 읽기 시작한 경비가 다시 물었죠.

"언제 졸업하셨는데?"

"7년쯤 됐나?"

"별거 없어요, 그냥 나무나 좀 더 자랐지. 7년이래 봐야 얼마 자라지도 않아. 나머진 다 똑같아요. 들어가봐야 뭐 볼 게 있나요, CCTV에나 찍히지."

나는 그만 돌아서려다가 퍼뜩 뭔가가 생각나서 되돌아갔습니다. 경비는 귀찮은 듯, 내게 교사를 뵈러 왔으면 방문 일지를 쓰면 된다고 했어요. 기암이 아직도 여기 있을까요? 사립학교라 한번 들어온 교사들이 대부분 계속 있는 편이긴 하지만, 기암은 교장 눈 밖에 난 사람이라 늘 아슬아슬했죠. 지금은 또 어떨지 모르지만요.

"본관 앞에 의자 있잖아요. 아직도 있어요?"

"책도 많고, 의자도 많죠."

"책 놓여 있는 의자도 있어요? 책 읽는 의자인가 그랬는데."

"글쎄요."

경비는 외부인의 시선이 저 교문 안으로 침투하려고 하는 것까지 저지하려는 것 같았지만 나는 교문 안을 뚫어져라 바라봤습니다. 그 너머 쭉 뻗은 길은 그대로인데, 그 길 끝에서 오른쪽으로 꺾으면 그 의자가 나올 것 같았어요. 지금도 있다면 말이죠. 정말 나무만 좀 더 자랐다면 의자는 그대로 있을 수도 있겠지요.

책 읽는 의자는 두 개가 있었어요. 긴 의자 위에 일정 기간 책을 올려두는 거였죠. 일종의 도서관 같은 거였다고 해야 할까요. 의자 위에서 책을 읽는 방식이었어요. 책에 쇠줄이 달려 있거나 하진 않아서 늘 분실이 염려스러웠죠. 문예부 아이들이 시작한 거였는데, 근처 중학교 한 곳에서 시작한 뒤 유행처럼 퍼졌던 이벤트였어요. 종종 책이 없어지기도 했지만, 그래도 내가 졸업할 때까지 그 의자 도서관은 꽤 잘 이어진 편이었습니다.

나는 선생들도 아이들도 대부분 떠난 학교에서 한 시간쯤 갇혀 있다 나오는 길이었습니다. 내가 갇혀 있던 곳은 운동장 끝, 버려진 책걸상을 보관하던 창고였죠. 버려진 칠판도 있었고 버려진 대걸레와 버려진 사물함도 있었어요. 정확히 말하면 버려졌다기보다는 잠시 필요 없어진 물품들이라고 해야 하겠지요. 그날 나는 버려진 칠판 앞에서 버려진 대걸레로 맞았습니다. 대걸레가 마치 성냥처럼 부러진 날이었죠. 대걸레의 부러진 단면이 칠판에 박히기도 했어요. 나를 때린 애들은 나 역시 버려진 무엇으로 봤던 거죠. 맞아서 퉁퉁 부은 입술보다도 다른 게 걱정이었던 것 같습니다. 내일 학교에 또 와야 할지, 그걸 알 수 없었던 겁니다.

그때는 그렇게 철저한 경비 아저씨도 없었던 것 같습니다.

버려지긴 했어도 여전히 유효했던 그 문의 잠금장치가 풀린 후 나는 폐자재 창고에서 걸어 나왔습니다. 그리고 가로등 아래 긴 의자에 가서 앉았지요. 그냥 아무 의자나 공간이 필요했던 것뿐인데, 그게 바로 그 책 읽는 의자였던 겁니다. 내 의자 옆자리에 마치 오래전부터 기다리고 있었다는 듯, 책이 놓여 있었죠. 그걸 집어 들었습니다. 첫 장을, 둘째 장을 넘겼죠. 글씨보다도 먼저 눈에 들어왔던 게 여백이었습니다. 사흘에 한 번꼴로 소나기가 오던 여름이었고 늘 의자 위에 놓여 있던 책들은 비닐 커버가 씌어 있어도 종종 젖곤 했습니다. 책도 나처럼 눈물을 그친 것처럼 보였어요. 울었다가 다시 마르느라 우글쭈글해진 그 책장들과 내 뻗친 머리처럼 위쪽으로 휘어져 굳어 있는 책의 귀퉁이를 보면서, 나는 이 의자가 여기 있어야 하는 이유를 조금은 알 것 같다고 생각했던 겁니다.

그 밤, 고요한 학교를 빠져나가기 전에 그 장면을 목격한 건 덤이었습니다. 저기 사각으로 펼쳐진 운동장을 누군가가 대각선으로 느리게 가로지르는 걸 봤던 거죠. 확인할 것 있나요, 그는 기암이었습니다. 기암이 운동장 모퉁이 창고에서 자신의 책상을 꺼내 들고 마치 몸과 집을 함께 이동시키는 달팽이처럼 느리게 걸어가고 있었어요. 그건 아주 일상적이고 우직하고 반복적인 행위였습니다.

그 모습을 보고 있자니 이런 생각이 들었습니다. 누구나 책상 하나의 무게는 다 짊어지고 걸어가는 게 아닐까. 오늘 내가 뭔가에 짓눌린 듯한 기분을 느끼는 것도 결국은 내게 할당된 양이니 감당해야 한다고 말이죠. 빼면 다시 채우고 빼면 다시 채우기를 반복하는 저 늙은 선생도 있는데, 나라고 여기서 물러날쏘냐 싶었던 겁니다. 누구든 인생이 몇 조각으로 큼직하게 부서지는 순간이 있지 않을까요. 통으로 붙어 있는 인생은 없다, 그건 어머니가 늘 하던 말이었습니다. 그 밤, 책 읽는 의자 위에서 기암을 목격했던 순간은 내 인생의 조각과 조각 사이에 있는 건지도 모릅니다. 나는 덕분에 날아올라 다음 조각으로 넘어갈 수 있었죠.

오후에 이상한 뉴스를 하나 봤습니다. 뉴스에서는 익숙한 실내 구조가 등장했습니다. 간판은 공개되지 않았지만, 테이블의 간격이나 벽에 붙은 달력만으로도 그 집이 어디인지 한눈에 알아챌 수 있었죠. 그 집은 오피스텔 근처에 있어서, 지난 2년간 내가 거의 모든 점심과 저녁을 먹었던 백반집이었어요. 나는 늘 백반을 먹었는데, 그 집이 지난밤 식품위생법 위반으로 적발되었다는 거였죠. 식품위생법 위반, 이라고만 말하면 굉장히 깔끔하지만 내용을 들어보면 그곳은 식당이라기보다는 공장이라고 보는 게 더 나을 것 같았어요. 나는 생각했습니다. 공업용 에탄올과 파라핀을 2년간 매일 복용하면 체내에 어떤 변화가 생길까. 아마 오늘 작업실에 그대로 있었다면 나는 그 백반집에 갔을 겁니다. 전혀 의심하지도 못했죠. 그 집 맛은 꽤 일반적이라고 생각했거든요.

이제 새로 찾아야 할 것이 단골 식당만은 아닐 수도 있습니다. 틀어진 내 동선이 완전히 다른 방향으로 튈지도 모르거든요. 이미 그러고 있고요. 작가가 소설에 써두었던 몇 가지 문장이 떠오르더군요. 어떤 공간에서 탈출하면 나아질 것 같지만 막상 탈출하고 나면 오히려 진공상태에 놓인 것처럼 막연해진다고 말이죠. 나는 누구인가, 여기는 어디인가. 그런 질문들이 우박처럼 쏟아진다고요. 만약 내가 그 안락한 작업실을 떠난다면 어떻게 될까요. 진공상태에 놓인 것처럼 막연해지겠죠?

그렇지만 한순간 그런 생각도 듭니다. 원래 나는 그런 존재감 없는 희박함, 진공상태에 놓인 막연함, 그런 걸 좋아하지 않았던가. 작가는 지금쯤 캠프 장소에 도착했겠군요. 어떤 문장을 적어놓더라도, 작가는 기억하지 못할지도 모릅니다. 아니, 내가 사실대로 청소하다 메모를 훼손해버렸다고 고백한다면 의외로 쿨하게 넘어갈지도 모릅니다. 어쩌면 문장을 찾아야 한다는 이 강박은 작가와 관계없는 것인지도 모릅니다. 그렇게 생각하자 더 절실해지더군요. 그래서 나는 걷기로 했죠. 밤이 올 때까지 말이에요. 문장을 찾을 때까지 말이에요. 걷다 보면 뭔가 단서들이 보이지 않겠습니까.

길 끝에서 기암과 마주친 것도 단서가 될까요? 그를 다시 만난 곳은 어디에나 있을 법한 대로변이었는데요. 기암 선생은 여전히 책상을 든 채 헤매고 있었습니다.

"선생님, 아직도 들고 계세요?"

나는 이것이 꿈이라고 확신했기 때문에 그렇게 말할 수 있었던 거예요. 그러나 꿈이 아니었나 봐요. 현실의 결말은 이랬습니다. 기암은 나를 흘끗 보고는 그냥 지나쳐갔습니다. 그는 나를 알아보지 못했어요. 물론 내가 먼저 그에게 인사를 할 수도 있었습니다. 그러나 타이밍이 좋지 않았어요. 거리 위 신문 가판대의 아주머니가 기암에게 뭐라고 하더군요. 거기 서서 동선을 막고 있으면 어떡하느냐, 와 같은 말들. 기암은 꾸벅 고개를 숙이고는 한 발치 물러섰고, 나는 살짝 고개를 돌렸어요. 기암은 책상을 들고 다시 걷기 시작했습니다. 책상과 그는 한 몸 같았어요. 마치 한 번도 땅에 내려놓은 적이 없는 것처럼. 저렇게 7년을 걸었던 걸까요.

기암을 지나치고 보니 그런 생각이 들더군요. 작가의 벽에 붙어 있던, 그 메모지 말이에요. 오늘 나를 거리로 내몬 그 메모지의 분실. 메모지 속 문장이 사라진 이유가 무엇인지 알 것도 같다는 생각. 그건 언젠가 작가가 말했듯이 어떤 호객 행위였는지도 모릅니다. 이야기를 쓰게 만들고는 사라져 버리는 거죠. 그 문장이 뭔지는 모르지만, 그 문장의 공백 때문에 나는 오늘 하루를 평소와 다른 동선으로 맴돌 수 있었으니까요.

그리고 그 동선 끝에 이런 장면과도 마주치게 된 거죠. 오래전 그 학교의 창고를 연상시키는, 그러나 전혀 낯선 골목 끝에 수많은 책상이 엉망으로 쌓여 있는 장면 말입니다. 얼핏 보면 그 밤의 책상 더미는 마치 탑이나 거대한 설치미술처럼 보이기도 했어요. 조금 더 멀리서 보면, 작가의 방에 있던 그 두 면의 코르크 벽처럼 보일 것도 같더군요. 나는 그 책상 더미로 다가가서 그것들을 하나씩 들여다보았습니다. 그건 마치 사라진 메모지 한 장을 찾기 위해 메모로 가득한 벽을 한 뼘씩 살펴보는 일과 비슷했습니다. 여기 어딘가 내가 찾아야만 하는 책상도 있을 것 같았거든요. 손때 묻은 책상 위에는 깨알 같은 낙서들이 적혀 있었죠. 그건 한 사람 한 사람의 기록들이었어요. 나는 일단 그것들을 옮겨보기로 했어요. 그 깨알 같은 글을 어떻게 옮길 수 있느냐고요? 말했잖아요. 내가 속기사 자격증을 가진 걸 잊지 말라고. 나는 밤의 한 조각을 그 이야기들을 옮겨 적는 데 할애했습니다. 그건 아주 오랜만에 내가 나민의 관심으로 옮겨본 기록이었어요.

참, 내가 고백 하나 할까요? 속기사 공부를 했던 건 어머니 때문이기도 했지만 사실 빨리 기록하고 빨리 옮길 수 있다는 게 꽤 통쾌하기 때문이기도 했죠. 분초에 얽매이지 않고 빠르게 움직이는 내 글자들을 보면 어릴 때의 몇 장면이 떠오르기도 하고요. 달리기를 그리 잘하진 못했거든요. 누군가가 나를 마구 쫓아와도 가뿐하게 따돌릴 수 있을 만큼 내 손가락은 지금 빠르잖아요. 나를 따라오는 게 글자들이라면 말이죠. 나는 키보드 위에서도 탭댄스 추듯 달아날 수 있죠. 단순히 말을 옮겨 적는 게 아니에요. 말로부터 도망을 가기도 하고, 말을 유인하기도 하는 겁니다.

그래서 문장은 어떻게 되었느냐고요? 찾았느냐고요? 뭐, 다시 찾으러 가야죠. 보이지 않는 책상을 양손에 들고 두리번거리는 모습으로 말이에요. 그런데 어떤 문장을 주워 든다고 해도, 처음의 그 문장은 아닐 겁니다. 아까 말했잖아요, 그건 일종의 호객 행위였다고. 그럼 어떤 이야기를 데려왔느냐고요? 일단, 해바라기씨 좀 주시겠어요? 딥블루 색상의 잉크도요. 아, 줄 간격이 일정한 대학 노트도 부탁합니다.

다옥정 7번지

이야기의 끝은 공교롭게도 또 다른 이야기의 시작이었습니다.

그 밤을 목격한 사람이 어디 없을까요. 밤눈이 밝거나 시간이 남거나 관심이 많거나 해서 어두운 거리를 훑어본 사람, 그러다 나를 본 사람 말이에요. 당신이 그 거리 위를 지나올 때 분명 1930년대 풍경이 시작되고 있었다는 걸 말해줄 수 있는 사람, 그건 아주 일상적인 풍경이었다고 증언해줄 사람, 어디 없나요. 거리를 걷기 시작했을 때는 1930년대였던 것이 그 끝에 가서는 2010년대로 변해버렸으니 하는 말입니다.

처음에는 평범한 산책일 뿐이었습니다. 하나의 이야기를

막 마친 참이었거든요. 초고를 완성한 후에는 약간의 탈출 욕구를 느끼곤 했고, 그럴 때는 무작정 걷는 게 최선이었습니다. 벗을 만나고 술 몇 잔을 나누고 집으로 돌아오던 게 새벽 2시쯤. 밤이 깊었지만 여름밤의 천변은 산책을 좀 더 권유하는 것도 같았죠.

저만치 익숙한 대문이 보이기만 했다면 나는 그 대문으로부터 좀 더 멀어지는 방향을 택했을지도 모릅니다. 여름밤의 산책은 포옹처럼 사람을 위로하는 데가 있거든요. 그런데 선뜻 대문을 찾아낼 수가 없었던 겁니다. 한참을 빙글빙글 돌아봐도 내가 알던 그 골목에는 내 집이 없었습니다. 그제야 정신이 퍼뜩 들어서 주변을 돌아봤는데, 집이 없어졌다기보다는 골목 자체가 사라진 것 같았습니다. 도무지 익숙한 문패가 없었어요. 누군가 관찰자가 있었다면 미친 듯이 돌아다니는 한 사내를 봤을 수도 있습니다. 나는 걷고 또 걸었습니다. 이젠 집으로부터 멀어지기 위해서가 아니라 집으로 가기 위한 걸음이었는데, 걸으면 걸을수록 모든 것이 더 낯설어지는 것 같았죠. 집이 아니면 약국이라도 찾아가야 했습니다. 아버지의 약국 말이에요. 그렇지만 아버지의 약국이 아닌 다른 어떤 약국이어도 좋을 것 같았습니다. 진정으로 약이 필요했어요. 대로변으로 나가보기도 했지만, 정말 나는 자그마한 골목들과 자그마한 약국과 자그마한 문패가 필요했어요.

그러나 그런 것들은 적어도 내가 상상하는 형태로는 끝까지 나타나지 않았습니다. 동이 터오고서야 나는 인정할 수밖에 없게 된 겁니다. 아아, 무언가가 잘못되었다, 하고.

그 밤으로부터 며칠의 시간이 더 흘렀고, 내가 이해한 사실은 이렇습니다. 사라진 건 집이나 약국, 골목이 아니라 하나의 시대라고. 여기 제 살던 시대를 통째 도둑맞은 사내가 있다고. 그렇게 나는 어느 날 갑자기 더 이상 누구의 식민지도 아니고 모던 보이도 없는 그런 시대로 떨어져버린 겁니다. 그러고 보니 시대가 사라졌다고 말하는 것보다는 그저 그 시대로부터 내가 사라졌다고 말하는 게 더 간편한 것도 같군요. 그 시대에서 나만 증발해버리면, 그 시대나 이 시대나 무탈하지 않겠습니까.

광화문 네거리에서 커다란 문장 하나와 운명처럼 마주쳤던 게 그 이튿날인가요, 사흘째 되던 날인가요. 며칠 동안 서울 시내를 걷고 또 걷느라 발이 해질 지경이었는데, 어느 순간 눈앞에 그 문장이 나타난 겁니다.

어느 틈엔가 그 여자와 축복받은 젊은이는 이 안에서 사라지고, 밤은 완전히 다료 안팎에 왔다.

문장이 적힌 천막은 내 방보다도 더 넓어 보였습니다. 천막은 아주 거대한 건물의 벽면에 네 귀퉁이를 적절하게 고정하고 있었습니다. 글씨체는 내 것이 아니었지만, 아무리

봐도 그건…… 내가 쓴 문장인 것 같았습니다. 추측의 형태를 취한 건 아직 누구에게도 보여주지 않은 초고의 한 구절이 저 벽에 걸려 있을 리가 없기 때문이었죠. 그렇지만 이리 보고 저리 봐도 그건 부인할 수 없는 내 문장이었습니다. 초고에서 맨 마지막으로 건드렸던 문장이기에 유독 기억에 남았던 겁니다. 텔레파시나 표절이 아닌 이상 저 문장이 거리에 공개 처형당하듯이 걸려 있을 리가 있나요. 그렇지만 누가 내 글을 훔친단 말입니까.

현수막이 누구 것인지를 알고 싶어서 건물 입구에 가 물어보니, 교보문고에 문의하라더군요. 그 건물 지하에는 거대한 서점이 있었어요. 나는 거기서 그 문장이 내 것임을 확인하게 되었습니다.

"박태원의《소설가 구보 씨의 일일》이에요."

서점 직원은 능숙하게 답변을 해주었습니다. 나는 그 책을 받아 들고 앉은 자리에서 읽고 또 읽고 몇 번이고 다시 읽었습니다. 글은 읽으면 읽을수록 낯설어져서 마침내는 내가 쓴 것이 아닌 것만 같았습니다. 아주 생소해졌죠.

다시 건물 밖으로 나와서 횡단보도를 두 개나 건넜는데도, 대각선 방향으로 그 문장이 국기처럼 펄럭였습니다. 그걸 한참 쳐다보는 동안 두 가지 감정이 몰려오더군요. 하나는 아, 내 소설이 후대에도 읽히고 있구나, 하는 전율이었고 다른 하나는 아, 내가 왜 이 상황에 놓여야 하는가, 하는 당혹감이 었습니다. 결국 나는 도망치듯 어떤 골목으로 뛰어들었는데, 그때는 골목만이, 아주 좁은 골목만이 나를 이해해줄 것 같았습니다. 막다른 골목 말고, 어디로든 좁고 가느다랗게 연결될 수 있는 그런 골목이면 충분했습니다.

나중에야 알았지만 그 건물, 교보타워의 주소가 종로 1번지더군요. 그 앞으로는 자주 지나가곤 했습니다. 복원된 광화문과 솟아오르는 분수들, 카메라 든 외국인들, 짧은 스커트 입은 여인들 틈에서 길을 잃어도 저기 걸려 있는 내 문장이 나를 위로했으니까요.

경찰서는 내키지 않았습니다. 내가 몇십 년 전에서 왔다고 하면 나를 어떻게 보겠습니까. 다만, 나는 내 집이 궁금했습니다. 공중전화 부스에서 120이란 번호를 읽었습니다. 다산콜센터라고 하던가요, 서울 시민을 도와준다던 그 번호가 전화기 옆에 붙어 있었던 겁니다. 주머니에 있던 동전 몇 개로 다산콜센터는 금방 연결이 되었습니다. 다옥정 7번지가 어디로 갔느냐는 내 질문에 상담원은 얼른 대답하지 못했지만, 곧 다옥정이란 지명이 오래전에 다동으로 바뀌었다고 말해주더군요. 일제 잔재 청산의 일환으로 1946년에 있었던 변화라고 설명해주기도 했습니다. 그리고 곧 이걸 찾았던 게 아니냐는 듯이 물었습니다.

"혹시 소설가 구보 씨의 집을 찾으시는 건가요?"

구보는 내가 생각했던 것보다 훨씬 더 유명해진 게 분명했어요. 상담원은 내게 다옥정 7번지로 짐작되는 그 부근에는 현재 한국관광공사 건물이 들어서 있다고 말해주었습니다. 그리고 가는 길도 설명해주었죠. 다옥정 7번지에서 가장 가까운 지하철역은 종각역이었습니다. 종각역 5번 출구로 나와 조금 걸으면 광교가 보이고, 광교를 지나 오른쪽으로 동선을 틀면 다옥정 7번지로 짐작되는 곳이 나타나는 겁니다. 상담원이 그러더군요, 좋은 산책 하시라고. 산책이라니……. 그러고 보면 순서가 좀 이상하죠. 원래 구보는 다옥정 7번지의 문을 밀고 나와서 광교를 지나며 산책을 시작합니다만, 나는 이미 그 문장 두 개를 거꾸로 행한 셈이니까요. 어쨌거나 거슬러 올라간 다옥정 7번지 부근에는 듣던 대로 웬 커다란 건물이 서 있었습니다. 그 부근 건물들이 다 그렇게 크긴 했지만요. 주변으로 몇몇 외국 관광객들이 맴을 돌고 있었고요. 내 집은 어디에도 없었습니다. 나는 한국관광공사 안으로 들어갔지요. 내 집터를 반쯤 잘라먹은 채 그 위에 세워진 건물로 말입니다. 안내 직원에게 묻거나 요구할 것이 아직 정리되지 않은 상태였는데, 금방 내 순서가 되어버렸습니다. 직원은 겨우 '구보 씨'까지 말한 내 앞에서 이렇게 반문했습니다.

"누구요?"

"구보요."

소설가 구보 씨의 일일, 하고 나는 덧붙였습니다.

"일본인인가요?"

"누가요, 제가요? 구보요? 아니, 둘 다 조선인인데요."

그렇게 말하고서 나는 금세 '한국인이요'라고 정정했습니다. 구보는 바로 자신의 집 앞에서 국적 불명이 된 거로군요. 그건 곧 나의 국적 불명과 다를 바가 없고요. 뻘쭘해진 나는 구보 씨의 일일 어쩌고 하며 중얼거리다가 그만 돌아섰습니다. 관광공사 직원은 내 뒤에서 푸념을 하더군요.

"자꾸 만드는 게 많은데 우리한테 다 알려주는 건 아니니까요. 소설 제목이 들어본 것 같기는 한데……."

나는 그 직원에게 다산콜센터 여자의 번호를 알려주려다가 말았습니다. 그래 봤자 120, 특별한 정보도 아니니까요. 그냥 모든 게 지치고 힘들기만 해서, 관광공사 앞 긴 의자에 앉아 무형의 집을 바라보았어요. 내 고향 집 말입니다. 이제는 번지수도 문패도 없는, 벽도 담도 밀고 나올 문도, 그 안에서 웅크릴 만한 방도 없는 허공의 집. 아무도 두드리지 않는, 바람과 햇빛만이 의식하는 집. 그 집으로 들어갈 길을 몰라 나는 한동안 멍하니 있었습니다. 지금은 도로와 물길이 내 살던 곳의 지분을 나눠 갖고 있는 거고, 나는 누구에게도 속하지 못한 채 여기 이러고 있습니다. 이대로 한잠 자고 일어나면 혹시 모든 게 원래대로 돌아가 있지 않을까, 막연히 그런 생각도 해봤지만 그것도 이미 식상했어요.

그때 누군가 내 등을 두드렸습니다. 아까 그 안내대의 여자였어요. 여자가 고충을 해결해주지 못해 미안하다며 명함을 내밀었습니다.

"끝까지 해결하도록 노력하겠습니다."

아마 거기선 내 고충을 끝까지 해결해줘야만 하는 모양이었습니다. 이름을 남겨달라고 해서, 나는 '박태원'이라고 적었습니다.

연락처가 없었지만 여자는 어렵지 않게 내게 연락할 수 있었습니다. 나는 일정한 시간마다 한국관광공사 앞 긴 의자에 앉아 있었거든요. 대부분 같은 옷차림으로요. 다른 시간에는 주로 어디에 있었느냐고요? 할 건 많았습니다.

드라마를 좀 봤습니다. 서울역에서요. 야구 중계도 재미있었죠. 텔레비전은 내게 이 시대로 옮겨온 당위성을 알려주는 것 같아서 보고 있으면 평온했습니다. 이 시대는 내가 떠나왔던 그 시대로부터 아주 멀리 가진 않은 것도 같았어요. 마냥 다르지도 않고 마냥 같지도 않은, 그저 약간의 반복과 변주로 이루어진 속편 같았습니다. 그때와 비슷한 상황들은 계속 일어났고, 단지 그때는 첨단이었던 것들이 지금은 낡은 것이 되었다는 것 정도가 다를 뿐이었죠. 이 속편에서 내가 가장 좋아했던 건 텔레비전이었습니다.

서울역에서는 무수히 많은 바퀴들이 출발하고 도착하는 모양이었지만, 목적지가 분명하고 운임이 비싼 기차에는 관심이 가지 않았어요. 지하철, 지하철이 그나마 가장 정감이 갔어요. 1호선 혹은 2호선, 3호선이나 4호선, 끝없이 뻗어나가는 지하철에 올라타 몇 페이지를 산책하는 겁니다. 그렇게 돌고 돌고 돌다가 어느 틈에는 다옥정 7번지 앞, 다시 그 한국관광공사 앞 긴 의자에 닿곤 했습니다. 마치 항구에 정박하는 배처럼 말이죠.

하루 만에 여자는 서류 봉투로 하나 가득한 자료를 가져왔습니다. 나를 보자마자 이 앞이 구보의 집터였다고 인정하더군요. 자신이 일을 시작한 지 얼마 되지 않아 잘 몰랐다면서요. 그러면서 구보는 작가 박태원의 호라는 걸 알고 계시나요, 어쩌고저쩌고하며 갑자기 불어난 구보에 관한 지식을 늘어놓기 시작했습니다. 여자는 내게 몇 개의 안내서를 전해주고는, 혹시나 더 많은 정보를 원한다면 인문학 박물관, 서울문화재단이나 구보학회 등을 참고하면 된다고 말했습니다. 작가 박태원에 대한 정보뿐 아니라 1930년대 경성의 정보들까지 좀 더 자세히 알 수 있을 거라고요. 여자가 갑자기 너무 많은 정보를 주는 바람에 나도 뭔가를 줘야 할 것 같은 기분이 들 정도였습니다. 그렇다고 내가 여자에게 받은 명함을 다시 돌려줄 수는 없는 거겠죠, 그건 좀 이상하니까요.

'구보 따라잡기'라는 이름의 홍보물도 여자가 남겨두고 간 종이 더미 속에 있었습니다. 맨 앞 장에 박태원을 찾는다는 말이 적혀 있었으니, 내가 그걸 유심히 보게 된 건 당연한 일이었죠. 자세히 읽어보면 진짜 나를 찾는다는 게 아니라, 박태원 역할을 할 안내원을 모집한다는 구인 공고였습니다만, 그래도 내가 솔깃할 만한 정보가 있었습니다. 그 구인 공고를 주관하는 곳이 '구보의 집'이었기 때문이에요. 정확히 말하자면 '이전된 구보의 집'.

안 가볼 수는 없었던 거지요. 터는 다르지만 구보 박태원의 다옥정 7번지를 재현한 곳이라니 궁금하지 않을 수가 없었던 거예요. 물론 면접을 보러 간 건 아니었지만 말입니다. 나는 단지 그 이전된 구보의 집을 보기 위해 줄을 섰습니다. 들어가기 위해 배부 표를 받았고, 내 이름이 또렷하게 적힌 종이 명찰을 가슴에 달았고, 1930년대의 문학이니 서울이니 하는 것에 관해 묻기에 아는 대로 대답하다가, 마침내 이런 말을 듣게 된 겁니다.

"우리는 박태원 씨를 박태원으로 고용합니다."

그들은 합격자가 박태원과 동명이인이라는 게 재미있다

고 말했지만, 사실 동명동인이라는 걸 안다면, 진짜 이 집의 담당자가 자신들이 아니라 나여야 마땅하다는 걸 안다면 어떤 표정을 지을까요. 박태원이 박태원을 흉내 내다니요. 내게는 박태원이 아니면서 박태원이 되겠다고 찾아온 다른 사람들이 더 이상하게 느껴졌습니다. 뭐랄까, 사기꾼처럼 말이죠.

출근은 오전 9시까지, 퇴근은 오후 6시부터.

"6시부터라는 겁니다. 6시 칼퇴근이 아니고요. 남아서 해야 할 업무도 종종 있으니 진짜 퇴근까지는 항상 텀을 두세요, 텀을."

관리과장이라는 사람이 말했습니다. 그는 점심시간이나 휴무, 그리고 꼭 받아야 하는 교육 일정에 대해서도 말해주었습니다. 그렇게 나는 하루 여덟 시간을 박태원으로 살고, 한 달에 150만 원을 받게 되었습니다. 유명한 작가가 되니 과거의 내가 후대로 날아와도 먹고살 길이 생기는구나 싶어서 나는 좀 으쓱해졌는데요. 그건 어디까지나 다른 열 명의 박태원과 마주치기 전까지의 착각에 불과했습니다. 구보의 집을 방문하는 사람들을 위해 준비된 박태원은 열 명이 넘었던 거예요. 그리고 그중에서는 내가 가장 간당간당하게 통과된 구직자였습니다. 분위기를 보아하니 외모 때문인 것 같더군요.

외모 때문에 통과된 거라고 생각하지는 마세요. 오히려 그 반대니까요. 되레 나를 구원한 건 일본어 회화 실력이었습니다. 더불어 내가 그 시대의 명칭들을 잘 아는 것도 플러스 요인이 되었죠. 외모는 나의 채용을 끝까지 망설이게 만들었던 요소였어요. 나중에야 면접을 진행했던 무슨 이사라는 사람이 내게 슬쩍 그러더군요, 살을 좀 빼보라고요. 박태원은 사진이 많이 공개되어서 대중들이 다 아는데, 이왕이면 좀 비슷한 게 좋지 않겠냐고요.

내가 얼마나 황당했을지는 말 안 해도 알겠죠? 그 박태원의 사진이란 게 말입니다. 사실 내 것이 아니라면 믿을 수 있겠습니까. 물론 그 사진과 나는 한참 다릅니다. 그 버섯 머리 하며 안경 하며……. 나는 생전 그런 머리를 해본 적도 없고, 1930년대에 쭉 살았다 하더라도 그런 머리를 할 생각은 하지 않았을 겁니다. 내 취향이 아니라고요. 나는 박태원의 사진을 보고 너무 놀랄 수밖에 없었는데, 그건 내가 아니라 하 군의 얼굴이었던 겁니다. 그러니까 지금 돌고 도는 사진은 박태원의 것이 아닙니다. 진짜 내 얼굴은 역사적으로 누락되고 만 거예요. 지금 사진 속의 인물은 박태원이 아니라 내가 한때 아꼈던, 그러나 배신감만 남기고 떠났던 후배 하 군이라고요. 그러나 하 군이 역사적으로 중요한 인물도 아니고, 누구인지 설명해도 알 사람이 없으니 답답할 수밖에요. 나야

말로 왜 하 군의 사진이 그의 이름이 아니라 내 이름을 달고 후대로 전해졌는지 알 리가 없으니 황당할 노릇입니다. 하 군이 실제 나보다 더 잘생기긴 했지요. 정말 역사는 승자의 것이란 말입니까. 이 상황을 보자면, 우리가 알고 있는, 이미 죽어버린 유명인들의 얼굴에 대해 우리는 의심을 가져볼 만한 겁니다.

그럼 진짜 박태원은 어떻게 생겼느냐고요? 나를 보세요. 체구도 크고 살집도 있습니다. 안경은 쓰지 않고요. 어쨌거나 내 앞으로 아홉 명의 사람들이 모였습니다. 그놈의 사진과는, 내가 제일 안 닮았더군요. 우리는 같은 옷을 받았고, 서로 동선이 겹치지 않도록 담당 구역을 배정받았습니다. 안경도 받았지요. 그중에는 아무런 꾸밈이 필요 없을 만큼 이미 박태원(정확히는 박태원으로 알려진 하 군)과 비스름한 차림의 사람도 있었습니다. 면접 때부터 그렇게 등장해서 다른 경쟁자들을 외모로 기죽였다고 하더군요. 수많은 박태원들 중에 진짜 박태원은 나 하나라는 사실을 아무도 몰랐지만 뭐, 괜찮았습니다.

박태원의 사진이 잘못 알려진 것과는 반대로, 구보의 집은 실제와 너무도 비슷해서 놀라웠습니다. '다옥정 7번지'라는 동판이 대문 옆에 붙어 있는 집이었죠. 물론 그건 이 집의 주소가 아니라 이름이었지만, 주소는 달라도 내부가 같아서 좋았습니다. 정말 내가 썼던 것 같은 책상과 의자가 그대로 있었고요. 앉은뱅이책상에는 내가 한때 실수로 냈던 흠집까지 여전해서, 이게 치밀한 재현인지 아니면 우연인지, 혹은 박태원의 유품이(유품이란 말이 불편합니다만) 흘러온 건지는 몰라도 눈물이 날 것 같았어요. 나는 가장 먼저 출근해서 가장 늦게 퇴근했습니다. 사실 퇴근하고 싶지 않았습니다. 그러나 이곳은 아침이 되면 문이 열렸다가 밤이 되면 문을 닫아야 하는 시한부 집이었습니다. 아침 7시부터 방문객들이 찾아오기 전까지, 그리고 방문객이 떠난 후 얼마간이라도 여기에 멍하니 앉아 있기 위해서는 박태원 역할에 충실해야 했습니다. 이게 여기 머물 수 있는 유일한 길이었으니까요.

아침 9시가 조금 넘으면 구보에 관심 있는 사람들이 이곳을 찾아옵니다. 그러면 나는 몇 명의 사람들을 데리고 구보의 소설 속 산책로를 걷는 겁니다. 사람들을 비엔나소시지처럼 줄줄이 달고 말이죠. 내가 아닌 다른 박태원들도 마찬가지였습니다. 흑백사진 속 박태원과 똑같은 차림새를 한 채로요. 박태원이 소설 속 구보의 동선을 재현하며 안내한다는 게 '구보 따라잡기'의 요지였습니다. 적절한 타이밍에서 이런 설명도 해주고요.

"《소설가 구보 씨의 일일》은 1934년 8월 1일부터 9월 11일까지 〈조선중앙일보〉에 연재된 박태원의 중편소설로, 1930년대 서울의 어느 하루를 배경으로 삼고 있습니다. 소설가인 주인공 구보가 서울을 걷고 또 걸으며 주변부를 느끼고 기록하는 것이 대략적인 줄거리인데요, 어떤 특별한 사건이 벌어지지는 않고 주인공의 의식을 따라 소설이 진행되지만, 사실 그 하루는 수많은 사건의 집합이라고 볼 수도 있습니다. 박태원은 이 소설로 당시 문단에 새로운 바람을 불러일으켰으며, 지금까지 모더니즘 문학의 대표적인 인물로 거론되고 있지요. 이상, 김기림, 이태준, 정지용, 이효석 등과 함께 구인회 활동을 했던 박태원은 그 1930년대에 확연히 새로운 소설가였습니다."

내 목소리가 살짝 떨리고 있다는 걸 눈치챈 사람이 있었을까요. 사람들은 즐거운 경험을 하는 것처럼 보였고, 초반에는 나 역시 그랬습니다. 어느 정도 설명이 끝나고 나면 이제 다옥정 7번지를 떠날 시간이 왔습니다. 나는 단장과 대학 노트를 들고, 줄줄이 비엔나처럼 사람들을 달고 걸었지요. 구보처럼 광교를 지나 왼쪽으로 몸을 틀고 화신상회를 향해 걸었습니다. 지금은 종로타워라고 하더군요. 불과 며칠 전에 (분명 내 기억으로는 그렇습니다. 그 거대한 시간의 단층을 경험하기 전에 말이에요) 나는 저 화신상회 내부를 수직으로 재단하는 엘리베이터를 한참 구경하곤 했죠. 그러다 그 수직의 힘에 대한 반동처럼, 재빨리 움직이는 전차 안으로 뛰어들기도 했죠. 지금은 저 엘리베이터보다도 차라리 이미 멸종한 전차가 나타나야 사람들이 구경을 할 테지만요. 며칠 전까지만 해도 전차의 선로는 보신각 네거리에서 시작해 동대문까지 이어져 있었죠. 그러나 지금 보이는 건 '바르게 살자'는 돌에 새긴 글귀와 어색한 자막처럼 지나가는 마차 한 대뿐입니다. 전차는 사라지고 이제는 마차가 다니더군요. 4인에 1만 원, 글귀를 써 붙인 마차 안에는 관광객으로 보이는 사람이 둘 타고 있었어요. 몇 걸음 걷다 보니 또 한 대의 마차가 등장했습니다. 버스, 택시, 일반 승용차, 오토바이가 두서없이 지나갔죠. 나는 잠시 어지러워서 티가 안 날 만큼 아주 조금만 걷는 속도를 늦췄습니다.

나는 하루에 여덟 시간 일했고, 그중 절반 이상을 거리에서 보냈습니다. 구보의 산책 코스에서요. 이 산책을 반복하는 동안 어쩌면 소설가가 작품에 실제 공간적 배경을 등장시키는 것은 사라지지 않을 증인을 하나쯤 세워두려는 이유에서가 아닐까, 하는 생각을 했어요. 물론 나는 그런 것까지 염두에 두고 당시의 경성을 다룬 건 아니었습니다. 그땐 경성보다 내가 먼저 사라질 줄 알았으니까요. 그렇지만 결과적으로 지금 나는 소설에 등장했던 공간들이 얼마나 남아 있는지 그 흔적을 더듬고 있지 않습니까. 1930년대 내 동선의 모퉁이에 있던 몇몇 아이콘들이 지금도 조금은 남아 있다는 게 나로서는 다행스러울 뿐입니다. 그때의 경성은 지금의 서울과 닮은 듯 다른 듯 아슬아슬하게 겹쳐 있어서 다른 그림 찾기를 하는 것 같았어요. 몇몇은 증인이 되어서, 몇몇은 전설이나 철 지난 유행이 되어서.

산책이 끝나자 비엔나소시지 중 누군가가 사인을 해달라더군요. 20대 초반 혹은 중반쯤으로 보이는 여자였는데, 《소설가 구보 씨의 일일》을 내밀며 사인을 남겨달라고 해서 나는 주저앉을 뻔했습니다. 혹시 나를 알아보는 건가 싶었던 거죠. 중요한 보증서에 서명하는 것 같은 그런 모양새로 내 이름 석 자를 적어 넣었는데, 여자는 내 사인을 받아 든 후 함께 산책을 했던 다른 사람들에게도 사인을 부탁하더군요. 결국 그 책의 속지에 오늘 함께 걸었던 여섯 명의 이름이 모두 적힌 셈이었습니다. 그들 중 아무도 자신들이 진짜 박태원, 그러니까 진짜 구보와 함께 걸었다는 사실을 눈치채지 못했습니다.

구보는 종로 네거리, 화신상회 앞에서 동대문행 전차를 탔습니다. 그리고 동대문에서 다시 한강교행 전차로 갈아타고 조선은행, 바로 지금의 한국은행 앞까지 왔죠. 책으로 4페이지쯤 흘러가는 구보의 경로는 지금 그대로 재현하기가 힘들었습니다. 사라진 것도 많고 생겨난 것도 많으니까요. 물론 모든 풍경이 사라진 것은 아니었습니다. 당시 조선은행이었던 한국은행 건물은 과묵한 증인처럼 계속 그 자리를 지켜오고 있죠. 나는 어떤 '사무'를 가진 채로 그 건물 앞을 맴돌 때마다 혹시 저 은행 건물은 기억할지도 모른다고 기대해보곤 했습니다. 1930년대에 이 앞으로 지나가던, 단장과 대학 노트를 든 사람을 말입니다. 물론 지금은 그 앞 '포토존' 푯말 아래서 줄줄이 비엔나들과 사진을 찍고 있습니다만.

이 포토존은 각도를 세심하게 고려해서 만들어진 건 아닌 듯했습니다. 여기선 평면적인 사각 틀이 아니라 몸을 돌려가며 파노라마식으로 주변을 감상해야만 제대로 된 풍경이 나오거든요. 한국은행 건물을 등지고 서면, 왼쪽으로 중앙우체국 건물이 마치 양 갈래로 찢어질 듯 서 있고, 맞은편에는 신세계백화점 본관이 있습니다. 옛 이름은 미쓰코시 백화점. 백화점 건물 안에는 내부의 중앙 계단이 예전 모습 그대로 남아 있기에 사람들은 그 안에 들어가보기를 원했습니다. 며칠 전까지만 해도 획기적이었던 건축물이 지금 이 사람들에게는 고풍스러운 것이 되어버렸습니다. 그 며칠이 정말 며칠이 아니니 그렇겠지만, 어쩐지 그 며칠 새 나도 몇십 년을 늙어버린 것 같아 기분이 이상해지곤 했습니다.

구보 따라잡기는 꽤 인기가 있었습니다. 다옥정 7번지에 드나드는 사람들이 많아지면서, 여기서 찍어내는 것도 많아졌습니다. 소설가 구보 씨의 하루 동선이 나타난 컬러판 지도는 물론이고, 구보의 캐릭터 인형이나 그 동그란 안경 같은 것도 생겨났죠. 구보의 산책로를 어떤 속도로 따라 걸으면 얼마의 열량이 소비되는지에 대한 정보도 있었어요. 이곳에 고용된 대부분의 박태원들은 구보 씨의 일일을 재현하는 데서 어떤 사명감을 느끼고 있는 듯했습니다. 속내를 교환한 적이 없어서 잘은 모르겠지만, 제가 보기엔 그랬습니다. 그 중에 나보다 두 살 어린 남자와는 종종 비상구에서 담배를 함께 피웠습니다. 그는 박태원으로 박사 논문을 썼다고 하더군요. 단지 그 학위 때문은 아니었지만, 어쩐지 그의 기세에 눌려 나는 이런 질문을 하기도 했습니다.

"그럼 그 사람은 어떻게 죽었답니까?"

"박태원이요?"

그는 나를 슬쩍 쳐다보더니, 당연한 걸 왜 묻느냐는 식으로 말하더군요. 월북한 후 어쩌고저쩌고.

"월북이요?"

아주 추상적이고 모호한 답을 기대하고 있었다는 걸, 전혀 그렇지 않은 답을 듣고서야 깨달았습니다. 어느 순간 증발했다거나 실종되었다거나 그런 답 말입니다. 그렇지만 박사가 알려준 그 답은, 어쩐지 나 말고 진짜 늙어서 자연사한 박태원이 있을 것만 같아 이상했어요.

"박태원 외손자가 봉준호인 건 아시죠?"

봉준호가 누구냐고 물으려다가 나는 얼버무리듯이 대답을 했습니다. 아, 그런가요, 몰랐는데요, 기억이 가물거리네요, 잠깐 까먹었어요, 하는 식으로. 그러자 그 박사가 나를 툭 치면서 힌트를 주더군요.

"〈괴물〉 말이에요, 〈괴물〉."

"괴물이요?"

"안 보셨어요?"

"글쎄요."

상황을 보아하니 봉준호는 영화를 만드는 것 같더군요. 박사는 구보학회에서 하는 행사에도 꾸준히 출석하면서 박태원에 대해 이런저런 방면으로 연구를 한 것 같았습니다. 한마디로 빠삭했지요. 그런데 왜 여기 서 있는 나를 못 알아보는 겁니까? 그나저나 외손자라니, 결혼은 한 모양이로군요. 내가 말입니다. 하긴 *직업과 아내를 갖지 않은, 스물여섯 살짜리 아들은, 늙은 어머니에게는 온갖 종류의 근심, 걱정거리*였던 건 내가 아니라 내가 만든 인물 구보였죠. 그렇지만 나라고 거기서 자유로울 순 없었습니다. 외손자라니, 뜬금없이 안도하고 있는 내게 박사가 찬물을 끼얹었습니다.

"이거 시한부 프로그램인 거 아시죠?"

"그랬던가요."

"세 달짜리잖아요."

그랬던 것 같았어요. 처음에 그런 설명을 들었던 것 같았죠. 박사는 말하더군요. 구보 따라잡기가 계속 갈 거다 아니다 말들이 많던데, 그래서 여기 일하는 사람들은 이걸 경력 삼을 다른 일거리들도 찾아보고 있다고요. 그중에 영화 면접도 있고 말이죠. 그나저나 또 무슨 면접?

"영화를 찍을 거라는데요. 몇 장면에 구보 역할로 들어갈 사람이 필요하다는데, 배우 아닌 일반인 중에서 뽑을 거라고요. 다들 난리예요, 찍겠다고요. 뭐 봉준호 감독이 직접 면접을 볼 거란 얘기도 있고."

나보고 내 외손자한테 면접을 보라고? 나는 몸서리를 쳤습니다. 박사도 그 면접을 보러 가지는 않을 거라고 말하더군요. 다만 이 구보 따라잡기가 반응이 좋아서, 새로운 것들이 많이 생겨나고 있으니 기회를 잘 잡아야 한다고 말했습니다. 그나저나 이 다옥정 7번지에서 박태원으로 머무는 걸 언젠가는 끝내야 할지도 모른다고 생각하니 기분이 이상해졌습니다.

"낙랑파라는 1931년에 문을 연, 한국인이 경영한 최초의 카페였습니다. 낙랑파라가 위치했던 곳은 지금의 소공동인데, 1930년대 지식인, 예술인 들의 아지트 역할을 했어요. 구보 박태원도 김기림, 이상 등과 더불어 낙랑파라에 자주 드나들었고, 이곳에서는 자주 전시회나 문학의 밤이 열렸다고 하지요. 소설 속의 구보도 낙랑파라에서 벗을 만납니다."

소리가 너무 작다고 누군가가 중간에 불만을 표시했기 때문에 내 목소리는 더 커졌고, 이상하게 목소리는 자꾸만 계속 커졌는데 스스로는 더 중얼거리는 듯한 느낌이 들었습니다. 나는 중얼거렸습니다. 말하다 보니 낙랑파라가 손에 닿을 듯 가깝게 느껴지기도 하고, 정말 프라자호텔 뒤 한화 건물 쪽으로 걸어가면 낙랑파라가 있을 것만 같았습니다. 거기엔 지금은 사라진 낙랑파라를 포위라도 하듯 동그랗게 대형 커피 체인점들이 들어서 있었어요. 카페베네, 커핀그루나루, 탐앤탐스, 스타벅스……. 다른 거리에도 같은 간판, 같은 테이블과 의자로 무수히 복제되어 있는 그 이름들 중에 진짜 낙랑파라는 없었습니다. 영혼 없는 설명이랄까요, 내 목소리가 내게도 다른 사람의 말소리처럼 막연하게 들렸습니다. 내가 점점 이 구보의 무리에서 떨어져 나와 이들을 바라보는 다른 시선이 되는 것 같았어요. 이 도시는 끊임없이 공사 중인 것 같더군요. 이 끝에서 시작해서 저 끝까지 한 줄 공사를 끝마치면, 다시 이 끝으로 돌아와서 가장 덜 새로운 공간들을 또 하나씩 건드리기 시작하는 거죠. 마치 새롭지 않으면 멈춰 있는 거고, 멈춰 있으면 뒤떨어지는 것처럼, 조급증에 걸린 사람들처럼요. 늘 새롭기 위해 애쓰지만, 이상하게도 그 새로움은 또 획일적이어서 그다지 새로울 것도 없고요. 결국 이제는 낡은 것이 오히려 새롭게 느껴지는, 그런 경지에 이르렀달까요. 나는 나를 따르는 비엔나소시지들을 내버려두고, 갑자기 대학 노트를 꺼내 메모를 시작했습니다. 어쩌면 소설가가 작품에 실제 배경을 등장시키는 이유는 증인을 만들려는 것이 아니라 언젠가 사라질 것에 대한 박제의 욕구 때문이 아닐까, 하고요. 침묵이 너무 길어진 것 같아서 나는 다시 대사를 읊었습니다.

"월북한 작가의 작품이라는 이유로 묶여 있던 이 소설이 다시 빛을 보게 된 것은 1988년의 일입니다. 소설이 다시 세상 빛을 보게 되었을 때, 그 안에는 이미 낯설어진, 소모된 지명과 건물들이 박제되어 있었을 겁니다."

동그란 서울광장 주변으로는 동그랗게 말린 건물들이 많아서, 이 거리를 통과하려면 치밀한 동선의 계산이 필요했어요. 횡단보도가 잘 보이지 않는 이 거리에서는 자주 무단횡단의 욕구를 느끼지만 오가는 차들도 적지 않거든요. 지하도를 이용해야만 하는, 오르락내리락해야 하는, 생각 없이 산책하다가는 미로에 갇힐 것 같은 그런 거리. 그러니까 산책하기보다는 한군데에 점처럼 박혀 서 있거나 지하도의 출구를 잘 가늠해보아야 하는 거리. 무념한 산책으로는 미로에 갇힐 수밖에 없는 그런 거리. 요즘 매일 걸었던 거리이긴 하지만 갑자기 낯설어 보이는 거리. 나는 거기 서서 예정에 없던 대사를 내뱉었죠.

"여러분, 구보가 지금 이 구조의 거리에 있었다면 어떻게 했을까요?"

누군가가 대답했습니다. 아마도…… 움직이는 전차에 뛰어오르지 않았을까요, 하고요.

퇴근 후에도 종종 나는 산책을 하곤 했습니다. 이제는 광화문 네거리의 현수막이나 복원된 광화문 같은 걸 무심하게 지나칠 수도 있게 되었습니다. 되는대로 걸었던 거지만 동선은 자주 소설 속 구보와 겹치더군요. 이상하게 낮에 갔던 길을 피해서 걷고 또 걸어도 구보의 그 산책 코스 안으로 편입되어버리곤 했습니다. 그건 좀 달갑지 않은 일이었죠. 나는 어느새 새 산책로를, 누구에게도 따라잡히지 않을 산책로를 갈망하고 있었습니다.

구보가 전차를 타고 위에서 다림질하듯 지나쳤던 길을, 이제 나는 밑에서 지지하듯 지하철을 타고 이동하기도 했습니다. 그러다 어느 순간에는 지하철 안에서 복숭아가 와르르 굴러가는 걸 본 적도 있습니다. 어떤 여자가 복숭아를 한바

탕 바닥에 흘리고는 바로 그 복숭아 몇 알 줍기를 포기해버렸는데, 그 여자가 결국 복숭아를 줍도록 만든 건 휴대전화였습니다. 누군가가 복숭아를 주우라고 말했고, 여자가 대꾸하지 않자, 다른 누군가가 휴대전화를 꺼내 들고 그 상황을 찍으려고 한 겁니다. 그 전자 기기의 눈길이 부담스러웠는지 여자는 무릎을 구부리고 떨어진 복숭아를 줍기 시작했습니다. 그리고 다음 역에서 휙 내려버렸죠.

그걸 보면서 떠올린 건 내 처지였습니다. 나 역시 1930년대의 비닐봉지에서 추락해버렸는데, 누구도 줍지 않아 그 시대의 페이지에서 떨어져나간 것 아닐까요. 역사 속에 기록된 박태원은 그 1930년대의 비닐봉지 안에 그대로 있고, 나는 역사와 역사의 페이지 속에서 교묘하게 떨어져버린 거 아니냐 그 말입니다. 내가 속한 페이지는 전체 책장에서 파본 취급을 받는 걸지도 모릅니다.

역사 속에서 굴러떨어진 복숭아 한 알을, 그러니까 나를, 누구 본 사람 없나요. 하루에도 몇 번이나 그렇게 물었지만, 대답이 들리면 더 이상하겠죠.

관리과장에게서 '당신이 박태원이라는 사실을 잊지 말고 열심히 하라'는 말을 들은 날, 나는 비슷한 말을 들었던 박사와 함께 술을 마셨습니다. 시한부의 끝은 곧 다가올 것 같은데, 박태원의 정원을 줄인다는 말도 있던데, 아무래도 나는 그 안에 들어가기가 어려울 것 같더군요. 박사가 나와 비슷한 기분인 것 같았습니다. 인생 경험 삼아 이 일을 시작했다더니, 그는 나보다 더 절실해 보였어요.

곰장어가 맛있더군요. 공평동 곰장어집은 시끌벅적했지만 외롭지 않아 좋았습니다. 박사는 이런 얘기를 꺼냈습니다. 자신의 집이 아주 조금씩 옆으로 이동하고 있는 것 같다고요. 박사의 집은 빌라 2층이었는데 그 빌라 전체가 아주 미세하게 조금씩 왼쪽으로 이동하고 있다는 거였습니다. 그런데 누구도 느끼지 못하는 것 같다는 거였죠. 박사는 붉은색 페인트로 약간의 표시를 해두기까지 했는데 집은 이미 그 붉은색 페인트를 밟고 왼쪽으로 지나간 지 오래라는 거예요.

"대륙 이동이라고 할 수도 없고 빌라 이동이라고 해야 하나요. 자고 일어날 때마다 창밖으로 보이는 풍경이 조금씩 다르다는 게 얼마나 무서운지 아세요? 이 얘기를 했더니 누가 그러더라고요. 그건 자력 때문이 아닐까. 그런데 자력이라니. 난 더 설명이 필요해요, 형."

그가 형이라고 말했기 때문에 나는 조금 더 용기가 생겼습니다. 박사는 계속 떠들어대더군요. 어떤 언론도, 어떤 학회에서도 이런 유의 일에 대해 보고하지 않았다고 말이죠. 나는 그럼 이런 유의 일은 어때, 하며 내 얘기를 시작했습니다. 사실 내가 진짜 박태원이라고 말입니다. 어느 날 갑자기 이 시대로 툭 떨어진 것뿐이라고. 산책을 하던 중에 그렇게 길을 잃은 것뿐이라고. 이건 무슨 종류의 이동일까, 하고.

빌라 이동을 겪은 박사라면 내 상황에 대해서도 유연하게 대처할 수 있지 않을까 해서였는데, 그는 너무 유연하게 대처하고 말았습니다. 내게 이렇게 말하더군요.

"형이 박태원이면 난 이상으로 할게요."

그러면서 볼펜을 집어 들더군요. 상 위의 냅킨에다가 묘한 그림을 그려대더니, 구보에게 선물하는 삽화라며 내 셔츠 주머니에다 그 냅킨을 접어 넣었습니다. 그래서 내가 박태원이 아닌 이유를 대보라고 했더니, 박사는 형이 박태원인 이유를 말해보라고 하더군요.

"이름이 똑같다고? 에에."

박사는 날이 밝는 대로 개명 신청을 하겠다고 했습니다. 개명 이유는 '새 구직 활동을 위해서'.

"장난이 아니고 진짜로 이름을 바꿀까요, 형? 이상으로 진짜 바꿀까. 하긴, 내 성이 이가잖아. 서촌 쪽에 이상의 집을 새로 꾸밀 거라던데, 들었어요? 근무시간이 여기보다 더 짧더라고요, 돈은 똑같고. 우리 같이 갈까요, 박태원 형?"

나는 저만치 건너편에서 내 집터를 잘라먹고 서 있는 그 건물을 쳐다봤습니다. 그 건물에 대한 주인 의식이 있어서,

그 건물에 들어 살고 있는 모든 사람들에 대해서도 우선권을 내세우고 싶었나 봅니다. 박사와 헤어진 후 나는 그 건물 앞을 일부러 지나쳤습니다. 한참 그 건물을 마치 내 집에 들어온 세입자인 것처럼 쳐다보다가, 고개를 돌리고 돌아섰습니다. 아마 저 관광공사 직원, 이름이 뭐라더라, 아, 명함에는 '이미숙'이라고 적혀 있군요. 그 이미숙 씨를 잠시 떠올려보았습니다. 그때, 참 희한하게도 저만치서 나타난 이미숙 씨가 나를 알아보더군요. 이미숙 씨는 퇴근이 늦었던 것 같습니다.

당신 덕분에 집을 찾았다고 말하고 싶었으나, 당신 덕분에 취직을 하게 되었다는 인사를 해야 했습니다. 물론 시한부 일자리이긴 하지만. 나는 다음에 내가 차 한잔을 대접하고 싶다고 말했습니다. 이미숙 씨가 그러라고 하더군요. 내가 왜 그런 말을 했는지는 모르겠지만, 그 여자는 현재 내가 세 손가락 안에 꼽을 수 있는 지인이었습니다. 이미숙 씨는 내게 친절하기도 했죠. 나에 대한 부채 의식도 있는 것 같고, 고충에 대한 사후 관리도 열심히 하니까요.

나는 지나가는 말로 슬쩍 물어보았습니다. 아니면 지금은 어떠세요? 그냥 떠본 말인데 어쩐 일인지 이미숙 씨가 좋다고 하네요. 우리는 걷기 시작했습니다. 미쓰코시 옥상으로 갈까요? 내 제안에 이미숙 씨가 웃으면서 묻더군요.

"일본인인가요?"

그게 유쾌한 대답이라는 걸, 나는 알았습니다. 백화점은 가까운 곳에 있었습니다. 모든 건 다 근처의 일이었으니까요. 건물 6층으로 올라가면 옥상 정원이 나옵니다. 그래요, 바로 여기서 내 벗 하나는 날자 날자 날자꾸나, 하고 외쳤습니다. 평소에도 자주 그런 말을 하곤 했는데, 얼마 전에 그의 책을 사보니 소설에도 썼더군요. 구보가 전차를 타거나 걸어서 저 아래를 산책하는 동안 내 벗은 《날개》의 주인공을 이 백화점 옥상으로 밀어붙인 셈이죠. 그나저나 그 벗과 약속을 했는데, 그 약속을 지키지도 못했군요. 늘 하던 밤의 약속이긴 했습니다만.

지금 옥상 정원에는 디저트로 유명한 카페가 들어섰고, 각종 조각품들이 전시되어 있습니다. 전 세계에 흩어져 있는 루이즈 부르주아의 거미 조각상 〈마망〉 한 점도 이곳에 여덟 개 다리를 분수처럼 펼치고 있다는 걸 아는 사람들은 이미 다 알지요. 밥을 먹거나 차를 마시면서 조용히 여름밤을 즐기는 사람들은 더 이상 가렵지 않아요. 가려움을 느끼지 않기에 날개가 돋아날 위험도 없지요. 다만, 맞은편에 보이시나요? 중앙우체국 건물 말이에요. 그 우체국만이 온몸으로 가려움을 느끼는 듯 양 날개를 쫙 펼치고 있습니다.

사람들은 여전히 *등의자에 앉아, 차를 마시고, 담배를 태*

우고, 이야기를 하고, 또 레코드를 들었습니다. 그들은 거의 다 젊은이들이었고 그리고 그 젊은이들은 그 젊음에도 불구하고, 이미 자기네들은 인생에 피로한 것같이 느꼈습니다.

밤바람 사이로, 음악 사이로, 옆자리의 여인이 그 앞에 앉은 청년에게 건네는 말이 들렸습니다. 경리단길을 갈까, 가로수길을 갈까. 그들의 대화를 엿들으며 나는 생각했습니다. 나도 이미숙 씨와 어디로든 가고 싶은데, 그게 어디인지를 모르겠다고요. 나는 이미숙 씨가 내일 뭐 하느냐고 물으면 뭘 한다고 대답할까 헤아려봤습니다. 내일도 또 같은 하루가 오겠지요. 그럼 나는 오늘처럼 다시 낙랑파라로 돌아가 벗을 만나고, 나를 따르는 일본인 관광객들과 함께 대창옥은 아니지만 설렁탕집에 가서 한 그릇씩을 시킬 겁니다. 그리고 또 종로 네거리를 거쳐 광교로 갈 겁니다. 이번에는 광교를 지나 다옥정 7번지로 돌아가는, 소설 속 동선에 맞는 걸음을 할 수 있을 겁니다. 그리고 그사이 어디쯤에서 이렇게 말할지도 모르지요.

이제 나는 생활을 가지리라. 생활을 가지리라. 내게는 한 개의 생활을, 어머니에게는 편안한 잠을. 평안히 가 주무시오. 벗이 또 한 번 말했다. 구보는 비로소 그를 돌아보고, 말없이 고개를 끄떡하였다. 내일 밤에 또 만납시다. 그러나, 구보는 잠깐 주저하고, 내일, 내일부터, 내 집에 있겠소. 창작하

겠소.

그러나 이미숙 씨는 내게 아무것도 묻지 않았습니다. 내일의 내 하루에 대해 누구도 묻지 않았습니다. 다만 가방 안에서 뭔 자료들을 그렇게 꺼내주는지, 두툼한 문서들을 내게 전해주더군요. 그 안에는 현진건과 이효석과 정지용과 김기림 등이 들어 있었습니다. 그중에서 가장 많았던 건 '이상 따라잡기'였어요.

"이상도 괜찮지 않아요? 브랜드로."

이건 아주 야심 찬 프로젝트라고 하더군요. 나는 이상 따라잡기의 브로슈어를 대충 훑어봤습니다. 이럴 줄 알았습니다. 이상도 이 얼굴은 아니었거든요. 지금 실려 있는 건 누구의 얼굴인지 모르겠습니다. 이미숙 씨와 헤어지고서야 나는 내가 가고 싶었던 곳이 어디였는지 아주 어렴풋이 알 것 같았습니다. 그건 광화문 네거리에 걸려 있던 그 문장 속이었는지도 모릅니다.

어느 틈엔가 그 여자와 축복받은 젊은이는 이 안에서 사라지고, 밤은 완전히 다료 안팎에 왔다.

어쩌면 저 문장 하나 때문에 나는 이런 시간의 단층을 겪은 건지도 모릅니다만, 결국에는 또 그 문장 속 축복받은 젊은이는 되지 못한 것 같습니다.

어느새 천변입니다. 나는 그 천변 끝자락에 있는 종로고시텔로 들어갑니다. 미로같이 좁은 골목들이 건물 안에 있다는 사실이 퍽 마음에 드는 곳이었죠. 다만 내가 머무는 5층에 '나이 찬 아들'들의 '분 냄새 없는 방'들이 나열되어 있다는 건 퍽 유쾌한 일은 아닙니다.

가방 속에는《천변 풍경》이란 소설집이 들어 있었지만 나는 그걸 읽고 싶지 않았습니다. 며칠째 미뤄두는 중이었죠. 청계천에서 빨래하던 아낙들의 이야기를 엿들으며 자란 내게 천변은 언젠가는 꼭 담아내고 싶은, 박제하고 싶은 풍경이었는데, 그걸 결국 나는 썼던 모양이지요. 그렇지만 책을 펼치기가 이상하게 두려워서, 나는 그걸 들고 단장과 대학노트를 챙기고 다시 천변으로 나왔습니다.

밤의 청계천은 조명을 밝히고, 잘 꾸며진 화단처럼 관상용으로 버티고 있었습니다. 낮에는 통유리로 광합성을 하는 카페들이 줄을 이어 서 있고, 그 앞으로 순례 행렬처럼 관광객 무리가 지나가고, 시계 초침처럼 자주 카메라 셔터 소리가 들리곤 했죠. 내가 말하고 싶었던 천변의 생활상은 이미 숨통이 막힌 저 청계천 아스팔트 속 어딘가에 묻혀 있는 모양이지만, 간혹 한가한 물줄기는 그 부근을 건드리기도 하는 것 같았습니다. 나는 관광공사 건물 앞 긴 의자에 앉아서 대학 노트를 펼쳐 들었습니다. 그리고 몇 문장을 적어봤습니다. 한참 후에 《천변 풍경》을 펼치면 그 속 어딘가에는 지금 내가 적은 문장들이 모양새는 조금 달라도 뿌리는 같게 적혀 있지 않을까, 생각해보는 거죠. 그러나 펼쳐 든 《천변 풍경》 속의 말들은 아무리 읽어도 생경하기만 합니다. 내친김에 가방 속에서 《소설가 구보 씨의 일일》도 꺼내 읽어봅니다만 어떤 것도 더 이상 내 살처럼 느껴지지 않아서, 타인의 살갗처럼 느껴져서, 그 문장들의 낯선 요철에 이리저리 숨을 뱉어보다가, 표정을 이리저리 비비대다가, 나는 그만 멈췄습니다. 그리고 깨달았습니다. 관리과장 말대로 나는 박태원이 아닌가 보다, 하고.

내가 적은 문장들 위로 한층 더 무거운 밤이 아스팔트처럼 덮입니다. 꼭 그때 그 밤처럼요. 저만치서 전차가 정해진 선로를 이탈하는 게 보였습니다. 전차라니요. 그렇지만 탈주하듯 달리는 전차 안 수많은 사람들 틈에 한 남자가 서 있는 게 분명히 보였습니다. 단장과 대학 노트의 무게를 버겁게 느끼며 다소 피로한 듯, 아니, 실상은 외로운 듯 서 있는 한 남자. 저 남자는 나를 닮았습니다. 새벽 2시까지 두 발로, 때론 전차의 시커먼 바퀴들을 동원하여 산책을 지속할 소설가 구보. 그의 그림자가 전차에 함께 실려 저만치 사라지고 있습니다. 내가 달려가 저 전차에 올라탄다면, 어쩌면 나는 선로를 따라 몇 페이지를 거슬러 올라, 몇십 년을 거슬러 올라, 오래전

이곳으로 닿을 수 있을지도 모릅니다. 그러나 그 순간 이미 지나온 앞 페이지의 몇 문장이 또 재생되고야 맙니다.

구보는 종로 네거리에 아무런 사무도 갖지 않는다. 처음에 그가 아무렇게나 내놓았던 바른발이 공교롭게도 왼편으로 쏠렸기 때문에 지나지 않는다. 갑자기 한 사람이 나타나 그의 앞을 가로질러 지난다. 구보는 그 사내와 마주칠 것 같은 착각을 느끼고, 위태롭게 걸음을 멈춘다.

나는 어느 틈엔가 다시 이 문장 속으로 되돌아왔습니다. 전차도, 구보도 사라지고 없습니다. 내 두 발만이 수맥 탐지기처럼 움직이는데, 발이 움직이는 방향을 따라, 그 우연의 각도를 좇으며 걸어봅니다. 여전히 의심스러운 건 저 문장 속의 '공교롭게도'입니다. 모든 공교로움 속에는 이유가 있는 바, 아무래도 왼편으로 쏠린 데는 어마어마한 우주의 원리 같은 게 작용한 거겠지요.

발이 나를 인도한 그곳에는 또 다른 문장 하나가 커다랗게 걸려 있었습니다. 교보타워의 현수막이 그새 바뀌어 있더군요. 나는 거기 쓰인 문장을 소리 내어 읽어보았습니다.

"날개야, 다시 돋아라. 날자. 날자. 한 번만 더 날자꾸나."

걸음을 멈추고, 그걸 소리 내어 읽고서야 나는 이 모든 혼란의 이유를 찾은 것 같았습니다. 가려웠던 거예요. 저건 이상의 문장이겠지요, 그러나 저 문장이 자꾸 눈과 귀에 들러 붙어 마침내 내 것처럼 느껴지는 이유는 뭘까요. 자꾸 내 것인데 도둑맞은 양 느껴지는 이유가 대체 뭘까요. 나는 또 어디론가 이어진 좁은 골목을 찾아야 했어요. 활자 받침들이 낫처럼 내 발목을 끊어놓을까 봐 댕강댕강 달려나갔습니다. 늘 걷던 길을 그렇게 달리면서야 나는 구보의 산책로에서 벗어날 수 있었습니다.

다만 새로운 이야기 하나로 다시 편입된 것 같았습니다. 혹시 그 밤, 나를 목격한 사람 없나요? 박태원에서 이상으로 급작스레 탈피하던 한 사람을 본 적은 없나요? 있다면 대체 어떻게 된 건지, 왜 그리된 건지 조금도 아는 척 말고, 그냥 잊어주시길.

오두막

제주 방언이 거세게 느껴지는 건 바람 때문이라고, 그렇게 말해주었던 건 케이였다. 크고 거센 단어만이 제주의 많은 바람 속을 뚫고 지나갈 수 있었겠지. 그래서 점점 크고 강하게 말하게 된 거야. 말이 바람을 뚫고 지나가게 하려고. 입에서 귀까지 닿게 하려고.

그 말을 하는 동안에도 계속 바람이 불었다. 케이는 헝클어진 도영의 머리카락을 손으로 잡고 넘겼다. 손끝이 조금 떨리고 있었다. 그건 만난 지 사흘 된 남녀의 조심스러운 행동이었다. 케이가 도영의 헝클어진 머리카락을, 그 머리카락 사이로 드나드는 바람을 어루만지며 고백했다. 작은 속삭임이었지만 케이의 입에서 도영의 귀까지는 그리 먼 거리가 아니어서 바람도 그 말을 방해하지 못했다. 그들이 바라보는 곳에 풍력발전기 몇 대가 증인처럼 서 있었다. 오히려 바람이 부족하게 느껴질 정도로 발전기는 여러 개였다. 그게 3년 전 기억이었다.

도영은 저만치 서 있는 풍력발전소를 바라보았다. 지금 도영은 혼자였다. 짐도 그때만큼 많지 않았다. 손목 부근에서 한번 꼬아 감은 카메라 하나, 몇 개의 렌즈와 소지품이 약간 들어 있는 배낭 하나가 전부였다. 그러나 도영의 걸음은 가볍지 않았다. 걸을 때마다 누군가의 목소리나 표정이 자꾸 떠오른다는 건 예상했음에도 불구하고 여전히 힘든 일이었다. 일이 아니었다면 오지 않았을 것이다. 평생 이 섬을 생략한 지도 속에서도 충분히 살아갈 수 있었다. 그러고 싶었다.

풍력발전소를 지나 좀 더 걸어가자 간세와 화살표, 나뭇가지에 묶인 리본 따위가 보였다. 올레길의 방향을 알려주는 지형물이었다. 올레를 따라 걸으려던 것은 아니었는데, 몇 걸음만 방치해도 올레 코스에 편입될 만큼 제주의 산책로는 번식하고 있었다. 도영이 가야 할 곳 역시 16코스와 조금 겹쳤다. 이름은 '물가의 달'. 생긴 지 1년쯤 된 무인 카페라고 하는데, 이 구간을 걷는 이들에게 커피가 맛없기로 유명했다. 블로거들이 써놓은 정보에 의하면 그랬다. 주인이 만들어주는 커피가 아니니 맛을 논하기도 좀 애매하긴 하지만 커피가 맛없는 대신 풍경이 좋았다. 저 뒤로는 해안 도로가 보였고, 앞으로는 목장과 풍력발전소가 보였다.

이곳이 아홉 번째 카페였다. 어제 아침 비행기로 제주에 온 도영은 이미 여덟 군데의 무인 카페를 취재했다. 제주도에 산재한 무인 카페 중에 몇 군데를 추려내 1월호에 싣는 게 목표였다. 도영이 일하는 잡지사의 잡지는 매월 20일에 발간되었다. 오늘은 11월 21일이었다. 지금은 한 달 중 좀 한가한 시기여서 동료들은 도영이 제주에 간 김에 휴식을 취하고 올라올 거라고 생각했다. 그러나 도영은 최대한 서둘러 일을 마무리하고 싶었다. '물가의 달' 주인과 약속한 시간이 3시였다. 5시 안에는 일이 마무리될 테고 서울로 가는 마지막 비행기를 탄다면 충분히, 오늘 안에 이 섬을 뜰 수 있었다.

카페는 텅 비어 있었다. 누구도 없었다. 2시 40분. 도영은 카페 내부를 둘러보며 주인을 기다렸다. 제주행 취재는 최대한 피해보려 했지만 어쩔 수 없이 이 기사가 도영의 몫이 되었을 때, 우습게도 도영이 제일 먼저 찾아본 건 오래전 그 무인 카페의 이름이었다. '등불'이었던가. 지금보다 무인 카페가 많지 않던 시기였다. 그러나 '등불'이란 이름의 카페는 이미 없어졌고, 그 자리엔 중국인 관광객들에게 인기 있는 게스트하우스가 들어섰다. 3년 사이에 많은 간판과 거리의 이름이 바뀌었다는 사실이 도영에게 약간의 안도 비슷한 감정을 가져다주었다. 지금 이 카페가 있던 자리엔 원래 횟집이 있었다고 했다.

3시가 되었지만 주인은 나타나지 않았다. 도영은 카페 주인에게 전화를 걸었다. 주인은 안 그래도 연락을 하려던 참이었다며, 20분 정도만 기다려줄 수 있겠느냐고 했다. 도영은 다시 기다리기 시작했다. 주인이 빨리 왔으면 했다. 기다리는 게 지루해서가 아니라, 무인 카페에 혼자 있는 것이 싫어서였다. 생각해보니 이틀간 많은 무인 카페에 갔지만, 어디서도 혼자였던 적은 없었다. 약속된 시간에 가서 주인을 만나 인터뷰를 하고 사진 촬영을 한 후 떠나면 되었던 것이다. 그러나 지금 도영은 방치되고 있었다.

제주도는 두 번째였다. 3년 전 5월과 지금이 닮은 게 있다면, 아무도 없는 무인 카페에 혼자 앉아 있다는 점이었다. 그때도 그랬다. 3년 전 늦봄. 5월의 태양은 뜨거웠고, 도영은 홀로 올레길을 걸었다. 적어도 세 코스 이상은 걸어보자고 내려온 여행이었다. 카페 '등불'은 올레길 7코스의 한 지점에 있었다. 바닷가 우체국을 지나서 두 시간쯤 더 걸었을까. 무인 카페가 나타났다. 감귤차, 모과차, 코코아, 커피……. 도영은 배낭을 자리에 내려놓고 아이스커피를 만들었다. 그때 한 남자가 카페로 들어왔고, 그는 도영을 보고 이렇게 말했다.

"아메리카노 한 잔이요."

남자는 창가 좌석에 앉아 몇 개의 스탬프가 찍힌 올레 패스포트를 들여다보고 있었다. 저기요, 도영이 남자를 부르자 그는 깜빡했다는 듯 이렇게 덧붙였다.

"아, 차가운 걸로 주세요."

도영을 카페 주인 혹은 종업원으로 착각한 남자는 휴대전화로 카페 곳곳을 신나게 찍고 있었다. 도영은 남자가 주문한 아이스 아메리카노를 만들었다. 그리고 무인 계산함을 가리키며 말했다.

"계산은 저기다 하시면 돼요. 내고 싶으신 만큼."

남자는 커피를 단숨에 마시고는 이렇게 말했다.

"그런데 저 등 교체하시는 게 어때요? 저건 너무 구형이라 효율도 안 좋아요."

"아, 제가 여기 주인이 아니에요."

"그럼 사장님은 언제 오시죠?"

도영은 웃었다. 남자는 뒤늦게야 도영 또한 손님이라는 것을 알았다. 그는 무인 카페의 의미도 이제야 알았다고 했다. 무안해진 남자는 도영의 컵까지 깨끗하게 씻어놓았다. 그들이 떠날 때까지 그곳엔 다른 누구도 찾아오지 않았다. 세제 냄새가 채 가시지 않은 유리컵 두 잔만 텅 빈 카페에 남아 조용히 말라갔다.

그 남자의 이름이 케이였다. 그들은 올레 몇 구간을 함께 걸었다. 함께 걷는 건 상대의 보폭과 걷는 속도 말고도 많은 것들을 알게 했다. 케이는 태양광 산업을 연구하는 대학원생이었고, 도영은 이직을 앞두고 있었다. 그들은 스물여덟 동갑내기였고 여행이 끝나면 김포행 비행기를 타야 했고 서로에게 호감이 있었다.

올레는 원래 대문 앞길을 가리키는 말이었다고 케이가 말했다. 대문 앞에서 큰길 사이라는 기준으로 보면 규격화된 코스 말고도 제주에 올레는 수두룩하다는 거였다. 그들은 규격화된 올레 코스를 벗어나 발길이 닿는 대로 걷기로 했다. 함께 걸은 지 일주일이 되던 밤, 제주에서 보내는 마지막 밤, 그들은 아주 작은, 나무로 만들어진 오두막집을 발견했다. 말들을 방목하는 목장 부근에 있던 곳이었다. 달빛이 크게 들어오는 창 말고는 어떤 조명도 없던 오두막. 내부는 무척 좁았지만 미닫이문도 달려 있었고 낡은 소파도 있었다. 말들도 모두 돌아가 잠든 밤, 그들에게 그 오두막은 최적의 지붕이었다. 내부를 엿보는 건 오두막의 나무 패널 틈으로 보이는 밤하늘뿐. 그들은 거기서 서로의 맨살을 처음 끌어안았다. 그러다 이렇게 속삭이기도 했다. 왜 이 오두막이 여기 있는 걸까. 우리 같은 사람들을 위해서?

왜 그 오두막이 하필 거기 있었을까.

도영은 양손을 눈두덩에 올리고 눈을 꾹 눌렀다. 암전을 만드는 것이다. 이렇게 암전을 만드는 것만이 늪 같은 기억에서 헤어날 수 있는, 헤어나지 못하더라도 조금은 비켜날 수 있는 방법이었다. 3년 전 그 일 이후, 정신과 상담의가 이 방법을 권해줬을 때 도영은 어떤 기대도 하지 않았지만, 이 방법은 반복할수록 어떤 믿음을 키워내서 유용했다. 생각이 자꾸 어느 지점으로 가려고 할 때 완벽하게 무언가를 차단할 수 있다는 믿음으로 양손을 감은 눈두덩 위에 올리면, 정말 아주 조금 생각이 통제되는 듯한 기분을 느낄 수 있었다. 살기 위해서 그렇게 인위적인 휴지기가 종종 필요했다.

정확한 진단에 의한 처방이 아닌데도 효과를 볼 수 있다는 게 도영으로서는 신기했다. 그녀는 주기적으로 정신과 상담을 받았지만 사실을 털어놓은 적은 없었다. 도영이 하는 이야기는 모두 그녀의 머릿속에서 일차적으로 가공 처리된 것들이었다.

"트럭이 걸어가던 여자를 깔아뭉갰어요. 여자가 비명을 질렀고, 나를 쳐다본 것 같아요. 트럭이 이쪽으로 돌진할 것만 같아서, 난 한 걸음도 움직이지 못했어요. 지금도 그 생각만 하면 토할 것 같아요."

도영이 한동안 이 의사를 주기적으로 만난 건 그것이 거짓

말이라는 걸 알고도 내색하지 않아서였다. 오히려 다른 질문을 던져 도영이 계속 거짓말을 확대하도록 만들었다. 그렇게 거짓 교통사고에 대해 묘사하다 보면 자신이 제주 오두막에서 목격한 게 정말 교통사고인 것 같은 기분이 들기도 했다. 어느 날에는 정말 자신이 본 게 뭔지 떠올리려고 해도 교통사고 말고 다른 것이 보이지 않았다. 모자이크 처리된 화면을 보는 것처럼 흐릿했다. 의사는 커다란 상자를 책상 위에 올려놓고 그 안에 뭐가 들어 있는지 보라고 했다. 그 안에 들어 있는 걸 자신에게 말해달라는 거였다. 도영은 상자 뚜껑을 열었다. 거짓말을 지속할 생각은 없었다. 상자 안에는 좀 더 작은 상자가 들어 있을 뿐이었고, 도영에게도 그렇게 보였다. 그러나 상자 뚜껑을 다시 닫을 때 손이 심하게 떨렸다. 결국 뚜껑은 상자 위로 올라가지 못하고 바닥으로 떨어졌다. 마지막 상담 때 도영은 의사에게 말했다. 사실 교통사고를 목격한 게 아니었다고. 그렇지만 거짓말도 아니었다고.

"그건 정말 교통사고 같았어요. 앞에 놓인 길들이 모두 한 곳에서 부딪친 것처럼."

그때 의사가 도영에게 말해준 것이 인위적으로 암전을 만드는 방법이었다. 도영은 눈을 감았다 떴다. 금방이라도 비가 내릴 것처럼 사위가 어둑했는데 카페 내부는 정전이라도 된 듯 불이 들어오지 않았다. 스위치는 어느 쪽으로 눌러도 먹통이었다. 주인은 20분이 지나도 오지 않았다. 전화기 속에서 카페 주인은 우는소리를 냈다. 접촉 사고가 났는데 최대한 일찍 마무리할 테니 아주 조금만 더 기다려달라는 거였다. 도영은 알겠다고 말했지만, 전화기 속의 여자가 악의를 품은 것처럼 느껴졌다. 전화 속의 접촉 사고가 어떤 형태인지는 몰라도 그것은 지금 여기에 또 다른 추돌 사고를 만들어냈던 것이다. 도영이 창밖을 응시했을 때, 몇 줄기의 길이 삼중 추돌 사고처럼 부딪쳤다. 그 지점에 그가 있었다. 케이였다.

케이는 차를 카페 오른쪽 공터에 주차한 후 장비를 챙겨 내렸다. 며칠 전의 폭우 이후 고장 난 가로등이 많았다. 케이는 저 아래쪽에서부터 차례로 가로등을 손보며 올라오던 길이었고, 이 무인 카페 앞까지 왔다. 입구가 어둑어둑했다. 오후 4시도 되지 않았지만, 해는 벌써 비구름 속으로 저문 것 같았다. 장비를 들고 걸어가던 케이는 왼쪽으로 고개를 돌렸다가 그대로 멈춰 섰다. 고속도로 한복판에서 갑자기 멈춰 선 자동차처럼. 카페 유리창 안에서 이쪽을 보고 있는 여자가 낯익었다. 여자는 곧 케이의 반대쪽으로 고개를 돌렸다. 도영이었다.

비구름이 목표 지점을 찾은 듯 빠르게 다가오고 있었다.

도영은 카페 안에, 케이는 밖에 있었다. 3년 전 그 오두막에서 그들이 본 것과 그들 사이에도 꼭 이 정도의 거리가 있었다. 불쑥 솟아오른 기억이었는데, 케이는 저기 앉은 도영도 혹시 비슷한 기억을 떠올릴까 봐 불안했다. 처음에 그들이 가까워진 건 말하지 않아도 같은 생각을 자주 하고 있어서였다. 케이가 어떤 노래를 속으로 흥얼거리면 그 노랫소리가 도영의 입에서 흘러나왔다. 타인과 동시에 같은 노래를 떠올린다는 건 특별한 경험이었다. 케이가 어떤 영화에 대해 이야기하면 도영은 놀라며 자신도 방금 그 영화를 생각했다고 말했다. 지금 케이는 도영이 자신과 같은 생각을 하고 있지 않기를 바랐다. 그들에게는 우회해야 할, 그래야만 하는 주제가 있었다.

그들은 늦봄에 만나 여름과 가을을 함께 보낸 후, 그해 겨울이 끝나기 전에 헤어진 연인이었다. 아홉 달 정도 사귀는 동안 그들 사이에는 결혼 이야기도 오갔다. 그러나 도영은 결국 케이에게 이별을 통보했고, 케이가 며칠 후 다시 연락했을 때 도영의 전화번호는 이미 증발해 있었다. 케이는 도영 이후로 몇 사람을 더 만났지만, 여전히 도영에 대한 기억은 금기로 남아 있었다. 도영을 떠올리면 늘 죄책감과 억울함, 배신감이 뒤섞여 따라왔다. 케이 곁에 있던 누군가는 그런 감정이 바로 미련이라고 알려주고 떠났다.

헤어질 때 케이는 도영에게 그렇게 물었다.

"헤어지면 이제 괜찮아질 것 같아?"

도영은 그렇다고 대답했고 정말 그랬을지도 몰랐다. 그러나 케이는 이별 후에 알았다. 도영과 헤어진 케이를 기다린 건 도영이 얼마 전까지 머물러 있던 그 늪이었다. 더럭 겁이 나는 순간들이 많아졌다. 처음에 그건 갑자기 경찰이 들이닥쳐 자신을 연행해가거나 피해자를 아는 이들이 다가와 자신을 폭행할지도 모른다는, 그런 식의 공포였다. 그러나 차츰 더 모호하고 막연한 형태로 바뀌었다. 횡단보도를 건너고 있을 때 갑자기 비명 소리가 들리는 식이었다. 학교에 몸담을 생각이었던 그가 결국 학업을 그만두게 된 것도 따져보면 오두막에서의 기억 때문이었다. 어떤 자괴감에서 출발한 것이었는데, 그게 도영과 함께 있었을 때보다 혼자가 되고 나서 몇 배로 더 커진 것 같았다. 그녀를 다그치느라 혹은 보듬느라 마주친 적 없었던 감각이 혼자가 되자 요철처럼 도드라졌다.

그 오두막에서 보낸 밤은 단 하루였는데, 몇 날 며칠 케이의 꿈속에서 다시 재생되었다. 꿈에서도 오두막 안은 적당히 어둡고 적당히 서늘했다. 그리고 그들이 내뱉은 열기로 축축했다. 창은 크기가 작아도 보일 것은 다 보였다. 오두막 근처에는 다양한 색의 꽃들이 피어 있었고 그건 화사하게 불을 밝힌 전구나 크리스마스트리의 장식처럼 보이기도 했다. 바람인지 파도인지 거세게 들리는 소리에도 리듬이 있었다. 예기치 않은 하룻밤에 휴대전화 배터리는 나란히 방전되었지만 그들에게 그런 건 상관없었다. 밤은 멈춰 있는 것 같아도 저 하늘을 가만히 보고 있으면 뭔가가 움직인다는 것을, 흘러간다는 것을 알 수 있었다. 그들은 조금만 더 버티다가 일출을 보러 갈 예정이었다. 멀지 않은 곳에 바다가 있었다. 오두막 문이 다시 열리는 소리가 짐승의 울음소리처럼 날카롭게 들릴 만큼 사방은 고요했다. 그러나 밤의 열기가 채 식기도 전에, 그들이 오두막을 완전히 벗어나기도 전에 비명 소리가 들렸다. 어디선가 짧게 우는 비명, 그건 바람이나 짐승의 소리가 아니었다. 머지않아 또 짧은 비명이 들렸다. 그건 사람의 말이었다. 분명, 바람을 뚫고 들려오는 그 목소리는 '살려주세요'였다. 오두막 안에서 그들은 그 소리를 들었다. 처음 들린 비명은 흘려들었고, 두 번째 비명에 귀를 기울였다가, 세 번째 비명이 들렸을 때 그들은 오두막 문을 닫았다.

기억 속 오두막은 녹슨 소리를 내면서 다시 사라졌다. 결국 빗방울이 떨어지기 시작했다. 삽시간에 후드득. 케이가 경로를 바꿔 카페 문을 열고 들어갔을 때, 이미 도영은 없었다. 좀 전에 도영이 자신의 앞을 가로질러가는 걸, 케이는 보고 있었다. 단지 오래전 그날처럼 아무것도 하지 못하고, 그냥 보고 있었을 뿐이다.

그들이 버스 정류장 근처로 왔을 때 해는 이미 떠 있었다. 공중전화는 보이지 않았다. 콜택시 명함이 몇 개 버스 정류장에 붙어 있었지만 휴대전화가 되지 않아 소용이 없었다. 다행히 버스가 왔고, 그들은 번호를 보지도 않고 버스에 올라탔다. 타고 보니 제주 공항까지 가는 노선이었다. 버스 정류장으로 갈 때만 해도 버스를 타고 경찰서로 갈 생각이었다. 그러나 버스의 종점이 공항 근처라는 것을 보고 그들은 그대로 의자에 앉아 있었다. 도영은 자신의 다리가 너무 심하게 떨리는 것을 보았고 가방을 무릎 위에 놓아 그것을 잠재우려고 했다. 곧 그 다리는 자신의 것이 아니라는 걸 알고 배낭을 케이의 다리 위에 놓았다. 묵직한 무언가가 그들의 다리를 눌러주었다.

김포로 가는 비행기는 한 시간마다 있었고, 공중전화는 보이지 않았다. 오두막에서 공항에 이르는 동안 몇 개의 공중전화를 지나쳤는지 그들은 알 수 없었다. 그들이 겨우 공중전화를 발견한 건 김포행 비행기 표를 구입한 직후였다. 케이가 수화기를 집어 들었다. 경찰서로 전화를 거는 건 생애 두 번째였다. 오래전 케이는 뺑소니 교통사고를 목격하고 휴대전화로 112를 눌렀던 기억이 있었다. 그때 케이는 다급했다. 지금은 다급하다기보다 두려웠다.

케이는 성폭행 사건을 목격한 것 같다고 말했다. 잘 보이지 않았던 탓에 그들의 인상착의는 설명할 수 없었지만 위치에 대해서 설명하려고 애썼다. 그곳은 올레 코스로 설명할 수 있는 위치는 아니었다. 무덤처럼 솟아 있던 오름, 그들이 낮에 걸었던 오름의 이름이 다행히 이정표 역할을 할 수 있을 것 같았다. 케이는 오름과 목장, 그리고 1킬로미터 정도 떨어진 곳에 버스 정류장이 있었다고 말했다. 경찰이 목격자의 위치 정보를 물었다. '전화 주신 분은 어디서 보셨습니까?'와 같은 문장이었는데 케이는 그만 전화를 끊었다.

그건 당연한 질문이었다. 케이의 위치, 케이의 연락처와 같은 것은 당연히 필요했다. 그러나 위치를 설명할 때도 오두막에 대해 언급하지 않았던 케이로서는 그 질문에 답하기가 힘들었다. 오두막 안에 있었다는 말을 하기가, 그 안에서 30분 혹은 40분이나 그 일을 지켜보고 있었다는 말을 하기가, 그리고 그 현장을 등지고 떠났다는 말을 하기가 두려웠다. 가장 두려운 건 최초 목격자가 되는 거였다. 통화가 아주 길게 느껴졌는데 끊고 보니 30초를 겨우 넘겼을 뿐이었다. 케이는 후회했다. 오래전 뺑소니 교통사고의 목격자로 나섰던 경험이 떠올랐다. 경찰서에 몇 차례 나가서 같은 진술을 반복했고, 그 때문에 시간도 꽤 들어갔지만, 용의자로 의심을 받는 듯한 느낌에 불쾌했었다. 이건 그때 그 사건보다 더 두려운 일이었다. 이미 몇 차례 그들이 취할 수 있는 행동의 타이밍을 놓쳐버렸고, 그걸 놓쳤다는 사실이 그들에게 이미 가해자가 된 듯한 기분을 남겼다. 휘말리고 싶지 않았다. 적당한 선까지만, 제발 적당한 선까지만.

"비행기 시간 다 됐어."

그렇게 말하는 도영의 표정도 케이와 비슷했다. 도영은 비행기에 올라탄 후 케이에게 말했다. 그래도 그곳 위치를 알렸으니 괜찮을 거라고.

서울에 도착한 후 그들은 일상으로 돌아갔지만 뉴스를 볼 때마다 신경이 쓰였다. 마치 위치를 알지만 처리는 할 수 없는 시한폭탄 하나를 아는 것과 같은 기분으로, 그들은 매일 뉴스를 꼼꼼히 봤다. 실종 사고라든지 성폭행이라든지 하는 뉴스가 나오면 좀 더 예민해져서는 사건 발생 지역이 어디인지를 확인해야 했다. 그러나 그들이 본 건 없었다. 시간이 흐르면서 그들은 그 사건을 잊었고, 그건 그렇게 어려운 일은 아니었다. 그 사건은 수면 위로 솟아오르지만 않으면 되는 모든 것과 같았다. 그렇다면 충분히 모른 척할 수 있었다. 케이는 박사 논문을 준비하고 있었고, 도영은 월간지를 발행하는 회사에 취직했다. 적당히 피로했던 그들은 자신들이 본 사건이 어떻게든 잘 해결되었으리라 생각했다. 그들이 본 마지막 장면은 남자가 여자를 버려두고 어디론가 성큼성큼 사라지던 거였다. 남자는 다시 오겠다고 했고, 그건 정말 옆방에 둔 물건 하나를 찾으러 가는 그런 모양새였다. 여자는 쓰러져 있었다. 남자가 사라진 후 오두막 문이 열렸고, 그들은, 케이와 도영은 앞만 보고 걸었다. 쓰러진 여자와 반대 방향이었다.

그 여자가 어떻게 되었는지 그들은 몰랐다. 다만 이렇게 생각할 수 있었다. 어쩌면 그 남자는 다시 돌아오지 않았고 여자는 스스로 일어나 어디론가 도망갔을 거라고. 아니면 그 전에 누군가에 의해 구출되었을 수도 있다고. 그러나 그 여자를 도울 수 있는 가장 가까운 위치에 있었던 사람이 그들 자신이라는 데까지 생각이 미치면 차라리 자신들이 본 것이 너무 무거워 수면 위로 영영 떠오르지 못하는 시체이길 바라는 상태가 되었다.

어쨌거나 그 봄 제주의 비명에 대해서는 누구도 이야기하지 않았다. 뉴스는 물론이고 케이와 도영조차도 서로 그 이야기를 하지 않아서 정말 없었던 일인 것도 같았다. 가을이 되자 그들은 그 봄에 목격한 사건을 악몽 정도로 생각하게 되었다. 그들이 그 사건을 다 잊었다고 생각할 즈음, 뉴스가 찾아왔다. 갈빗집에서 유연하게 흔들리는 환풍구를 얼굴과 얼굴 사이에 길게 늘어뜨리고 있을 때였다. 그날 중요한 축구 경기가 있었다. 대형 스크린에서 스포츠 뉴스 이전에 짧은 사건 · 사고들이 나오고 있었다. 고깃집 안은 붉은 티셔츠를 입은 사람들로 가득했고, 그들 모두가 증인석에 앉은 이들 같았다. 한껏 키워놓은 볼륨으로, 한껏 확대한 화면에서 넉 달 전 살인 사건이 흘러나왔다.

뉴스 이전까지 그들은 자신들이 본 무언가에 대해 편한 쪽으로 생각할 수 있었다. 서로 그 사건에 관한 이야기를 주고받지는 않았지만 암묵적으로 그들은 좋은 결말에 동의했다. 그러나 뉴스 이후 그들은 자신들이 본 일이 어떤 결과를 낳았는지 확인하게 되었다. 여자는 결국 죽었다. 스무 살이었다. 범인은 이른 새벽에 혼자 걷던 여자를 강간했고, 한 차례 칼로 찔렀다. 암매장했던 여자의 시체가 넉 달이 지나서 발견된 건 범인의 자백 때문이었다. 죽은 여자는 가족이 없었다. 여자의 실종을 알린 건 여자가 아르바이트하던 가게의 주인뿐이었는데 주인 역시 여자가 제주에 간 줄은 몰랐다고 했다. 인적이 드문 시간대, 인적이 드문 지역이어서 목격자도 없었다고 했다. 뒤늦은 범인의 자수가 아니었다면, 여자의 공백을 누구도 알아채지 못했을 것이다. 범인은 고개를 푹 숙이고 말했다.

"어둡고 아무도 없어서."

처음부터 칼로 찌를 생각은 없었다고 했다. 겁만 주려고 했는데 우발적으로 찌른 것이라고. 계속 후회했다고.

먼저 그 자리를 박차고 나간 건 도영이었다. 도영은 화장실로 뛰어갔고 화장실을 찾기도 전에 대로변의 하수구에 토했다. 조금 전까지 밀어 넣은 음식물들을 두서없이 게워냈다. 자루를 거꾸로 들고 탈탈 털어 절도 물품들을 모두 쏟아 버리듯 속을 비웠다.

자리에 남은 케이는 뉴스를 통해 그 오두막을 봤다. 오두막이 주인공은 아니었고 그건 단지 멀찌감치 잡힌 구조물에 불과했지만 케이의 눈엔 그것만 보였다. 그들은 그날 거기에 있었다. 그 사건이 벌어지던 새벽, 그들은 오두막 안에 있었다. 아무도 없었다는 범인의 말은 고의는 아니었겠지만 거짓이었다. 그들은 거기 있었다. 오두막에서 그 사건이 일어난 지점까지의 거리가 얼마였는지는 생각할 때마다 달라졌다. 기억 속에서 점점 멀어지고 있었지만, 화면 속의 오두막은 사건이 벌어진 지점과 그리 멀지 않았다. 어쩌면 죽은 여자는 오두막 문이 반쯤 열리다가 다시 닫히는 것을 봤을지도 모른다. 그 여자와 눈이 마주쳤던 것도 같았다.

그들이 목격한 지점이 어디까지였는지 떠올려보려 했지만 모호했다. 첫 번째 비명 이후 그들은 오두막 안에서 비명이 들린 쪽을 쳐다보았다. 도망가려는 여자를 한 남자가 잡고 바닥으로 함께 미끄러졌다. 남자가 여자에게 뭐라고 말을 거는 것 같더니 곧 칼을 꺼내 들었다. 여자를 찌르는 걸 본 것도 같았다. 그러나 뉴스에서 범인이 자백한 내용에 따르면 여자를 찌른 건 다른 장소로 이동해서라고 했다. 처음엔 칼을 들고 있지 않았다고. 오두막 안의 그들은 서둘러 휴대전화를 찾아 들었지만 그건 이미 한참 전에 방전된 상태였다. 여자가 살려달라고 비명을 질렀다. 달빛이 들어오던 좁은 구멍에서 비명이 들려오고 있었다. 남자가 여자를 때리는 듯했다. 도영과 케이는 어둠 속에서 서로의 눈만 쳐다보았다. 케이는 문고리를 잡았다. 오두막의 미닫이문은 그들이 방금 닫고 들어왔는데도 다시 열리진 않았다. 덜컹덜컹 소리를 낼 뿐 걸쇠에 걸린 듯 움직이지 않았다. 어둠 속의 여자는 더 이상 비명을 지르지 않고 멍하니 어딘가를 응시했는데, 그 끝에 막 사랑을 시작한 두 남녀, 그러니까 케이와 도영이 있었다. 저만치 툭 떨어져 있는 작은 오두막에 대해 범인은 신경 쓰지 않았다. 그 오두막이 엄청난 공포로 떨리고 있다는 것을 범인은 인지하지 못했다. 그는 이곳에 누구도 없다는 데 조금도 의심을 품지 않았다. 남자는 말했다. 곧 돌아올 테니 여기 그대로 있어. 어차피 여긴 아무도 없어! 그 말은 그들에게 이렇게 들렸다. 이곳에 누구도 없어야만 해. 누가 있다고 해도 내가 금세 손볼 수 있어. 결과적으로는 누구도 없는 곳이 될 거야. 남자는 쓰러진 여자를 두고 어딘가로 사라졌다. 주변은 다시 고요해졌다. 그들은 남자가 사라진 것을 확인하고 오두막 문을 열었다. 문은 짐승의 울음소리를 내긴 했지만, 그들이 원하는 만큼 열렸다. 케이는 도영과 함께 빠른 걸음으로 움직였다. 단지 방향이 생각과 달랐을 뿐이다. 비명이 들리던 그 자리로부터 최대한 멀어지는 쪽이었다. 불 밝힌 전구처럼, 크리스마스 장식처럼 보이던 색색의 꽃들도 그 여자를 등지고 있었다.

뉴스 이후로도 그들은 함께했다. 도영은 언젠가 자신이 비행기에서 했던 말, 그곳 위치를 알렸으니 괜찮을 거라던 그 말을 자주 떠올렸다. 그 괜찮음은 결국 그들에게 국한된 것이었다. 신고하려고 했다는 사실, 어느 정도 행동을 취했다는 그 사실에 도영은 기대보려고 했다. 그들은 봄에 결혼을 앞두고 있었고, 신혼집과 신혼여행을 결정한 상태였다. 함께 쓸 침대, 함께 쓸 식탁, 함께 쓸 그릇에 대해 고민했다. 두 사람이 신혼집 내부를 개조하기 위해 인테리어 회사에 갔을 때, 그곳의 텔레비전에서 이런 뉴스가 흘러나오고 있었다.

"사건 당일 목격자의 신고 전화가 있었던 것으로 밝혀졌습니다."

그들은 아무것도 상담하거나 결정하지 못하고 허둥지둥 그곳을 벗어났다. 밝혀진 목격자는 그들이 아닌 다른 이였다. 범인이 피해자를 암매장하는 것을 목격한 이가 있었다고 했다. 그들은 그날 이후 알게 됐다. 그들이 함께해야 하는 것 중에 가장 큰 것이 죄책감일지도 모른다는 것을. 그들은 헤어졌다. 그리고 이런 식의 재회에 대해서는 상상해본 적이 없었다.

케이가 도영을 다시 봤을 때 그녀는 젖은 땅 위에서 토하고 있었다. 도영과 헤어지기 직전까지 자주 맡았던 냄새. 나중에는 도영을 떠올리기만 해도 그 토사물 냄새가 났다. 케이는 가방 속에 있던 버프를 꺼내 도영에게 내밀었다. 도영은 힘없이 그것을 받아 구토의 흔적을 입가에서 지웠다. 그리고 말했다.

"어디 가."

어디로 가라는 주문인지, 아니면 어디로 가느냐는 질문인지 모호해서 케이는 이렇게 대답했다.

"나 여기 살아. 제주도로 아예 내려왔어."

"난 일 때문에 왔어. 무인 카페를 취재하러 왔는데, 카페 주인이 교통사고가 났대. 오늘은 못 볼 것 같아서 다시 약속을 잡아야 해. 내일 오전에 통화하기로 했어."

말을 하면서 도영은 짧게 대답하는 것보다 쉬지 않고 길게 말하는 게 차라리 더 쉽다는 사실을 새삼 깨닫고 있었다.

두 사람은 나란히 걷기 시작했다. 이 길이 다른 갈래와 마주칠 때까지 나란히 걸을 수밖에 없었다. 길 때문만은 아닐 수도 있었다. 카페에서 무작정 걸어 나왔지만 도영이 멀리 가지 못한 건 찢어진 리본, 넘어진 간세, 그리고 엉뚱한 방향을 가리키는 화살표 때문이었다. 도영은 엉망이 된 올레의 이정표들을 보며 말했다.

"여긴 길이 아니야. 누가 장난을 쳤나 봐."

케이는 비바람 때문일 거라고 대꾸했다. 한참을 걷는 동안 비는 잦아들었지만 해는 이미 떨어졌다. 어두운 길을 케이와 나란히 걷는 것이 도영에게는 불편한 일이었지만 어쩔 수 없었다. 해는 완전히 떨어졌는데 낮에 갔던 그 카페는 아무리 걸어도 나타나지 않았다. 방향을 가늠할 수가 없었다. 도영은 케이도 길을 잃은 것인지 아니면 일부러 돌아가는 것인지 의심스러웠다. 그들은 그냥 발이 닿는 대로 걷고 있는 셈이었다. 언젠가 그랬던 것처럼. 도영은 가방에서 손전등을 꺼냈다. 언제부터인가 손전등을 갖고 다니게 된 그녀였다. 손전등 불빛이 그들의 발 앞을 비췄다.

"바람이 너무 축축해."

숙소가 어디냐고 묻는 케이에게 도영은 거짓말을 했다.

"근처에 있어."

시내로 가면 비즈니스호텔 같은 거라도 있겠지. 최대한 공항 근처에 있는 숙소였으면 했다.

"카페에 주차했어. 거기 도착하면 태워다 줄게. 숙소까지."

"……그래."

"여기 좀 많이 달라졌어. 지금은 중국 사람들로 넘쳐나. 식당마다 중국어를 배우기 위해 난리지."

"섬의 절반을 중국인이 샀단 소문도 들었어."

"그런 소문이 있어?"

"여기 산다면서 나보다 더 모르네."

그들은 그렇게 적당히 지나칠 수 있었다. 그날의 일을 건드리지 않고도 적당히 안부를 주고받으며 그 기억을 통과할 수 있었다. 그러나 밤은 점점 더 깊은 농도의 어둠 속으로 그들을 빨아들이고 있었다. 비 때문에 길은 질척거렸고, 바람은 하늘의 별조차 한쪽으로 쓸어버렸다. 모든 빛이 몰살당한 것 같은 밤, 그 막막함은 오래전 그 기억을 떠올리게 했다. 그들은 저기 어딘가에 쓰러져 있을 여자에게 가까이 다가갈 엄두를 내지 못하고, 너무 많이 맞아서 죽었을지도 모르는 그 여자를 뒤로한 채 바다를 향해 걷지 않았던가. 바다는 결국 나타났고, 그 바다 앞에 버스도 멈춰 섰지만 그들은 바다나 버스를 향해 걸었던 건 아니었다. 그곳에서 최대한 멀리 떨어진 곳으로 가고 싶었을 뿐이다.

간세 한 마리가 휘청거리며 옆으로 쓰러졌다. 제주의 모든 바람이 이 길 위로 몰려드는 것 같았다. 도영은 걸음마다 돌을 내려놓듯 힘을 실어보려고 했다. 그러지 않으면 다 헝클어질 것만 같았다. 저기 넘어져 있는 간세를 들여다보면 그 제주 조랑말의 몸체에는 목표 지점까지의 거리가 적혀 있을 테지만, 그 목표 지점이 어디인지조차 도영은 의문스러웠다. 아무리 걸어도 결국 그 오두막에서 시작된 기록뿐인 것 같았다. 눈앞의 나무 몇 그루가 마치 물구나무라도 서듯 휘어지던 순간, 그들은 비명을 들었다. 오래전 그 세 차례의 비명에 이은, 네 번째 비명이었다. 비명은 거친 바람을 뚫고 어떤 귀로도 도달할 수 있을 만큼 컸다. 방향을 알 수 없었다. 도영은 망연자실 멈춰 섰다. 더 이상 어느 방향으로도 걸을 수 없었다. 비명이 자신의 입속, 자신의 목구멍에서부터 올라오는 거란 사실을 알고 도영은 주저앉았다.

"괜찮아?"

케이가 물었다. 도영은 고개를 저었다.

"그 여자의 행적을 한동안 찾아봤어. 게스트하우스에 묵었는데 거기다가는 일출을 보러 가겠다고 했대. 어쩌면 우리랑 나란히 앉아서 일출을 봤을지도 몰라. 그 일이 없었다면. 그 여자 이름도 알게 됐어. 미영이란 이름이었어. 사진도 봤는데 낯익더라. 어디에서였는지 마주쳤던 사람 같았어. 처음엔 자꾸 사진을 봐서 그렇게 느껴지는 건가 했는데 아니야. 정말 마주친 적이 있었어. 7코스에서. 바닷가 우체국에서 엽서를 썼거든. 그때 나한테 볼펜을 빌려줬던 여자야. 엽서를 다 쓰고 볼펜을 돌려주려고 했을 때 그 여자는 이미 없었어. 저만치 걸어갔겠지. 나는 나한테 엽서를 보냈는데, 그 엽서는 아직까지도 도착하질 않았어. 다행이지."

"그런 얘긴 그만하자."

"내가 얘기를 하려고 하면 넌 항상 입을 막았어."

도영은 이런 식으로 지난 몇 년간 그들이 피해왔던 그 구멍에 접근하고 있었다. 일상을 갑자기 무너뜨리는 싱크홀 같은 것. 싱크홀이 두려운 건 그 깊이 때문이 아니라 느닷없음 때문이라는 걸 그들은 이미 알고 있었다. 그들은 발밑의 공포를 느끼면서 다시 오두막 안으로 돌아갔다. 몇 마디 말로도 그들은 금세 그 오두막을 불러올 수 있었다.

"내가 스토커처럼 그 여자애의 인생을 뒤지고 다니는 건 그렇게 하지 않으면 견딜 수가 없어서였어."

쏟아지는 도영의 말을 듣고만 있던 케이가 마침내 입을 열었다.

"우린 우리 삶보다 더 큰 악몽을 달고 살아가는 거야."

"그 악몽이 왜 나한테 닥쳤지? 왜 하필 나야? 왜?"

"왜라는 질문은 무의미해. 이미 지나간 일이야."

"왜 무의미해? 넌 그렇게 생각해서 이렇게 아무렇지 않은 거구나. 어떻게 여기서 살 생각을 했지? 우린 도망치듯이 여길 떠났잖아."

도영은 일어서서 케이를 쳐다보았다. 이제 길 따위는 어떻게 되든 상관없었다. 케이는 아무 말도 하지 않았고 밤은 한가운데 멈춰 선 것 같았다. 그러다 어느 순간 케이가 말했다.

"그럼 지금 너한테 있어? 그 볼펜."

케이의 입에서 볼펜이란 말을 듣고서야 도영은 입을 다물었다. 더 말하고 싶었지만 도영은 끝내 말하지 못했다. 그 볼펜이 어디서 어떻게 끝나버렸는지. 30분 혹은 40분. 그 지속적인 공포의 시간 동안 케이는 닫았던 오두막의 미닫이문을 다시 열려고 시도했다. 그러나 문은 열리지 않았다. 그 미닫이문이 열리지 않았던 건 문 아래 레일에 이물질이 끼어버렸기 때문이란 걸 케이는 알고 있었을까. 그 이물질이 도영의 주머니 속에 있던 볼펜이었다는 것을. 문이 열리지 않게 막아두느라, 레일에 볼펜을 밀어 넣느라 도영의 손톱 하나가 뿌리째 뽑혔다는 사실도.

왼손 두 번째 손톱은 지금까지도 자라지 않았다. 여자를 버려두고 남자가 잠시 사라진 후에야 오두막의 미닫이문은 열렸는데, 그때 그 레일 속에서 볼펜은 산산조각 났을 것이다. 보지 않았지만 그랬을 것이다.

도영은 양손을 눈 위에 얹었다. 멈춰야 했다. 바람 소리가 귓가를 맴돌았다. 그 잠깐의 암전이 끝난 후 도영은 자신이 손을 얹어 달래준 눈이 제 것이 아니라 케이의 것이라는 걸 알았다.

케이도 말하지 않은 것이 있었다. 그것은 도영이 먼저 말을 꺼내야만 할 수 있는 말이었다. 사건 이후 그들이 헤어지기 직전까지 도영은 몇 차례 문자메시지를 받았을 것이다. 그 문자에는 바람을 뚫고 그들을 찾아왔던 말, 그 다섯 글자 '살려주세요'가 적혀 있었다. 케이는 그 문자의 출처를 알고 있었는데, 문자가 제대로 갔는지 의심스러울 만큼 도영은 내색하지 않았다. 발신인은 없고 수신인은 분명한 문자가 몇 차례 그녀에게로 날아가다가 어느 순간 멈췄다. 그들이 헤어지고서 도영의 전화번호가 바뀌자, 그 문자는 날아갈 곳을 잃었다. 케이가 힘들었던 건 이젠 아무리 미칠 것 같은 날이어도 누구에게도 이런 말을 할 수 없다는 점 때문일지도 몰랐다. 케이는 속으로 중얼거렸다. 나도 왜 그런 문자를 보냈는지 설명할 수가 없어. 왜 제일 사랑하던 사람에게, 너에게 그런 문자를 보냈는지. 아마 네가 물어봐주기를 기다렸나 봐. 그랬다면 이렇게 말하고 싶었어. 정말 그 기억으로부터 좀 살려달라고.

어쩌면 도영은 알고 있었을지도 모른다고 케이는 생각했

다. 그들은 많은 생각을 함께했으니까. 케이는 오래전에 이미 볼펜 한 자루가 그 문의 레일 위에 걸려 있었다는 걸 알았다. 오두막을 떠날 때 볼펜이 레일 위에서 몇 조각으로 부서지는 소리를 들은 것도, 그만큼 문을 열 수 있었던 것도, 거기서 도영의 손톱 하나를 주운 것도 케이였다.

너도 내가 그 문자의 발신인이라는 걸 알고 있었니. 케이는 묻고 싶었다. 그러나 끝내 마지막 말은 털어놓지 않았다. 이미 벌어진 것들로도 충분했다. 길은 고문하듯 길고 지루하고 가늠할 수 없게 이어졌다. 좀 이상한 건 이런 거였다. 도영은 그날의 기억을 건드리면 더 걸을 수 없을 거라고 생각했다. 그러나 길도 그들도 어느 쪽도 먼저 포기를 선언하지는 않아서 길은 계속 이어졌다. 도영과 케이는 서로에게 죄책감을 불러일으키는 상대이기도 했지만, 그 일을 털어놓을 수 있는 유일한 사람이기도 했다.

총총 박혀 있는 것은 별이 아니라 가로등이었다. 몇 미터 간격으로 세워진 가로등이 저 앞에서부터 그 뒤로 쭉 이어지고 있었다. 낮 동안 태양열을 흡수했다가 밤에 내뿜는 태양광 가로등이었다. 도영은 한때 케이가 태양열 에너지에 대해 열정적으로 설명했던 걸 떠올렸다. 케이는 제주에 온 이후로 태양열 가로등을 인적 드문 곳에 촘촘히 심는 일을 하고 있다고 했다. 뜻 맞는 사람들이 힘을 모아서 세우고 있다고.

"좀 전에 걸어온 길에도 쭉 심을 생각이야. 이걸 세워두면 밤에도 환할 수 있어. 에너지도 안 들고."

친환경적이지, 라고 덧붙이려다가 케이는 입을 다물었다. 밤에도 환할 수 있어, 란 말은 원래 케이의 대사는 아니었다. 그건 도영 때문에 케이가 배워버린 대사였다. 제주에서 까만 어둠 속을 아무렇지 않게 걷던 여자가 어느 순간 어둠을 질색하게 됐고, 케이는 그걸 알고 있었다. 케이가 제주에 머물 수 있었던 건 인적 드문 곳에 등불을 심겠다는 어떤 방향성 때문이었다. 서울에서 케이는 어느 쪽으로 걸어야 할지 알 수 없었지만 여기서는 달랐다. 케이는 이 가로등이 어둠을 밝히는 것 외에도 다른 일들을 더 할 수 있을 거라고 생각했다. 충전된 햇빛으로 휴대전화 충전이나 위험할 때 위치 신고를 가능하게 하는 방안들도 있었다. 무엇보다도 케이에게 그것은 나침반이 되어주었다. 어떤 쪽으로 걸어가야 할지, 결국 그 자리로 돌아와서야 케이는 알 수 있었던 것이다.

도영은 가로등을 쳐다보았다. 거기 모인 빛을 한참 쳐다보았다. 주변이 어두워서 더 밝게 보이는 것 같았다. 가로등의 행렬 끝으로 오후에 갔던 무인 카페 건물이 보였다. 도영이 그걸 한참 바라보다가 말했다.

"꼭 광각렌즈로 찍은 것 같네. 저 카페 말이야. 약간 일그러진 거 보여?"

케이는 도영이 가리키는 쪽을 바라보았다. 카페 건물에서 크게 달라진 점을 느끼지 못했지만, 케이는 이렇게 대답했다.

"바람이 많이 불어서 그럴 거야."

도영은 여전히 그 건물을 바라보고 있었다. 땅 위에 직각 형태로 세워져 있던 기둥들이 사선으로 기울어져 있지 않은가. 네모반듯하던 건물이 마름모꼴이 되어 있었다. 그러고 보니 위치도 조금 달라진 것 같았다. 분명히 낮에 이곳으로 올 때는 저 건물이 좀 더 해안 가까이 있었던 것 같은데, 지금은 좀 더 안쪽에 있는 것처럼 보였다. 눈엔 아무것도 보이지 않았지만 도영이 바라보는 방향으로 계속 걸어가면 풍력발전소가 나온다는 사실을 케이는 알고 있었다. 최근에 새로 생긴 곳이었다. 케이는 도영의 말을 연료 삼아 어떤 장면을 상상했다. 바람이 오래전 그 오두막을 아주 조금씩 밀어내는 장면을. 네모반듯한 오두막이 마름모꼴이 되면서 힘겹게 자리를 이동하면, 오두막이 있던 자리에 햇빛이 가볍게 내려앉는 장면을.

저 너머에 풍력발전기 몇 대가 증인처럼 서 있었다. 바람이 부족하게 느껴질 정도로 발전기는 여러 개였다. 무인 카페의 문은 열려 있었다. 자정이 훌쩍 넘은 시간이었다. 영업 시간은 끝났지만 주인은 아직도 접촉 사고를 해결하지 못한 모양이었다.

늙은 차와 히치하이커

포트오거스타는 항구의 기능이 정지된 도시다. 옛 부두는 산책로가 되었고, 나를 것이 없는 배만 떠다닐 뿐이다. 작은 도시지만 이 섬의 굵직한 도로들이 이곳에 와서 부딪친다. 시드니에서 퍼스까지 동서를 잇는 도로와 애들레이드에서 다윈까지 남북을 잇는 도로가 교차하는 지점이 여기다.

나는 시드니에 머무는 3년 동안 한 번도 그곳 시내를 벗어난 적이 없었다. 출장이 아니었다면 이곳까지 올 일도 없었을 것이다. 한국에서부터 알고 지내던 후배는 포트오거스타에 있는 마일러 자동차 회사에서 일했다. 그가 공항으로 픽업을 나왔기 때문에 우리는 함께 점심을 먹었다.

"누나가 여긴 어쩐 일이에요?"

"양말 사러."

"크리스마스 양말이라도 사려고요?"

"응."

정말 양말 한 켤레 산 후 시드니로 돌아갈 수 있다면 어떨까. 후배는 크리스마스를 골든코스트에서 보낼 계획이라고 했다. 한국 드라마를 왕창 담아가 연휴 내내 볼 계획이라고. 그의 가족은 호주에 잘 정착한 표본 같았다. 호텔로 오는 길, 곳곳에서 크리스마스 장식품들이 보였다. 저 거대한 크리스마스 양말 아래로도 홀튼의 로고가 새겨져 있었다. 그게 내가 봐야 할 확실한 표식이었다. 이 항구 아닌 항구도시는 호주의 교차로이기도 하고, 마일러 자동차의 도시이기도 했지만, 홀튼의 도시이기도 했다.

홀튼은 서바이벌 용품에 관심이 많은 이들에게 널리 알려진 양말 브랜드다. '에뮤'나 '코알라'가 대표 상품으로 물론 둘 다 양말이다. 에뮤는 혹한기에, 코알라는 혹서기에 인기가 많다. 특히 한국인들은 에뮤를 좋아한다. 한국의 한 온라인 커뮤니티에서 에뮤 3000켤레의 공동 구매를 진행했을 때 그것이 아홉 시간 만에 완판된 사실은 신화처럼 떠돈다.

그 홀튼에서 곧 새 양말이 출시될 거란 얘기가 있었다. 사람들은 당연히 이번엔 '캥거루'가 아니겠냐고 떠들었다. 에뮤와 코알라 다음이니 그럴 거라는 단순한 이유였지만 그 새 양말의 독보적인 기능에 대해 들으면 정말 이름이 캥거루여야 한다는 당위성이 생긴다. 외부 온도가 어떻든 사람의 체온을 일정하게 유지해주는 항온성 말이다. 물론 발 부위에 한정된 것이긴 하지만, 발은 제2의 심장 아닌가. 미성숙한 새끼를 주머니에 넣어 새끼의 체온을 보호하는 캥거루처럼 이 양말도 외부 온도가 어떻든 늘 발을 적정 체온으로 유지한다. 영하 50도부터 영상 40도까지 커버가 가능한 건 낙타털뿐 아니라 탈륨이라는 신소재를 활용했기 때문이다. 자외선 100퍼센트 차단과 흡습성, 그리고 몹시 가벼운 무게와 얇은 두께는 보너스다.

캥거루가 정말 두 달 후에 출시된다면, 나는 먼저 캥거루 10만 켤레를 사야 한다. 내가 다니는 회사는 생존배낭을 만드는 곳인데, 이곳 역시 내년에 신형 생존배낭을 출시할 계획이기 때문이다. 우리가 만들 최신 생존배낭의 이름 역시 '캥거루'다. 사장은 우리의 배낭 안에 홀튼의 새 양말을 담겠다는 의지의 표현으로 이번 프로젝트의 이름을 아예 캥거루로 정해버렸다. 우리 회사의 배낭에만 독점으로 양말을 공급받고 싶다는 거였다.

사람은 공기 없이 3분, 물 없이 3일, 음식 없이 3주까지 버틸 수 있다. 이른바 3. 3. 3. 법칙이다. 생존배낭은 극한 상황에서 한 사람이 최소 3일간 살도록 돕는 물품들로 꾸려져 있다. 멀티툴 제품을 보면 당최 생소한 것도 많지만 생존배낭이 자동차 내부처럼 복잡한 기계는 아니다. 초콜릿 바와 양초 같은 익숙한 물품도 중요한 생존 도구다. 그러나 배낭을 제작하는 입장에서 보자면 물품의 기능보다 브랜드가 우선시 될 때도 있다. 이를테면 그냥 초콜릿 바가 아니라 네슬레의 초콜릿 바, 초경량 담요가 아니라 월마트 담요, 살균 정수제가 아니라 아쿠아탭스라는 식이다. 이미 사장은 몇 개의 특정 브랜드와 제품명을 아직 꾸려지지 않은 배낭에 넣을 생각을 하고 있었다. 홀튼의 캥거루도 비슷한 거였다.

함께 점심을 먹던 후배가 생존배낭에 꼭 넣어야 할 세 가지만 추천해달라고 했다. 그건 사람마다 다르다. 사실 재난의 종류에 따라서도 챙겨야 할 것이 달라진다. 물론 통합적으로 한 개의 생존배낭을 꾸리는 사람도 있지만, 이 분야에 빠져들기 시작하면(생존배낭이 취미가 되면) 용도별로 몇 개의 배낭을 꾸려서 신발장 위에 보관하게 된다. 내 경우에는 회사 내 서바이벌이 중요하기에 브랜드 몇 개가 떠오를 뿐이다. 나는 후배에게 무인도를 상상하라고 말했다. 무인도에 들고 갈 세 가지가 뭐냐고. 후배의 답은 소고기, 닭고기, 돼지고기였다. 무인도에서 고기를 먹으려면 불이 있어야 하고, 불이 있으려면 파이어스틸 같은 것이 필요하다. 고기가 상하지 않게 하려면 아이스팩도 필요하다. 그런데 과연 그것들이 가장 중요한 세 가지인가. 하긴 이렇게 생각하니까 내가 지치는 걸 수도 있다. 서바이벌 매뉴얼에 적혀 있을 법한 물품들을 외우는 건 적어도 회사 내 서바이벌에는 별 도움이 안 된다. 당연히 새로운 발상이 필요하다. 사장 말대로라면 전혀 중요하지 않은 것도 중요하게 포장할 수 있는 그 상상력.

어떤 사람들은 생존배낭에 콘돔이 들어간다는 사실에 웃지만, 콘돔은 부피 대비 효율적인 물통이다. 하나의 콘돔에 1리터가량의 물을 채울 수 있다. 구명조끼와 같은 역할을 하기도 한다. 콘돔에 바람을 불어 넣으면 커다란 풍선처럼 부푸는데, 폭이 50미터 미만인 강이나 호수를 이 부풀어 오른 콘돔의 부력으로 건너갈 수 있다. 발상의 전환은 서바이벌 용품을 제작하는 사람도, 사용하는 사람도 무시 못 할 중요한 요소다. 콘돔뿐 아니라 대못이라든지(보통 9센티미터짜리를 선호한다) 낚싯줄, 알루미늄 포일이나 락스 같은 물품이 얼마나 다양한 용도로 활용되는지 안다면 누구나 가방에 그것들을 여분으로 넣고 다니는 걸 주저하지 않을 것이다.

이러니 새 제품을 개발할 땐 적어도 '나침반이 달린 물통' 정도는 되어야 한다. 멀티 제품은 계속 발전하고 있지만, 보통은 흔한 생활 도구가 새로운 용도로 완벽하게 임무를 구사하는 경우가 많다. 캥거루가 주목을 받는 것도 바로 그 때문이다. 그것은 양말로도 훌륭하지만 뒤집어서 잡아당기면 최대 100미터까지 늘어난다. 질긴 밧줄 역할을 할 수 있는 것이다. 끝에 있는 지퍼를 잠그면 구명튜브 역할도 가능하며, 당연히 타월이나 목도리 역할도 한다.

히트 치는 생존배낭이 되려면 이 모든 것을 담고도 가벼워야 한다. 좀 더 가벼운 무게, 좀 더 많은 공간의 확보. 한마디로 '경량화'가 핵심이다. 배낭 안에 들어가는 물건의 무게도 그렇지만, 배낭 자체도 무거워서는 안 된다. 내가 말끝마다 '그게 몇 그램이야?'라고 묻는 것도 직업병인 셈이다. 물론 항상 연구 중인 건 극한 상황에서 한 사람이 오롯이 짊어질 수 있는 무게가 얼마냐는 거다. 사람마다 상황마다 다르겠지만 '표준화' 역시 필요하다.

며칠 전 사장이 발상의 전환이니 상상력이니 하면서 예로 든 건 감자였다.

"감자가 생존배낭에 들어갈 품목이라고 누가 생각이라도 하겠어? 감자조차 중요한 물품으로 포장할 수 있는 그 상상력을 좀!"

사장은 감자로 뭘 할 수 있는지에 대해서는, 감자가 왜 중요한지에 대해서는 답을 주지 않았다. 본인도 모르는 것 같았다. 달력이니 마우스 패드니 하는 것들을 닥치는 대로 가리키며 근거 없는 사례를 늘려나갔을 뿐이다. 제품개발실 직원들은 회의용 탁자 위에 있는 감자를 보며 황당하다는 표정을 지었다. 왜 하필 감자인가. 나는 그것을 한참 쳐다보았다.

시드니에 정착하던 무렵, 내게 감자는 좀 중요했다. 당시 아파트에는 나 외에도 세 명이 더 있었는데, 주방은 하나였고 냉장고도 하나였다. 냉장고에는 선반이 세 개 들어 있어 공간을 네 개로 나눌 수 있었다. 그중에 세 번째 칸이 내 것이었는데, 얼마 후 나는 그 칸의 우유라든지 달걀, 감자와 같은 것이 조금씩 줄어든다는 걸 눈치챘다. 처음엔 그러려니 했지만 한 달 후 나는 우유 통에 펜으로 눈금을 표시했고, 감자의 개수를 세다 못해 나중에는 껍질에 번호를 써두기도 했다. 1, 2, 3…… 4와 7이 비었고, 5와 6이 비었다. 비어나갔다. 그 당시 나는 이곳저곳 면접을 보러 다니고 있었다. 종일 냉장고 앞에서 개수나 눈금을 확인하며 지낼 시간도 없을뿐더러 '누가 내 것 먹었어?'라고 물어볼 만큼 동거인들과 절친하지도 않았다. 나는 다른 이의 음식에 손을 댄 적이 없었다.

지금 생각하면 그건 생존과 직결되는 문제가 아니었을 수도 있지만, 그땐 그렇지가 않았다. 단지 감자가 줄어드는 것 이상의 무엇이었다. 우유가 조금씩 줄어든다는 것이 불안했고, 영역 침범을 당한 것이 불쾌했다. 취업이 잘 안 되고 있었다. 그러다 어느 날 동거인들 사이에 작은 말다툼이 있었고, 꼬리에 꼬리를 물고 이어지는 불만 끝에 내가 말했다. 누군가가 내 칸의 감자 따위에 손을 대고 있다, 난 이것도 여섯 달이나 참았다, 는 게 요지였다. 기다렸다는 듯 세 명에게서 반격이 들어왔다. 내 감자 때문에 자신의 샐러드용 채소가 급히 상했고, 내 감자 때문에 자신의 치즈가 더 일찍 늙어갔으며, 내 감자 때문에 냉장고를 열 때마다 짜증이 난다는 거였다. 감자 때문이긴 했으나, 사실 감자는 하나의 구실일지도 몰랐다. 그들은 내가 하려던 말을 선점했다. 감자가 문제가 아니라고! 우리는 국적이 다 달랐으나 모두 아시아권 사람들이었다. 그런데도 누군가가 나를 향해 '옐로 몽키'라고 말하는 걸 듣고 나는 그 집을 나와버렸다. '너희 보트로 돌아가!'라고 말을 내뱉고서 말이다. 우리는 우리가 들었던 말들을 따라 하고 있었다.

그 집을 나오자마자 취업이 되었다. 사장은 아시아 시장이 중요하다고 늘 강조했다. 당연히 한국어가 가능한, 한국인들의 특징에 익숙한 나에겐 좋은 일이었다. 그러나 최근 들어 일본, 중국, 그리고 한국에서 모두 열 명의 직원이 새로 들어왔다. 덩달아 승진을 하긴 했으나 어쩐지 불안했다. 사장이 치켜든 저 감자에서 내가 떠올린 건 생존배낭에 담을 아이디어라기보다는 회사 내에 있을, 있어야 할 내 영역에 관한 거였다. 사장이 '그래서 누가 캥거루를 모셔오겠나?'라고 했을 때, 나는 손을 들고 '내가 캥거루를 잡아오겠다'고 했다.

홀튼에서는 독점 계약은 하지 않는다고 했다. 내가 홀튼이었다 해도 그랬겠지만, 나는 우리 회사가 신생 업체여도 얼마나 가능성이 있는지, 아시아 시장에 얼마나 집중하고 있으며, 그중에서도 한국 시장에서 에뮤를 비롯한 홀튼의 양말이 얼마나 많이 팔리는지에 대해 강조했다. 그래도 안 되자 좀 복고적인 방법을 썼다. 홀튼의 사장에게 서바이벌 매뉴얼 형식으로 작성한 메일을 보냈던 것이다. 몇 차례 까다로운 거래처에 써먹었던 방법으로, 사실상 홀튼에 대한 맞춤 형식이라고 볼 수는 없었다. 홀튼의 캥거루가 아주 중요한 역할을 한다는 게 메일의 주된 내용이었다. 역시 먹혔다. 홀튼의 사장은 직접 내게 답을 보냈다. 독점 계약에 대한 확답은 아니었고 일단 만나나 보자는 정도인 듯했다.

그게 내가 포트오거스타까지 비행기로 두 시간이나 걸려서까지 온 이유였는데, 호텔에 짐을 풀고 거리로 나서자마자 황당한 소식을 들었다. 홀튼에서 메일이 왔는데 제목이 '미안하지만'이었다. 사장의 비서가 보낸 거였다. 급작스럽게 사장이 휴가를 떠났다는 거였다. 바로 어제 사장이 며칠간 휴가를 냈고, 다음 주가 크리스마스다 보니 2주 정도나 회사에 나오지 않는다는 거였다. 내가 그를 만나기로 한 건 이틀 후였다. 비서는 내가 아직 시드니에 있는 줄 아는 것 같았다. 하필 나는 그때 홀튼 사에서 몹시 가까운 카페에 있었다. 솔

직히 몹시 가깝지는 않았지만, 나는 한달음에 홀튼 사로 달려갔다. 그러나 비서가 해줄 수 있는 일은 없었다. 비서의 어투는 약속이 이틀 후인데 너무 빨리 출발한 사람에게 책임이 있다는 식이었다. 휴가를 간 홀튼은 전화를 받지 않았고, 비서는 메일을 남겨두겠다고 했다. 그리고 손목시계를 가리키며 말했다. 30분 후 퇴근해야 한다고.

나는 휴가라는 홀튼의 말을 어떻게 받아들여야 할지 몰라 당혹스러웠다. 그의 말을 그대로 해석해야 하는지, 아니면 그가 거절에 대한 완곡어법으로 휴가 핑계를 댄 건지 가늠하기가 어려웠다. 내 영역의 무언가가 자꾸 줄어드는 느낌은 시드니에서의 첫 집을 떠올리게 했다. 호텔로 돌아가 허공에 멍하니 감자를 띄워놓고 있을 때, 그 비서에게서 전화가 걸려왔다. 퇴근 후 어디서 한잔하고 있는 건지 요란한 음악 소리가 들렸다. 그녀가 악을 쓰듯 말했다.

"좀 전에 홀튼에게서 전화가 왔어요. 출근해서 알려드릴까 하다가, 아무래도 급하신 것 같아서요. 홀튼이 어디로 휴가를 갔느냐면요, 울룰루 아시죠?"

나는 처음에 울룰루가 리조트 이름일 거라고 생각했다. 설마 이 섬의 배꼽이라고 불리던 그 울룰루일 거라고는 생각지도 못했다. 호주 중심에 있는 거대한 바위. 내가 잘 알아듣지 못했다고 느꼈는지 비서는 다시 소리를 질렀다.

"울룰루요! 울룰루라고요."

"아, 알아요. 울룰루."

직원은 홀튼의 사과를 대신 전하면서, 이렇게 말했다.

"당신이 가능하다면 그곳에서 만날 의향이 있다고 하네요. 어떻게 전할까요?"

울룰루에서 거래처 사람을 만나자는 건 뭐, 만나지 말자는 말이나 다름없는 게 아닌가. 나는 직원에게 물었다.

"홀튼은 휴가 중에도 업무를 하나 보죠?"

"글쎄요. 지금까지 그가 휴가 쓰는 걸 본 적이 없어서요."

울룰루로 가는 가장 빠른 방법은 역시 비행기였다. 그러나 크리스마스 연휴가 바로 다음 주였다. 가장 가까운 에어스록 공항은 물론이고 근처의 다른 공항으로 가는 비행기며 기차, 투어버스에도 빈자리는 없었다. 이럴 걸 알고 이제야 내게 통보한 것이 아닌가 생각될 정도로 정말 단 한 좌석도 남아 있는 게 없었다.

그 순간 후배가 떠올랐다. 점심을 먹으면서 그와 나눈 말들 말이다. 후배는 종종 회사의 시험 차량을 몰고 아웃백이라 부르는 호주 중심부로 간다고 했다. 지금쯤 후배는 골든코스트로 갈 가방을 꾸리고 있겠지만, 이곳에 오래 살았으니 어떤 방법을 알 수도 있었다. 후배는 잠시 알아보고 연락을 주겠노라고 했다. 직장인에게 중요한 서바이벌 품목은 역시 인맥이었다.

"누나, 점심때 내가 보여준 사진 있죠? 그 차가 있어요. 울룰루까지는 아니지만 쿨게라까지 가는 시험 차거든요. 내 동료가 몰고 가는 건데, 거기에 타실래요?"

쿨게라는 울룰루가 속한 노던테리토리 주의 초입에 있는 도시였다. 쿨게라에서 울룰루까지는 차로 다섯 시간쯤 걸리는데 그곳에 가서 또 연결 편을 찾아보는 게 그 세 배 거리인 여기 있는 것보다는 훨씬 가능성 높은 방법이었다. 단, 출발이 바로 내일 아침이었다. 시간을 맞추지 못한다면 차는 그대로 출발한다고 했다. 내겐 선택의 여지가 없었다.

후배에게서 시험용 차의 일생에 대한 이야기를 들은 적이 있었다. 시험 차들은 수많은 운전자와 수많은 길을 달리며 급속도로 늙어간다. 충돌 테스트라도 하게 되면 단 몇 초 만에 생이 끝나기도 한다. 후배는 마이바흐와 벤틀리를 주문해서 충돌 테스트를 진행했던 경험을 블록버스터 영화 속 장면처럼 묘사했다. 자동차의 가격은 몇십 배까지 차이가 나기도 하지만, 찌그러지는 데 걸리는 시간은 그리 큰 차이가 나지 않았다.

"우린 마네킹에게 감사해야 해요. 불평 없이 충돌을 반복하니까요."

내일은 마네킹 대신 내가 조수석에 앉게 될 예정이다. 물론 내일은 어떤 모니터링 기록에도 남지 않는 일정이었다. 운명을 다한 후 쿨게라의 친환경 폐차장으로 가는 차였던 것이다.

차는 한눈에 알아볼 수 있었다. 엷은 녹색, 투박한 디자인이 사진과 똑같았다. 1959년에 크게 히트 쳤던 마일러 사의 클래식카 '마이마일러'를 다시 재현한 것이라고 했다. 이름은 '레트로'. 레트로는 아직 시장에 출시되지 않은 모델이었지만, 신차라고 말하기에는 몹시 낡아 있었다. 남자는 주차 요금이 아까워서 기차역 주변을 뱅글뱅글 돌고 있었노라고 했다. 후배의 회사 동료 게빈이었다. 후배보다 나이가 훨씬 많아 보였다.

"많이 기다리셨죠, 죄송해요. 고맙습니다."

내가 말하자 그는 별거 아니라는 듯이 대답했다.

"이렇게 조수석에 짐도 실어보는 거지."

괴상한 농담이었다. 나는 졸지에 짐이 된 채로 조수석에 올라탔다. 짐은 뒷자리에 두었다. 홀튼 사장에게 선물할 상자 하나, 그리고 작은 여행 가방이었다. 그가 내게 물었다.

"어디까지 가는 거지?"

"쿨게라요. 얼마나 걸리나요?"

"한 아홉 시간쯤?"

"원하시면 교대로 운전해도 괜찮아요."

그는 고개를 저었다. 차에서는 흥겹지만 낯선 음악이 흘러나오고 있었다. 내비게이션은 필요하지 않았다. 켜봤자 목적지까지 1000킬로미터 직진하라는 식의 말이 나올 테니까. 포트오거스타는 도달하기 쉬운 만큼 떠나기도 쉬웠다. 시내는 능숙하게 고속도로로 연결되었다. 처음 한 시간쯤 우리는 단 한 마디도 하지 않았다. 말하지 않아도 읽을거리가 차창 밖으로 넘쳐났다. 나는 간혹 보이는 도로 위 광고판들을 읽었다. 이정표도 읽었다. 마지막으로 읽은 표식은 다음 주유소가 150킬로미터 떨어진 지점에 있다는 거였다. 그 푯말을 마지막으로 더는 읽을 게 없어졌고 시각적 침묵이 시작되었다. 내가 물었다.

"이렇게 다니면 주행 기록이 꽤 되겠어요?"

"62만 킬로미터."

"대단하네요."

"하긴, 정비사도 그러더군. 시드니를 벗어나기도 전에 주저앉을지도 모른다고. 그렇지만 뭐, 여기까지 잘 왔으니까 그 말은 틀린 거지."

"시드니에서 출발하신 거예요?"

그는 고개를 끄덕였다.

"여기 마일러 자동차 공장에서 출발하신 게 아니고요?"

"여긴 짐 때문에 온 거잖아. 어차피 지나가는 길이니까 기다렸는데 너무 늦게 오는 바람에 늦었다고."

나는 5분인가 늦었을 뿐이지만, 차가 그냥 출발하지 않고 기다려준 게 고마웠다. 오히려 그것보다는 '짐'이란 단어가 거슬렸다. 아무리 내가 묻어가는 거라고 해도 이렇게 노골적으로 싫은 티를 낼 수가 있는가. 어쩌면 내가 동양 여자여서 무시하는 걸 수도 있었다. 그 생각을 왜 이제야 했을까 싶을 정도로, 돌이켜보면 내가 차에 올라탔을 때부터 그의 표정은 좋지 않았다. 회사 동료의 부탁을 받고 어쩔 수 없이 동행하는 걸 수도 있었다.

"먼 길 운전이 힘들진 않으세요?"

"마일러는 예외지."

나는 이 애사심 많은 동행자가 불편했다. 쿨게라까지는 아직도 일곱 시간쯤을 더 달려야 하는데 숨이 막혔다. 눈을 감고 자는 척을 하고 싶었지만 무임승차한 동양 여자가 옆에서 졸기까지 한다면 이제 '짐짝' 소리를 들을 것만 같았다.

"아무래도 잘못 탄 건 아니야?"

침묵을 먼저 깬 건 그였다. 그는 이제 노골적으로 불쾌함을 드러내고 있었다. 치사했지만 견디는 수밖에 없었다. 나는 쿨게라까지 가야 했으니까. 최대한 울룰루에 가깝게 가야 했다. 이건 내 생존을 위한 여정이란 말이다. 내가 동문서답처럼 '고마워요, 게빈'이라고 대답했을 때 그는 별말이 없었다. 그러다 잠시 후, 그가 다시 말을 걸었다. 진짜 궁금하다는 듯이, 이렇게.

"……게빈이 누구지?"

게빈이 누구냐고? 나는 그가 농담을 하는 거라고 생각했다. 그러나 그가 왜 이런 농담을 한단 말인가. 그가 자기는 게빈이 아니라고 말했다. 내가 할 수 있는 말은 그런 것뿐이었다. '난 당신이 게빈인 줄 알았다'는 정도. 사실 그의 이름은 별로 중요한 게 아니었다. 그가 게빈이든 누구든 오늘 내가 만나기로 한 그 사람, 그 레트로이기만 하면 되는 것 아닌가. 그러나 그는 마일러 사의 직원도 아니었다. 나와 만나기로 한 것도 아니었다. 나는 엉뚱한 차에 올라탄 셈이었다. 우리는 시속 130킬로미터로 달리고 있었다. 이 차는 마일러 사의 레트로가 분명했다. 차는 쿨게라를 향해 가고 있었고, 출발 지점과 이미 한참 멀어진 후였다. 당황한 건 나만이 아니었다. 그 역시 나를 보고 이렇게 물었던 것이다.

"아무래도 잘못된 것 같은데. 혹시 니나가 아니란 말이야? 운동화 매장의 니나."

그의 입장에서 보면 이야기는 또 달랐다. 그는 어젯밤 급히 주문한 운동화 두 켤레를 포트오거스타의 한 지점에서 받기로 했던 것이다. 아침 6시는 매장이 문을 열기 전이었지만 그가 친하거나 중요한 고객이었든지 혹은 매장의 판매 방식이었든지, 한 직원이 운동화 상자들을 이른 아침 그에게 전달하기로 되어 있었던 것이다. 그는 역 앞을 빙글빙글 돌다가 자신을 향해 다가오는 여자를 보고 손짓을 했다. 여자는 그 운동화 브랜드의 상자를 들고 있었다. 당연히 어젯밤에 통화한 니나인 줄 알았다. 그는 상자를 조수석에 실어달라고 말했지만, 여자는 고맙다며 조수석에 올라탄 것이다. 그는 여자가 급히 어디까지 가야 하는 줄 알고 목적지를 물었고, 여자는 아홉 시간 거리의 쿨게라까지 가겠노라고 했다. 번갈아가며 운전해도 된다면서. 나는 게빈과의 약속에는 5분 늦은 것이었지만, 니나와 그의 약속에서는 35분 늦은 셈이었다. 이 웃지 못할 상황은 그와 나 사이에 무척 많은 말이 오가게 만들었다. 그 과정 중에 내가 얻은 게 있다면 이 차가 울룰루까지 가는 직행이란 사실이었다. 그는 내 최종 목적지가 울룰루라는 얘기를 듣고는 잠시 고민하더니 이렇게 대답했다.

"마땅한 차편이 없다면."

마땅한 차편이 있을 리가 있는가. 그는 운동화를 받지 못했고, 나는 게빈을 만나지 못했지만 이상하게 두 사람 모두 휴대전화에서 어떠한 메시지도 받을 수 없었다. 이 긴 도로에는 몇 구간 통신 불능 지역이 있다고 들었지만, 이곳은 비교적 초입 아닌가. 그렇게 생각하고 주변을 보니 초입이란 단어가 어색했다. 차는 한 번도 멈춤 없이 계속 달려왔다. 도로는 끝이 보이지 않을 정도로 길어서 오히려 더 폭이 좁게 느껴졌다. 반대쪽에서 달려오는 차와 이 차가 스치는 순간, 두 운전자는 서로 손을 흔들었다. 그가 차창 밖으로 손을 내밀어 흔드는 모습을 보며 안심했는데, 그 차가 이 길 위에서 보는 마지막 차량일 거라고는 생각도 못 했다. 그 이후 휴게소가 나타날 때까지 세 시간을 더 달리는 동안 단 한 대의 차도 더 볼 수가 없었다.

"호주 사람들의 진짜 나이를 말해줄까? 지금의 백인들은 겨우 200년 살았어. 그런데 애버리지니의 역사로 보면 6만 년이라고."

그렇게 말했던 건 위키였다. 위키는 자신에게 두 피가 모두 흐르지만, 선택할 수 있다면 그 6만 년 역사를 헤아리는 게 더 낫겠다고 말했다.

울룰루에 대한 이야기는 위키에게서 종종 들었다. 위키는 내가 그 시드니의 첫 집에서 나온 후 두 번째로 만난 동거인이었다. 성별이 달랐지만 그와의 동거는 오히려 편안했다. 위키는 나보다 세 살이 어렸고, 시드니에서 태어나서 스물일곱 살까지 줄곧 시드니에서 자랐다. 그 27년 동안 위키는 이

거대한 섬의 곳곳을 자주 여행했다. 울룰루까지 사륜구동차를 몰고 달린 적도 있다고 했다. 위키는 그 길의 엄청난 비밀이 뭔 줄 아느냐고 물었다.

"가다 보면 기름값이 점점 높아지게 될 거야. 중심으로 가면 갈수록."

"그게 무슨 비밀이라고. 당연한 거 아냐?"

그다음 위키는 진짜 비밀을 말해주었다. 울룰루 지표면에 솟은 부분은 빙산의 일각일 뿐, 그 여섯 배에 달하는 몸체가 땅 아래 감자처럼 존재하는데, 누구도 그 아래 뿌리는 확인한 적이 없다는 것이다. 그리고 울룰루는 멈춰 있는 게 아니라 지금도 조금씩 융기 중이라는 거였다. 다큐멘터리나 책자만 봐도 알 수 있을 정보이긴 했지만, 위키는 마치 그 비밀을 목격한 사람 같았다.

위키가 지금 내 모습을 봤다면 당장 그 차에서 내리라고 했을지도 모른다. 위키는 낡은 차를 조심하라고 말했으니까. 낯설고 낡은 차. 1년 전 먼지로 한 겹 코팅된 듯한 차가 다가와 위키 앞에 멈춰 섰다. 차 안의 문짝이란 문짝이 모두 동시에 열렸고 그 안에서 마치 용수철을 깔고 앉아 있었던 것처럼 순식간에 다섯 명이 튀어나왔다. 구타는 그 다섯 명에겐 익숙한 방식이었고, 위키에겐 낯선 충격이었다. 그들은 위키를 흠씬 두들겨 팬 후 휘파람을 불며 차로 돌아갔다.

"좀 웃긴 건 그들이 사라질 즈음에도 내가 서 있는 상태였다는 거야. 맞는 동안 분명히 등과 뒤통수가 땅에 닿는 걸 느꼈거든. 설마 나를 다시 일으켜주고 간 걸까?"

그들이 차를 타고 떠난 후에도 위키는 한참을 거리 위 동상처럼 서 있었다. 매미나 잠자리 따위를 스티로폼 위에 고정시키던 핀이 자신을 땅 위에 찔러둔 것 같더라고 했다. 졸지에 스티로폼처럼 얄팍해진 보도블록 위에서 위키는 멍하니 서 있었다. 반대편에서 자신과 관계없이 흘러가는 구급차의 비명 소리가 들렸다. 가방은 그대로였고 빼앗긴 건 없었다. 낡은 차가 멈춰 선 이유는 단지 이 애버리지니를 흠씬 패주려는 목적뿐이었던 것이다. 그러나 하필 그날은 위키가 몇 년간 기다렸던 직장의 면접을 하루 앞둔 시점이었다. 위키의 얼굴 곳곳이 터졌고 뼈에 굵은 균열이 생겼다. 위키는 다음 날 인터뷰에 나가지 못했다.

이 차는 분명 낡은 차였다. 잘 살펴보면 내가 어떻게 이런 차를 최신 시험 차로 착각할 수 있었는지, 전혀 의심도 안 할 수 있었는지 어처구니가 없을 정도였다. 아무리 내가 타야 할 시험 차가 폐차장으로 가는 단계의 것이었다고 해도 말이다. 그러나 조수석에 앉아서도 저 앞머리에 봉긋하게 솟아 있는 마일러 사의 마크를 볼 수 있었다. 마이마일러라고 몸체에도 분명히 쓰여 있지 않았던가.

1959년의 마이마일러와 2014년의 레트로는 닮은 듯 다른데, 그 차이 중 하나가 '크루즈 컨트롤'이라고 후배가 말한 적이 있었다. 적절한 속도를 유지해주는 장치다. 1959년의 마이마일러에는 그 장치가 없어서 계속 페달을 밟고 있어야 했지만, 지금의 레트로에는 그 장치가 있어서 굳이 발로 가속페달을 조절하지 않아도 정속도로 달릴 수 있다. 이렇게 차가 한 대도 보이지 않는 고속도로 위에서, 그 페달이 있다면 유용할 것이다. 제한 속도가 130킬로미터라면, 그에 맞게 설정해놓고 발이 자유롭게 떠 있어도 차는 달리는 것이다. 그러나 지금 그는 발로 페달을 밟아가며 속도를 조절했다. 이 차에는 그 장치가 없다. 이건 아직 출시되지 않은 신차 레트로가 아니라 그 레트로가 참고했던 원본, 1959년의 마이마일러였던 것이다.

게빈이 아닌 이 남자는 좀 괴짜처럼 보였다. 그는 계속 운동화를 어디서 사야 할지 모르겠다고 중얼거렸다. 그러나 차를 멈춰 세우지는 않았다. 그 역시 나를, 니나 아닌 여자를 특이하다고 생각하는 것 같았다. 내가 갖고 탄 운동화 상자 안에 무엇이 들어 있는지 그는 궁금해했다. 그건 홀튼에게 줄 선물이었다. 정확히 말하면 거래처의 샘플 같은 것. 홀튼이 원한 적은 없지만 우리의 생존배낭을 선물로 전할 계획이었다. 물론 아직 홀튼의 양말이 들어 있지 않은 상태다.

그는 이 반대 코스로 달린 적이 있다고 했다. 출발 지점은 호주의 중심부, 앨리스스프링스 주의 한 마을이었고 목적지는 도로를 따라 남쪽으로 내려가면 나오는 바다였다. 항구도시인 포트오거스타도 좋았고, 좀 더 내려가 애들레이드도 좋았다. 그땐 그런 도시의 이름은 모르는 채로 달렸다. 긴 여행이었다.

"그때도 마이마일러와 함께였어. 그땐 아주 젊었지."

그는 자신이 능숙한 운전자는 아니었다고 했다. 길도 서툴기는 마찬가지였다. 있어도 불필요하긴 하지만 당연히 내비게이션 따위는 없었고, 지금처럼 휴게소나 주유소가 있지도 않았다. 차에 뛰어드는 야생동물은 지금보다 훨씬 많았고 거셌다. 결국 차는 중간에 멈췄다. 그는 차가 멈춘 건 체력이 달려서가 아니라, 연료가 없어서였다고 회상했다. 그는 한참을 걸어서 주유소를 찾아냈지만 사람은 없었고, 주유 장치에는 큰 자물쇠가 걸려 있었다. 그는 차를 길 한편에 세워두고, 누군가를 기다렸지만 아무도 오지 않았다. 인적이 드문 곳이었다. 결국 다음 날 아침 그는 차를 버려두고 혼자 걸었다. 중간에 지나가는 차를 얻어 타기도 했다. 그렇게 목적지까지 왔다고 했다. 지금 그는 차를 버렸던 지점으로 되돌아가는 중이었다.

"이게 단서야."

그가 내민 사진은 한 에뮤 버거 업체의 광고 사진이었다. 울룰루를 배경으로 에뮤에 초점을 맞춘 사진. 그는 그 지점이 어디인지 알겠느냐고 물었다.

"어떤 지점이요? 울룰루요?"

"아니, 그 사진을 찍은 지점 말이야. 카메라가 있었을 지점."

그러나 이건 광고 사진이었다. 원근법쯤은 가볍게 초월할 수 있는 사진. 얼핏 보기에도 이 에뮤가 서 있는 위치가 울룰루 근처인 것 같지 않았다. 카메라가 어디에 서 있었는지 물리적으로 알아낸다 해도 그게 정말 이 사진의 풍경을 담아낼 수 있는 위치는 아닐 거였다. 그는 광고 회사에 전화를 한 적도 있었노라고 했다. 비슷한 대답을 들었다는 거였다. 그 사진은 후처리 작업을 많이 한 것이고, 실제 촬영 장소는 이 각도와 달랐다는 것. 그러나 그는 광고 회사의 말을 믿지 않았다.

"기억력이 나쁜 거지. 이 위치가 분명히 존재할 거라고. 마일러를 두고 돌아 나오던 아침, 그때 본 울룰루의 풍경이 딱 이 사진의 각도며 크기였다고."

그가 말한 여행이 1970년대 중반의 것이라고는 생각지도 못했다. 그는 지금 40년 만에 차를 두고 온 자리로 되돌아가려는 거였다. 40년이라니, 차가 그 자리에 있을 리 없지 않은

가. 누가 훔쳐가지 않았다면 모래바람에 삭아버렸을 수도 있었다.

"왜 이제야 차를 찾으러 가시는 거예요? 좀 더 일찍 가시지 않고요."

"잊고 있었지."

"대신 지금 이 차를 사신 거군요? 같은 마이마일러로."

"아아."

그는 기지개를 켜는 듯한 소리를 냈다. 며칠 전 시드니에 갔다가 지금 이 차를 만난 거라고 했다. 40년 전 차를 버린 이후로도 마이마일러를 볼 기회는 종종 있었다. 마이마일러는 1977년인가에 단종되었지만 중고차 시장에서도 한때는 귀한 몸이었다. 그러나 관리가 너무 잘된 마이마일러는 그에게 생소하게 느껴졌다. 그는 거친 황무지를 달렸던, 오로지 그를 남쪽으로 데려다주는 게 전부였던 그 마이마일러를 원했다.

"그래야 정말 내 마일러일 것 같았거든. 그런데 시드니 출장을 떠났다가 업무를 마치고 지나가던 길에 이런 소리를 들은 거야. '네가 뭘 알아?' 마약에 절은 듯한 사내의 목소리였는데 이상하게 끌리는 데가 있어서 뒤를 돌아봤지. 거기 이 차가 있었어. 그때 그 모습 그대로."

직거래를 하는 중고차 시장이었다. 그는 그게 오래전에 자신을 태웠던 그 차라고 확신할 수 있었다. 차를 팔던 사내는 그가 반응을 보이자 값을 훌쩍 높여 불렀다. 그는 값을 깎지 않았다. 사내는 서둘러 절대 환불이 안 된다는 조건을 건 채 판매 절차를 밟았다. 그는 긴 주행거리에, 문짝이 잘 열리지 않는다는 것조차 마음에 들었다. 긴 시간을 달려 자신에게 와준 마일러가 고마울 뿐이었다. 그는 전문가를 불러 차를 손보았다. 시드니에서 울룰루까지 2800킬로미터를 이 차로 달릴 생각이었지만, 전문가는 불가능하다고 말했다. 시드니를 벗어나기도 전에 주저앉을지도 모른다고. 그러나 그에게는 그 말이 들리지 않았다. 그에게는 이 차가 소리치는 게 들렸다. 당장 그 지점으로 돌아가라고. 시드니를 출발한 차가 울룰루로 가기 위해서는 포트오거스타를 거쳐야 한다. 그 지점에서 내가 올라탔던 것이다. 뒷자리에는 그가 급히 조달해서 꾸려온 짐이 있었다. 단단한 트렁크가 하나, 그 옆에 역시 급히 산 것으로 보이는 담배와 술병이 담긴 종이백이 최대한 가벼운 척 놓여 있었다. 그는 자신은 담배를 피우지 않지만 담배는 유사시에 돈이나 금보다 더 명확한 거래 수단이 된다고 했다. 술도 마찬가지였다. 그래서 먼 길을 떠날 때는 늘 담배와 술을 챙긴다는 거였다.

"아주 오래전 그 여행 말이야. 마일러 없이도 내가 먹고, 때로는 다른 차를 얻어 탈 수 있었던 건 담배 덕분이었어. 한 개비씩 담배를 주고받는 게 핵심이었지. 한 갑씩 갖고 다니면 더 위험했으니까."

생존배낭에도 화폐의 역할을 할 만한 무언가를 하나쯤은 넣어둔다. 돈은 의미가 없을 확률이 높지만 그래도 여전히 어떤 이들은 지폐 몇 장을 넣어둔다. 재산 관련 서류를 넣어두는 사람들도 있다. 그에게는 담배와 술이 그런 용도인 셈이었다.

생존배낭에는 여러 종류가 있다. 매일 가방 안에 넣고 다닌다고 해서 EDC(Every Day Carry) 파우치라고 부르는 것도 있고, 집을 떠날 만한 상황일 때 필요한 Go-Bag도 있다. Go-Bag은 보통 집의 출구에 둔다. 전기가 끊긴 암흑 상황에서도 쉽게 찾을 수 있는 위치에, 가족 구성원 수만큼 각각의 배낭을 두는 것이다. 재난은 늘 갑작스럽기에 이미 꾸려진 짐이 있다는 것은 든든한 일이다. 전쟁 중에 이것저것 짊어지고 기차를 타러 갔더니, 1인당 단 한 개의 짐만 들고 타야 했더라는 이야기도 떠돈다. 충분히 가능한 상황 아닌가. 어떤 사람은 수많은 짐 꾸러미 중에 손에 잡히는 대로 하나를 골라서 기차에 올라탔는데, 하필 그게 이불 보따리였다고 했다. 나는 지금 유일하게 챙겨온 꾸러미가 이불 보따리란 것을 알게 된 기분이었다. 전혀 계획된 경로가 아니었지만, 나는 그 이불 보따리에 휘말리고 있었다. 그러느라 하마터면 그가 하는 말을 놓칠 뻔했다.

"난 그때 여덟 살이었어. 마일러를 타고 여행했을 때 말이야."

그는 잊고 있었던 사실을 이제 막 생각해낸 것처럼 말했다. 여덟 살에 마일러를 운전한 여행자라니. 나는 어쩐지 못 미더운 이 운전자 때문에 이정표를 확인하고 싶었다. 이정표는 보이지 않았지만 길은 하나뿐이었다. 울룰루까지 가고 있기만 하다면.

미용실 비용이 비싼 나라로 이민을 가는 사람들은 한국에서 미리 헤어 커트 강좌를 듣거나 미용 가위를 챙겨둔다는데, 나는 출국 전날 머리를 조금 자른 게 전부였다. 오히려 시드니에 와서야 헤어 커트를 배울 기회가 있었다. 스무 명 미만의 사람들이 가벼운 마음으로 와 헤어 커트를 배우는 8주간의 강습이었다. 첫 수업 때 가위도 신청했다. 한동안 마네킹을 붙들고 있다가, 마지막 실습 시간이 왔을 때 많은 여자들이 기다렸다는 듯 아이를 데리고 왔다. 남편이나 애인이 따라온 경우도 있었다. 부랑자처럼 보이는 남자를 데려왔던 남자도 있었으나, 그 남자는 결국 나와 파트너가 되어서 서로의 머리를 잘라주었다. 미용사가 꿈이라던 사람치고는 실력이 별로였는데, 그 남자가 바로 위키였다. 위키의 친구는 머리가 너무 짧아서 뭘 더 해볼 수도 없었고, 나중에야 위키는 그가 오랜 친구는 아니었다고 말했다. 실습이 있던 날 점심에 거리에서 픽업한 사내였을 뿐이었다. 위키는 누구와도 쉽게 친해졌다. 위키의 피부색은 검붉은 편이었지만 그게 위키의 친화력에 걸림돌이 되진 않았다.

나는 위키와 급속도로 친해졌다. 위키는 뒤늦게야 자신이 왜 그 헤어 커트 강좌에 들어갔는지 고백했다. 거리에서 본 나를 무작정 따라갔다는 거였다. 그게 진짜인지는 모르겠으나 생각해보면 위키는 수업 셋째 주부터 참가했고, 첫날 가위도 없어서 강사에게 혼이 났다. 우린 2년쯤 함께 살았다. 그리고 한 달에 한두 번쯤 서로의 머리를 잘라주었다. 함께 산 지 일주일 만에 위키는 내 업무가 실제로 생존에 별 도움이 되지 않는다는 결론을 내렸다. 내 방에는 생존을 위한 갖가지 물품들이 널려 있어(물론 업무용이었다), 유사시에 무언가를 급하게 챙길 형편도 못 되었다.

위키는 생존배낭 자체를 그다지 신뢰하지는 않았지만, 생존배낭을 꾸려 페이스북이나 인터넷 커뮤니티에 공개하기를 좋아했다. 그건 위키만이 아니라 생존배낭에 관심을 갖기 시작한 사람들의 공통적인 특징이었다. 이건 어떠냐, 하고 물으면 그런 것도 있군요, 아니면 이건 어때요, 하면서 의견을 나누는 것이다. 어떤 이들은 인터넷 커뮤니티를 통해 극한 상황에서 비상식량이 될 만한 곡물의 씨앗을 나누기도 하고, 집 근처 대피 공간을 어떻게 지을지 의견을 나누기도 한다.

위키 말대로 이 길 위에서는 모든 것이 비현실적이었다. 정말 차가 앞으로 달리고 있는지, 움직이는 게 맞는지 의심스러운 순간이 찾아오는 것이다. 아주 가끔 다른 그림 찾기 놀이처럼 동물의 사체나 뼛조각 같은 것이 저만치 등장한다고 했는데, 지금은 동물 사체의 흔적조차 보이지 않았다. 풍경은 가도 가도 똑같은데, 도시의 경계 하나를 통과하자 이야기는 조금 달라졌다. 그는 마일러를 타고 긴 여행을 하던 40년 전에 대해 이야기하기 시작했다. 그때 그는 겨우 여덟 살이었다. 내가 반쯤 농담처럼 듣고 있던 이야기, 그러나 지금까지와는 조금 다른 버전의 이야기가 시작되고 있었다.

“마일러는 타이어보다 더 단단하고 탄력 있는 두 다리를 갖고 있었어. 눈은 어떤 헤드라이트보다도 밝아서 어둠 속에 떨어진 것들을 잘 봤고, 등은 따뜻했어. 나보다 다섯 살쯤 더 많아서 키도 그만큼 더 컸고 힘도 셌지. 겨우 다섯 살쯤 더 많았는데 어른이었어.”

그는 혼자가 아니었던 것이다. 그들의 여행에 차는 처음부터 없었다. 1959년에 출시된 그 마이마일러는 같은 해에 태어난 아이가 다섯 살 어린 동생에게 들려주던 이야기에 불과했다. 동생은 형을 마일러라고 불렀고, 형은 정말 마일러처럼 동생을 태우고 달렸다. 둘은 함께 걸었으나 대부분은 형이 동생을 업고 걸었고, 그들은 맨발이었다.

서류상으로는 1967년생이었지만, 그는 자신이 1964년이나 1965년에 태어났을 거라고 믿었다. 그의 실제 삶과 서류 사이에 2, 3년의 오차가 발생한 이유는 호주 정부의 불명예스러운 정책 때문이었다. 1900년부터 1972년까지 추정하기로는 10만 명에 가까운 애버리지니, 그러니까 원주민 아이들, 그중에서도 특히 백인과의 사이에서 태어난 아이들이 희생되었던 사건 말이다. 문명화 교육이란 명목하에 한 살 미만의 아이들이 부모로부터 강제로 분리되었고, 교육원이나 백인 가정으로 보내졌다. 얼굴이 하얄수록 더 데려간다는 말이 있어서 일부러 아이의 얼굴에 검은 티를 바르는 엄마들도 있었다. 그중에 한 아이가 그였다. 그의 형도 마찬가지였다. 그들은 한 교육원으로 갔는데, 거기서 영어만 배운 건 아니었다.

여덟 살 때, 그가 농장에서 탈출을 감행한 건 어떤 계획에 의한 게 아니었다. 그가 자고 있을 때 마일러가 다가와 그를 깨웠던 것이다. 그는 그 집을 뛰쳐나오는 동안 꿈을 꾸고 있다고 생각했다. 그의 Go-Bag은 삽이었다. 그는 그 밤에 삽을 들고나왔다. 그건 미리 준비했거나 계획된 무엇이 아니라 그저 습관이었다. 다섯 살 때부터 그는 자기 키만 한 삽의 무게를 짊어져야 했다. 농장에서 일을 할 때도, 공사장으로 갈 흙을 퍼 담을 때도, 그와 비슷한 체구의 아이들을 묻을 때도 삽이 필요했다. 얼떨결에 들고나오긴 했지만 삽은 꽤 유용했다. 삽을 들고 있었기에 한 차례 마주친 어른들이 그들을 의심하지 않은 것도 같았다.

그는 거기서 잠시 숨을 고른 후 이렇게 물었다.

"허공에 신발을 거는 게 무슨 뜻인지 알아?"

글쎄. 전깃줄이나 나무에 신발을 거는 이유에 대해서는 다양한 해석이 뒤따른다. 그 아래 서 있으면 마약상이 알아보고 다가온다는 얘기도 있고, 죽은 이에 대한 추모라고도 한다. 시드니에서는 행운을 비는 의미로 운동화 끈을 묶어 전깃줄을 향해 던지기도 한다. 졸업의 의미이기도 하고, 훗날의 기약이기도 하다.

어떤 의미에서였는지는 몰라도 40년 전 그들 형제가 닿은 마을 입구에도 나뭇가지마다 운동화가 매달려 있었다. 그건 그들에게 좀 다른 의미였다. 마일러는 나무를 타고 올라가 운동화 두 켤레를 떼어냈다. 마일러는 운동화 하나를 그의 발에 신겨주었다. 마을은 꼭 유령도시 같았고, 그들은 거기서 하룻밤을 보냈다. 막연히 남쪽을 향해 걸은 지 닷새째였다. 마일러는 그에게 말했다. 계속 걸어가다 보면 바다가 나올 텐데 거기가 너의 목적지라고. 목적지에 머물러도 좋고, 더 큰 도시를 찾아가도 좋다고. 최대한 자유로운 곳으로 가라고.

"형은?"

"여기."

마일러는 빈집의 마룻바닥을 가리켰다. 자신이 그곳까지 걸을 수 없을 거란 걸 알았다. 마일러는 그에게 셔츠를 벗어 주었다. 자신의 모자도 주었다. 다음 날 아침 마일러는 깨어나지 못했다. 형이 동생에게 남긴 마지막 말은 삽을 여기에 버리고 가라는 거였다.

삽이 마지막으로 한 일은 마일러를 땅에 묻는 거였다. 그는 마일러의 몸을 묻고, 그가 기억하는 방식으로 추모한 후, 그곳에 서서 울룰루를 바라보았다. 밤에는 보이지 않던 풍경이었다. 아주 가깝게 느껴지진 않았지만 그 거대한 바위는 어떤 각도에서도 보였다. 조금만 더 버텼다면, 마일러 역시 여기 서서 울룰루를 볼 수 있었을 텐데. 그러나 지체할 시간이 없었다. 마일러를 묻은 곳을 평평하게 다진 후 거기에 삽을 꽂았다. 쇠 날이 보이지 않는 삽은 더 이상 삽이 아니었다.

"마일러를 묻고 울룰루를 봤을 때, 보이던 풍경이 딱 그 사진과 같았어."

나는 다시 사진을 들여다보았다. 날지 못하는 새 에뮤가 천진난만한 표정을 짓고 서 있는 그 사진은 광고였다. 그러나 그에게 이 사진은 유일한 지도나 안내서일 수도 있었다. 그 지점에 가면 40년 전의 삶이 그대로 있을지도 모른다고 믿고 있는 걸까. 그는 형이 동경했던 차를 타고 형을 찾아가는 길이었다. 혹시 그 유령도시 같던 마을이 지금도 있지 않을까. 어른이 되고서 그 마을을 찾아보려 한 적도 있었다. 마을을 찾기만 한다면 형을 묻은 곳을 찾아낼 수도 있을 것 같았다. 그러나 마을도 그대로 사라진 듯했다. 이제 그는 이정표에도 내비게이션에도 등장하지 않는 곳을 향해, 단지 울룰루를 이정표 삼아 달리고 있었다. 목적지가 언제쯤 나타날지 모르기 때문에 졸 수도 없었다. 그는 단 한 순간도 졸지 않았다. 얼핏 쳐다본 그의 눈은 광채가 나는 것 같았다.

어째서 그를 처음 본 순간 위키를 떠올렸는지 그때 알았다. 그는 위키보다 훨씬 흰 피부를 갖고 있었고, 먼저 말하지 않는다면 애버리지니의 피가 흐르는지 알 수 없을 것 같았다. 그러나 그가 울룰루를 발음할 때의 소리, 그 말소리와 눈빛이 위키를 떠올리게 했다.

위키는 낡은 차에서 튀어나온 사람들에게 맞았다. 그다음 날 있던 면접에 가지 못했다. 그날뿐 아니라 그다음 날도, 또 그다음 날도, 어디로도 가지 못했다. 그들이 날 일으켜준 거라며 농담을 하던 위키는 결국 죽었다. 이런 사건은 신문에 실리지도 않았다. 위키는 잊혔다. 그러나 남은 사람들에겐, 위키를 기억하는 이들에겐, 이건 쉽게 잊힐 수 있는 공백이 아니었다. 시드니에서 호주 시민권까지 받고 살아가는 미래에 대해 한 번도 의심한 적 없었던 나는 위키의 공백으로 처음 이 땅에 대해 의심하게 되었다. 이곳은 과연 내가 모국을 떠나올 만큼 기회의 땅이었을까. 사실 처음부터 그렇게 생각한 적은 없었다. 위키를 만나고, 단 한 사람으로 인해 한 대륙이 모국처럼 느껴질 수도 있다고 생각했던 적은 있었다. 그러나 위키가 없다는 사실 하나만으로 늘 가던 골목도 돌연 낯설어져버렸다.

위키의 생존배낭은 늘 있던 자리에 있었다. 누군가를 3일 더 살게 하기 위해 꾸려지는 가방이었다. 그러나 그건 이제 유품이 되어 있었다. 위키는 늘 이것저것 넣다 뺐다 했으니 생존보다는 놀이를 위한 배낭이었을 것이다. 나는 위키가 죽은 걸 확인했을 때처럼 덜덜 떨면서 가방을 열었다. 첫 번째 포켓에는 아무것도 없었다. 두 번째 포켓도. 세 번째 포켓도. 네 번째 포켓을 열었을 때 용수철로 장전되어 있던 사진이 튀어나왔다. 나와 위키였고 비닐 코팅이 된 채였다. 나는 울었다. 마지막 포켓에는 가위가 들어 있었다. 위키의 것. 나를 따라 산 것. 내 머리를 잘라주던 것. 그 가위가 울지 말라는 듯 묵직하게 들어 있었다.

혼자가 된 그는 걷다가 차를 얻어 타기도 했고, 맥주병에 맞기도 했고, 마약 거래에 휘말리기도 했고, 그러나 또 마약상의 도움으로 배를 채우기도 하면서 형이 말한 방향으로 나아갔다. 그가 애버리지니란 걸 알아차리는 이는 별로 없었다. 그는 피부가 흰 편이었다. 같은 배에서 나왔지만 형인 마일러보다도 훨씬 하얬다. 게다가 영어를 할 수 있었다. 그가 교육원을 탈출해서 줄곧 걸어왔다는 사실을 눈치채는 이도 없었다. 그는 마침내 한 마을에 닿았다. 그는 식당에 걸린 간판과 그 간판 옆에 내걸린 문장을 읽었다. NO SHOES, NO SHIRT, NO ENTRY. 신발이 있었고, 셔츠도 있었다. 그는 입장이 가능했다. 식당 주인은 그를 아주 싼 일당으로 받아주었다. 그는 몇 달씩 식당에서 자고 먹고 일했다. 농장이나 공장에서 자고 먹고 일하기도 했다. 자신의 좌표를 조금씩 남쪽으로 움직이면서 말이다. 그가 호주 중심에서 끝까지 이동하는 데 걸린 시간은 7년이었다.

그가 처음 정착한 도시는 포트오거스타였는데, 거기서 항구 기능이 중단되던 1978년까지 배가 드나드는 걸 보며 일을 배웠다. 그 후에는 그 일대의 공장과 농장을 오가며 일했다. 지금 그는 원하면 부르는 대로 자동차값을 치를 수도 있는, 문 닫힌 매장에서 운동화를 살 수도 있는 위치에 있었다. 그러나 이렇게 되기까지 남들보다 몇 배로 노력해야 했다. 그는 아주 오랜만에 휴가를 신청한 거라고 했다. 아니, 처음 써보는 거라고 했다. 그는 크리스마스에조차 회사에 있었다. 그러나 지금 그는 다시 여행을 하고 있었다. 몇 킬로미터를 더 달린 걸까. 차의 체력이 고갈되고 있었고, 얼마 후 밤이 오기를 기다렸다는 듯, 차는 멈췄다. 그르렁거리는 마지막 숨을 내뱉고는 멈춰버렸다. 연료는 충분했지만 역시 이 차로는 무리였다. 울룰루까지도, 울룰루가 보이는 지점까지도 가지 못했는데 차는 멈췄다. 우리는 차를 세워두고 밖으로 나왔다. 길 한복판이었다. 여기가 어디쯤인지는 아침이 되어야 알 수 있을 것 같았다. 어두운 밤, 바람은 마치 그물 같은 형태로 불어왔다. 사이사이 동물의 소리가 섞여 있었다. 나는 분간할 수 없는 소리였지만, 그는 바람에 걸린 소리가 어떤 동물의 말인지 다 알아들었다.

우리는 여기서 하룻밤을 보내야 할 수도 있었다. 추운 곳이었다. 홀튼의 사장에게 건네려 했던 생존배낭 속에는 한번 켜면 최대 오십 시간까지 타는 방풍 양초부터, 접으면 담뱃갑만큼 작아지는 성능 좋은 침낭까지 생존을 위한 최소한의 용품들이 있었다. 그러나 가장 유용한 건 술이었다. 나는 그에게 위스키를 내밀었다. 그가 말했다.

"니나, 동행해줘서 고맙네."

"니나가 아니라니까요."

"어쨌거나 고마워."

그나저나 운동화가 없어서 어쩌느냐고 묻자, 그는 아쉬운 대로 양말을 걸어야겠다고 대답했다. 그는 뒷좌석의 단단한 트렁크를 열어 두 켤레의 양말을 꺼냈다. 그는 그걸 들고 잠시 서성거렸다. 그들에게 운동화를 빌려줬던 그 마을이 어디인지는 찾지 못했다. 그는 저만치 텅 빈 채 솟아 있는 나무로 다가갔다. 그리고 나무에 양말을 걸었다. 오래전 그들 형제가 빌려 신은 신발 대신이었다. 나무에는 반짝이는 것이 하나도 매달려 있지 않았지만 보고 있노라니 곧 크리스마스라는 사실이 떠올랐다.

나는 가방 안에서 위키의 사진을 꺼냈다. 이제 내 차례인가. 밤은 길었지만, 이야기는 우리가 이 길고 험한 밤을 멈춘 채 통과하는 한 방법이었다. 위키의 이야기를 하다 보면 까만 밤, 붉은 흙 위로 한 아이가 다른 아이를 등에 업고 걸어오는 장면과도 마주칠 수 있을지 모른다. 서로 등과 가슴을 맞대고 걸어가는 아이들 말이다. 그가 물었다.

"니나는 여행 중인가?"

"아뇨, 캥거루 때문에요. 결과적으로는 여행인 셈이죠."

캥거루가 뭔지는 아직 모른다. 내가 정말 캥거루를 포획해 올 수 있을지도 장담할 수 없다. 단지 내가 포획한 건 캥거루라는 말의 뜻인 것 같다. 캥거루가 원래 '나도 모른다'는 뜻의 원주민 언어였다는 사실 말이다. 그건 늘 나를 따라다녔던 물음에 대한 답이기도 했다. 한 사람이 짊어질 수 있는 최소한의 무게, 그 마지막 무게라는 건 어쩌면 저울로 잴 수 있는 게 아닐 거라는 생각이 들었다.

| 대담 |

생존배낭에서 나온 소설가들

윤고은 × 정소현(소설가)

1. 안전지대에서 쓰기

"지나가버린 여덟 명의 애인이 한자리에서 날 보고 있는 거예요."

정소현(이하 정) • 《늙은 차와 히치하이커》는 소설집으로는 세 번째, 장편을 포함하면 다섯 번째 책이에요. 작가의 궤적을 함께 따라 읽은 독자이자 동료로서 매우 반갑기도 하고 세월의 흐름에 따라 변화한 작가의 시선과 노련함이 읽혀 독서를 하는 내내 즐거웠습니다. 이번 소설집을 내는 감회가 어떠신가요?

윤고은(이하 윤) • 《늙은 차와 히치하이커》에 실린 여덟 편의 소설이 꼭 여덟 명의 애인 같아요. 지나가버린 여덟 명의 애인이 한자리에서 날 보고 있는 거예요. 이게 약간 무슨 몇 자 대면하는 느낌이랄까. 여덟 명의 애인에게 다 나를 남발한 거 같기도 하고요. '난 오직 너뿐이야' 이렇게요. (웃음)

정 • 첫 책이 장편소설로 나왔고, 그 이후로도 장, 단편을 고르게 발표하셨어요. 몸 바꾸기를 해가며 둘 다 성공적으로 쓰고 있는데, 본인은 둘 중 어느 쪽이 더 자신의 사고 체계, 언술 방식과 맞는다고 생각하나요? 특히, 단편을 쓸 때 느끼는 장점과 매력은 무엇이라고 생각하나요?

윤 • 이번 책이 단편집이잖아요. 그래서 단편이 더 잘 맞는다는 생각이 불현듯 들었어요. 다음 책은 아마 장편일 텐데…… 그때 한 번 더 물어봐주시면 좀 더 정확한 대답을 할 수 있을 거 같아요. 아무튼, 지금은 단편을 모으니까 그래, 단편이지 이런 느낌이 들었어요. (웃음)

정 • 그래, 역시 소설은 단편이야 이런 느낌말이죠? (웃음)

윤 • 네. (웃음) 시간을 묶는 느낌도 들었고요. 지난 2년 동안 쓴 단편 여덟 편을 묶은 건데, 소설을 쓰던 당시의 기억들도 새삼 떠오르고 해서요.

정 • 이번 소설집을 엮으면서 생긴 기억에 남는 에피소드나 소설의 씨앗이 되었던 일, 쓰면서 겪은 특별한 일이 있었는지 궁금해요.

윤 • 제 실수에서 소설이 시작되는 경우가 종종 있어요. 《알로하》에 실린 단편 〈요리사의 손톱〉도 제가 '셰프스 노트(Chef's Note)'란 간판을 '셰프스 네일(Chef's Nail)'이라고 잘못 보면서 시작된 거였거든요. 어떻게 레스토랑 이름에 손톱이 들어가지? 혼자서 그런 착각을 하고 놀랐는데, 알고 보니 흘림체를 제가 잘못 본 거였어요. 이런 경우가 아주 흔해요. 얼마 전에는 '단소, 대금, 손금'이 적혀 있는 간판을 발견했거든요. 또 놀랐죠. 단소 학원에서 이젠 손금까지 봐주어야 하는구나, 하고요. 다시 보니까 손금의 ㄴ이 있어야 할 자리가 현수막으로 가려져 있었어요. '단소, 대금, 소금'이었던 거고, 문맥상 당연히 그런데도 없던 받침까지 붙여가며 오독을 한 거죠. 그런 사소한 지점들을 기록해둬요.

이번 소설집에서도 술에 취한 채 다른 집 대문을 제집으로 착각해 두드린다거나(〈전설적인 존재〉), 문장이든 펜이든 잃어버린 뭔가를 찾으러 종점까지 가는 것(〈책상〉)은 제가 경험한 거예요. 차이가 있다면 전 술도 안 마시고 다른 집 현관문을 두드렸다는 것 정도죠. 제 소설에는 길을 잘못 들거나, 차를 잘못 타서 벌어지는 이야기들이 종종 있는데요. 그런 건 제게 아주 흔해요. 〈늙은 차와 히치하이커〉에서처럼 장거리는 아니지만요.

얼마 전에 운전 연수를 받았는데, 선생님이 매일 똑같은 차를 가져온 지 사흘째 되던 날 제가 이렇게 물었죠. "매일 다른 차를 가지고 오시는 거죠?" 선생님이 묘한 표정으로 대답하시더라고요. "무슨 말씀을 하시는 건지……?" 재미있는 건 매일 그 차가 다른 차라고 생각했던 저는 매일 다른 느낌들을 발견했다는 거예요.

길에서 주운 말들도 소설이 될 수 있어요. 언젠가 딱 두 번 나갔던 댄스 학원에서 주워들은 말이 〈된장이 된〉의 재료가 됐거든요. 탈의실에서 한 명이 그러더군요. "에이 씨. 아빠가 어제 30만 원 받아오기로 했는데 된장을 받아와 가지고." 그때 딱, 무언가 온 거죠. 아빠가 돈 대신 된장을 받아왔다, 거기서 시작하게 된 게 〈된장이 된〉이에요. 제 동료들도 돈 대신 배나 고추장을 받은 경험을 얘기했던 적이 있거든요.

정 • 어떻게 된장을 받아왔다는 엉뚱한 생각을 했을까 궁금했는데, 실제 누군가가 경험한 이야기였군요. 비싼 된장을 받아왔겠네요. (웃음)

윤 • 사기꾼 남자의 몸무게 정도는 되어야 할 거 같아서 좀 확장하다 보니 1000만 원이 되었어요.

"제 소설이 누군가에게 상처가 되진 않았으면 좋겠다는 생각을 하고 있어요."

정 • (웃음) 여덟 편의 단편을 쓰고 엮는 동안 '윤고은'이란 사람에게 생긴 변화는 무엇인가요? 또 그럼에도 결코 변하지 않은 부분이 있다면 어떤 것일까요?

윤 • 이 책을 읽을 사람에 대해 상상하게 됐어요. 독자만 작가를 상상하는 게 아니라 작가도 독자를 상상하게 되더라고요. 특히 이번 소설집에는 〈된장이 된〉의 '아버지'라든지 〈책상〉의 '기암'이나 〈늙은 차와 히치하이커〉의 '홀튼'처럼 좀 나이 있는 남자들이 많이 등장해요. 사실 저는 우리 아버지 세대에 초점을 맞춰서 쓴 적은 없었어요. 《무중력 증후군》이나 〈해마, 날다〉 같은 예전 작품에서 아버지가 등장하긴 하지만요. 그런데 언젠가부터 제 소설에 60대 이상의 남자들이 등장하고 있어요. 제 아버지가 자주 60대 이상 남자가 읽을 만한 소설을 쓰라고 주문하시는데, 사실 그게 뭔지는 잘 모르겠거든요. 그래도 그 주문이 반영된 걸까요?
아, 아버지는 제 소설을 안 읽으세요. 제 첫 소설인 《무중력 증후군》의 첫 문장 '외로움은 최고의 비아그라다'에서 버퍼링이 걸려서 무한으로 돌고 계세요. (웃음) '이게 무슨 말이냐. 도대체, 무슨 뜻인지 모르겠다.' 사실 부모님이 제 소설을 읽는 건 원하지 않아요. 뭔가 자꾸 저와 작품 속 화자를 동일시하는 느낌이 들어서요. 〈불타는 작품〉에서는 '최 부장'을 한 60대 정도로 상상하고 썼는데요. 사실 제 소설 속에서는 20대나 30대나 60대나 같은 고민을 하는 처지라 그 자체가 이전과 비교해서 아주 큰 변화는 아니에요. 다만 그 60대의 '최 부장'이 개 한 마리를 상사로 모신다는 게 어떤 걸까, 개와 사람 사이의 통역을 한다는 게 어떤 걸까, 그런 지점에 시선이 오래 멎더라고요. 아버지를 투영하게 되는 거죠. 생활과 소설이 같이 맞물리기도 해요. 요즘엔 제 소설이 누군가에게 상처가 되진 않았으면 좋겠다는 생각을 하고 있어요. 그렇다고 아주 따뜻한 소설은 아니지만요.

정 • 윤고은 작가는 나이 들면서 노후화되는 게 아니라 재기발랄함은 그대로 보존된 상태로 숙성되는 것 같아요. 유산균이 보존된 상태로 맛은 점점 깊어지는 오래된 된장처럼 말이에요.

"잘못 선택했으나 끝까지 읽는 그런 책이 되었으면 좋겠어요."

정 • 이번 소설집에 실린 소설을 포함해 지금까지 발표했던 소설 중에서 가장 인상 깊게 작가의 마음에 남아 있는 작품은 무엇이고, 가장 애착이 가는 작품은 무엇인가요?

윤 • 음…….

정 • 애인이 너무 많아 기억을 할 수 없나요? (웃음)

윤 • 항상 이런 질문을 받으면 바로 직전에 쓴 소설을 얘기했거든요. 그래야 공평한 것 같기도 하고, 사실 제 마음도 날씨 처럼 매일 달라서요. 이번 소설집이라는 전제하에, 태어난 순서를 떠나서 얘기하자면 아무래도 〈늙은 차와 히치하이커〉가 가장 마음에 남아요. 주인공이 생존배낭 만드는 일을 하는데 제가 그 세계에 많이 몰입했던 것 같아요. 서바이벌 키트, 초경량 멀티 용품…… 그런 거 재미있어요. 취미처럼 말하고 있지만 사실 꽤 절실하게 여기는 거예요.

정 • 예전에 우리가 전쟁 공포와 재난 공포에 대해 이야기하면서 공감한 적이 있었지요. 남들은 웃을지도 모르지만 우리는 심각하잖아요. 공포를 공감할 수 있어 역설적으로 안심이 되네요.

윤 • 그렇죠? 단지 매일 그 생각만 할 수는 없으니까 잊고 있을 뿐인데. 그러다가도 퍼뜩 생각이 나죠. 생존배낭의 세계가 저한테는 아주 낯선 건 아니었어요. 단골 식당 메뉴처럼 외울 필요 없이, 체화된 게 조금 있었거든요. 다만 생존배낭에 대한 지식이나 장비보다 더 중요한 게 따로 있다는 생각으로 쓰기 시작한 거죠. 생존배낭에 의해서 연장할 수 있는 삶이라는 게 사실 3일 정도예요. '겨우'라고 말할 수는 없지만, 그 며칠을 연장하기 위해 배낭을 채우는 것과 생존에 필수적인 장비라 할 순 없지만 어떤 심리적인 지지대가 될 수 있는 거로 배낭을 채우는 게 어떻게 다를까. 그런 생각을 했어요. 소설 속 위키의 배낭 속에는 비에 젖지 않게 잘 포장한 사진이라든지, 추억이 담긴 가위 같은 게 들어 있는데, 그 물품의 효용은 일반적인 생존배낭의 계산법으로는 측정할 수가 없잖아요.

정 • 저도 개인적으로 이 소설이 마음에 와 닿았어요. 읽다 보니 인물들이 구상 단계에서 단단하게 만들어놓은 인물은 아닐 거라는 생각이 들었어요. 쓰는 동안 작가가 인물의 새로운 면을 발견했을 것 같아요.

윤 • 위키요?

정 • 위키도 그렇고, 다른 인물들도요. 읽다 보니 소설이 어디로 튈지 모르겠더라고요. '나'가 차를 잘못 올라타기 전까지 제가 읽고 짐작했던 이야기와는 사뭇 다른 방향으로 진행되더군요. 엉뚱한 차를 타더니 차 주인의 이야기를 듣게 되고, 같이 살았던 남자의 이야기가 더해지는데, 그 가슴 아픈 사연들을 다 읽고 나니 이야기 속으로 깊이 들어갔다 나온 기분이랄까, 아니 인물들이 내 마음속으로 쿡

박혀 들어왔다가 나간 기분이 들었어요. 작가가 이 소설을 쓸 때 독자인 내가 느꼈던 감정을 가지고 이 안에서 오래 헤매다니고 서성거렸을 거라는 생각이 들었어요.

윤 • 소설 쓸 때 소리 내어 읽기도 하는데, 위키의 빈자리를 소리 내어 읽기는 좀 힘들었어요.

정 • 그래서 표제작이 된 건가요?

윤 • 그것도 맞고요. 또 히치하이크해서 '늙은 차'를 타지만 결국 잘못 올라탄 거잖아요. 전 지금도 버스에 잘못 올라타서 한참 돌아가는 경우가 간혹 있는데요, 생뚱맞게 완행을 탄 기분에 순간적으로 짜증이 나기도 하지만 그런 노선에서 또 의외의 기분을 만날 때가 있어요. 버스 자체가 목적지가 되는 거죠. 이 책이 그랬으면 좋겠어요. 잘못 선택했으나 끝까지 읽는 그런 책이 되었으면 좋겠어요. 이 책이 아니었는데, 하면서도 계속 읽는 그런 책이요.

정 • 생각해보니 제가 그런 경험을 한 거였네요. 잘못 올라탄 것은 아니었지만, 예상과는 다른 길로 접어들어 '어, 이 길이 아닌 것 같은데' 하면서 끝까지 읽었어요. 그게 더 풍부

한 재미와 이상한 쾌감을 가져다준 것 같아요.

“한 편의 소설을 쓰는 과정이 정말 연애랑 비슷한 거 같아요.”

정 • 주로 소설을 어디에서 쓰세요? 소설을 구상하고 쓰는 과정에서 어떤 일들을 하고 또 막히면 어떻게 풀어가나요? 일종의 개인적인 의식이랄까 그런 것이 있나요?

윤 • 카페에 가서 써요. 주로 스타벅스요. 전 원래 커피를 안 좋아했는데, 제 나름대로 규칙을 만든 거예요. ‘너는 커피를 마시면 글을 써야 한다’ 이런 식으로. 결과적으로 커피 중독만 되었고 그 조건부에 대한 효과가 별로 없지만요. 스타벅스에 가서도 차도에 인접한 통유리창 자리는 선호하지 않아요. 차가 갑자기 돌진해 들어올 것 같은 느낌이 들어요.

정 • 저보다 중증인데요? (웃음)

윤 • 명랑한 톤으로 얘기했다고 꼭 적어주세요. (웃음) 제가 면허를 따보니까 운전이란 걸 더 못 믿겠어요. 브레이크를 밟고 있다가 무릎에 힘이 풀려서 잠깐 발을 들어도 차가 나갈 수 있다는 거잖아요. 어떤 시스템이 발로 조절될 거라고는 생각한 적이 없었는데…….

정 • 심지어 손도 아니고 발이에요. (웃음)

윤 • 자동차의 목적이 멈춰 있는 게 아니라 움직이는 데 있다는 걸 생각하자면 그런 운동 방식을 허술하다 말할 순 없는데 말이에요. 아무튼, 운전을 한 이후로는 더 통유리창을 피해요. 명당은 아무래도 가게 안쪽, 벽 앞이나 그런 곳이죠. 뒷문이 가까이 있으면 더 좋고요.

정 • 화장실 가까운데. (웃음)

윤 • 물이 중요하죠. 보통 비상구도 그런 쪽에 있고요. (웃음)

정 • 재난에 대비하는 거죠? (웃음)

윤 • 겁만 많은 거예요. 심리적 안정을 존중할 뿐이지, 막상 준비된 건 하나도 없어요. 저 같은 사람이 막상 어이없게 죽을 수도. (웃음)

정 • 소설을 시작하기까지 힘든 편인가요? 아니면 술술 풀려나가나요?

윤 • 그런 것도 있고 아닌 것도 있고. 한 편의 소설을 쓰는 과정이 정말 연애랑 비슷한 거 같아요. 맨 처음엔 썸 타는 단계가 있어요. 얘랑 만나 볼까 말까 고민하게 되는 과정, 슬쩍 떠보는 과정, 그렇게 쓸까 말까 간 보는 과정이 제일 신나요. 무책임하게 이것저것 다 건드려보고. 그다음 단계가 힘들죠. 확신과 의심이 거의 밀물 썰물 수준으로 번갈아가면서 오기도 하고요. 의심이 몰아치기 시작하면…… 쓰면서 얘가 아닌가 보다, 얘는 아니었어, 얜 내 사람이 아니었어, 잘못 선택했어, 이제 와서 버릴 수도 없고. (웃음) 뭔지 알죠?

정 • (웃음) 너무 적절해요.

윤 • 퇴고 단계까지 가면 어쩔 수 없어요.

장, 윤 • 정으로 써야겠지요. (웃음)

윤 • 그런데 퇴고 단계까지 갔다는 건 이미 그 이야기와 엄청난 사랑에 빠져 있는 상태라서 설사 완성이 되지 않는다 해도 이미 쓰는 행위 자체로도 보상받는 느낌이 들어요. 물론 이야기가 막히기도 하지만요. 쓰다가 막힐 때는 입으로 해결하는 편이에요. 주변 사람들한테 이 소설에 대해 얘기하다가 저 스스로 출구를, 비상구를 찾게 될 때도 있어요. 누구나 말을 하다 보면 듣는 사람을 설득하려는 욕구를 갖게 되잖아요. 그래서 여기저기 '이 얘기 좀 들어봐' 하고 말하고 다니죠. 혼자서도 자주 말하고요. 허공에 대고.

정 • 재밌게 쓰시네요. 개인적인 의식은요?

윤 • 안전지대에서 써요. 쓰다 죽지 말자는 마음으로. (웃음) 가장 무서운 건 자꾸 가동되려고 하는 제 상상이에요. 이 공간으로 차가 돌진한다거나, 전기 플러그 위로 커피를 쏟는다거나, 갑자기 화재경보기가 울린다거나, 아니면 2층 바닥이 폭삭 무너진다거나, 누군가가 뛰어들어 절 공격한다거나, 뭐 그런 장면들로부터 도망가야 해요. 뭔가를 쓰다 보면 잊게 돼요. 그러다가 글이 막히면 또 모서리를 봐요. 천장에 균열 같은 거요. 저 균열은 언제 생긴 건가, 하면서요. 균열이 안 보이면 시야를 더 넓게 확보해서 뭐라도 찾으려고 해요. 이 모든 건 의식하는 게 아니라 무의식적으로 이루어져요. 습관처럼. 저는 이런 거 보는 게 너무 좋아요.

정 • 제 증상은 정말 아무것도 아니네요. (웃음)

윤 • 대담 마무리에 그들은 예약된 병원으로 갔다, 하고 써야 할 거 같아요. (웃음)

정 • 재난을 대비하는 모임이라도 만들어야 할 거 같아요. (웃음)

"사실 그 공포와 공생한다는 생각도 들어요."

정 • 소설을 쓸 때 가장 중요하게 생각하는 건 뭔가요? 소설 외적이든 내적이든 상관없이 이야기해주세요.

윤 • 빛인 거 같아요. 조도라고 해야 할까요. 물리적으로도 적당한 조명이 필요한데, 노란 불빛을 받고 있으면 무대 위에 올라선 배우가 된 것 같기도 하고요. 통유리를 꺼리는 건 사실 너무 밝아서이기도 해요. 자외선은 그냥 피부 노화를 불러올 뿐이지만, 노란 조명은 영감을 주죠. 노란 등이 정수리까지 내려오는 술집을 좋아하는 것도 같은 이유 때문인 것 같아요. 술 마실 때도 영감의 고갈을 걱정해야 하니까요. 물론 제가 빛으로 충전되는 로봇은 아니니까, 빛이 없을 때도 쓸 수는 있지만 속으로 그런 빛을 상상해요. 제 피부가 태양열 집열판이라고 생각하고 뭔가를 모으는 느낌이랄까. 곰곰이 생각해보면 행복하고 만족스러운 감정은 아니에요. 불안하고 심지어 절망적이기까지 한, 그런 느낌이에요. 안전지대의 명당을 원하는 사람치고는 좀 그렇죠.

정 • 저도 조금 불안하고 화가 난 상태에서 소설을 쓰곤 해요. 소설이 행복한 감정에서 촉발되는 경우는 거의 없는 것 같아요.

윤 • 맞아요, 우리 둘 다 공포증에 대해 얘기했지만, 사실 그 공포와 공생한다는 생각도 들어요.

"나를 기억해주면 좋겠다는 마음에서 쓴 게 소설로는 처음이에요."

정 • 왜 소설을 쓰기 시작했나요? 첫 소설은 어떤 작품이었을지 궁금하네요.

윤 • 고등학교 때, 나이가 지긋하고 로빈 윌리엄스를 닮은 문학 선생님이 좋아서 잘 보이고 싶었어요. 제 욕망은 하나였어요. 그냥 나를 알리고 싶었어요. 나를 기억해주었으면 했어요. 담임선생님도 아니었고, 가르치는 수많은 애들 사이에서 제가 튀는 것도 아니었어요. 반장도 아니었고, 엄청나게 공부를 잘하지도 않았어요. 어필할 게 뭐가 있나, 하던 참에 선생님이 얼핏 시나 소설 쓰는 제자가 있었으면 좋겠다, 이런 얘기를 했던 거 같아요. 바로 저 부분인 거 같다고 생각했어요. 마침 또 문예부였어요. 제가 왜 문예부에 들어갔는지 기억이 안 나는데 돌아보면 마침 거기 들어가 있었더라고요. 선생님께 문예부 누군데요, 제 소설을 읽어주실 수 있느냐고 물어봤어요. 다음 주에 가져올 수 있냐고 물으셔서 네, 하고 대답하고는 그날부터 썼어요. (웃음) 3일 만에 식물인간 얘기로 한 70매를 썼어요. 사랑의 힘이었죠. 선생님이 도입부가 시처럼 아름답다고 해줬어요. 그때부터 도입부가 무조건 시처럼 아름다운 소설만 쓰리라, 다짐했죠. 물론 지금은 '도입부가 시처럼 아름답다'는 문장에 대해 여러 각도로 의심해요. 일단 그 소설을 지금 다시 읽어보면 도입부가 시처럼 아름답지 않은 것 같고, 또 시처럼 아름답다는 문장도 의심스러워요. 시가 아름다운 건가, 그렇게 되묻게 되는 거죠. 어쨌거나 그게 제 첫 소설이었어요.

"아닌 건 확실히 얘기할 수 있어요. 일단, 요리는 아닐 거 같아요."

정 • 소설가가 되지 않았다면 지금 어떤 일을 하고 있을 것 같나요?

윤 • 아닌 건 확실히 얘기할 수 있어요. 일단, 요리는 아닐 거 같아요. (웃음) 최근에 지질학이 재밌을 거 같다는 생각을 했어요. 지진이나 화산, 화석 같은 거, 지구의 피부나 근육 같은 거, 자꾸 관심이 가요.

정 • 환경 문제에도 관심이 있나요?

윤 • 네. 태평양을 떠다닌다는 쓰레기 섬이 궁금해요. 예전에 장편 《밤의 여행자들》에서 싱크홀이나 쓰나미를 다뤘던 것도 비슷한 맥락에서였어요. 그 이야기도 원전 쓰레기가 어디까지 흘러갔는지 그런 경로를 더듬다가 발전한 거고요. 우리가 지구에 딱 고정된 게 아니고 맨틀 위에서 흘러가잖아요. 아주 느린 벨트컨베이어 위에 올려진 것처럼. 그렇게 내가 어딘가에 고정된 게 아니라는 사실이 무섭기도 하고 신비하기도 하고 그래요. 전 아보카도를 좋아하는데 생김새가 마음에 들어서예요. 반으로 갈라 그 안의 씨를 볼 때마다 지구 핵이 떠오르거든요. 지질학을 업으로 삼는 사람이었다면 어땠을까, 그런 생각 좀 해봤어요.

정 • 의외의 답변이었어요. 저는 단 한 번도 생각해보지 못한 분야라 독특하고 재미있는 생각처럼 느껴져요. 누비 장인이 된다면 모를까, 지질학자라니요.

윤 • 누비 장인이요?

정 • 네, 누비 바느질 장인이요.

윤 • 제 영역이 아닌 것 중에 하나예요. 고등학교 1학년 가사 수업 때 알았어요. (웃음) 누비 장인은 지금도 도전할 수 있잖아요?

정 • 눈 나빠지고 허리 아파서 안 돼요. (웃음) 소설 쓰면 마음이 시끄러운데, 무념무상한 상태로 바느질을 하면 편안하고 좋더라고요. 그런데 저의 이런 대답은 예측 가능하고 상투적이지 않나요? 윤고은 작가의 대답은 재미있네요. 지질학자 같은 대답을 들을 줄 몰랐어요.

윤 • 전 '누비 장인'이란 말이 더 이국적으로 들리는데요. 우리 둘 다 지금도 늦지 않았다고 생각해요. 영화 〈쇼생크 탈출〉을 다시 보다가, 팀 로빈스가 그 악명 높은 감옥에서 탈출할 수 있었던 이유를 재발견했어요. 그는 돌에 관심이 많았죠. 지질학이 그의 탈출을 도운 거예요. 그가 벽이나 바닥의 성질을 살피는 사람이 아니었다면 탈출은 불가능했을 거예요.

2. 남들은 농담이라고 느끼지만, 사실은 진심인

"이 바닥의 인력 사무소입니다."

정 • 윤고은의 소설에는 기발한 이야기와 독특한 직업을 가진 인물들이 등장해요. 잘 아시죠? (웃음)

윤 • 네, 이 바닥의 인력 사무소입니다. (웃음)

정 • 어떤 직업이 등장할지 기대되곤 해요. 인물들은 특이한 직업을 가지고 있거나 평범한 직업인데 이상한 임무를 맡게 되거나, 또는 범상치 않은 사건을 겪게 돼요. Y-ray나 이상이 된 박태원 등 세상에 없을 게 분명한 것을 끌어와 어딘가에 있는 것처럼 시치미를 뚝 떼고 이야기를 끌어가곤 하는데, 그런 아이디어는 어디에서 와서 어떻게 확장되나요? 갑자기 번쩍하고 떠오르는 것은 아닐 텐데요.

윤 • 제가 쓰는 과정 전체를 보면 특이한 사건이나 직업, 이상한 임무…… 이런 것에 대해 고민을 하는 시간은 정작 그리 많지 않아요. 그런 아이디어는 예고 없는 소나기나 마큰하늘에 날벼락처럼 그렇게 오는 것 같아요. 언젠가 지하철에서 책 읽는 행위로 그 책을 홍보하는 직업에 대한 이야기를 쓴 적이 있는데(〈요리사의 손톱〉) 그건 실제로 지하철을 타고 가던 중에 떠오른 거예요. 요즘 지하철에서 책 읽는 사람이 정말 적으니까 어쩌다 책 든 사람을 발견하면 저 같은 사람은 쳐다보게 돼요. 무슨 책을 읽나 하고요. 책이 마치 레옹의 화분처럼 호기심을 유발하는 존재가 된 거죠. 그때 생각한 게 내 책을 이렇게 들고 있어 볼까, 그런 거였고요. (웃음) 거기서 소설로도 출발하게 된 거예요. 말씀하신 것처럼 중요한 건 그런 아이디어를 확장하는 과정이죠. 제 소설 속 인물들은 '뭐 이런 종류의 일이 다 있나' 하면서도 열심히 하려고 해요. 이미 세상은 꽉 차 있어서 그런 식이 아니고선 틈을 내주지 않으니까요. 뭔가가 괜찮다 그래서 따라가보면 이미 다 끝물이고, 그렇게 항상 뒷북인 보통 사람들은 뭘 새로 만들 수밖에 없어요. 기존에 없던 것, 아니면 있어도 좀 다른 방식의 것.

정 • 이 사회 안에서 스스로 자리를 만들어서 뿌리 내리지 않으면 곧 사라져버릴지도 모르는 불안한 존재들이라서요?

윤 • 네, 아직 소설이 되지 않은 아이템이 훨씬 많아요. 이런 직업이나 사업, 어떤 임무가 실제로도 가능할까 고민해보게 되는데 주변에 얘기했을 때 '미치지 않고서야?' 같은 대답이 돌아오면 소설로 쓰죠. 실제로도 대박 아이템이라면 소설에는 안 쓸 거예요. 아니면 소설과 동시에 사업을. (웃음)

정 • 윤고은의 소설에는 실제로 존재하지 않지만 있을 것 같은 직업도 있고, 없을 게 분명한 직업도 있어요. 세상에 없는 직업을 떠올리다가 윤고은 작가에게 제발 써달라고 말하고 싶었던 적이 여러 번 있어요. 마감에 쫓기다가 벽에 부딪혔을 때, 소설을 사서라도 냈으면 좋겠다고 생각하다가, 소설가들에게 소설을 파는 유령 작가의 이야기를 떠올렸어요. 알고 보니 수상작들이 이 유령 작가의 작품이면 재미있겠다. 이 이야기를 내가 쓰면 재미없을 것 같고, 윤고은 작가가 쓰면 잘 쓰겠다 싶어 제발 써달라고 부탁한 적도 있었잖아요. (웃음)

윤 • 전 필명을 쓰다 보니까, 가끔 다른 이름의 두 사람으로 산다고 생각해요. 조삼모사 같은 거긴 해도, 정말 유령 작가가 제 안에 내장되어 있는 느낌이 든다고 할까요. 아주 합리적으로 협업하는 느낌도 나고요. 가까운 지인들은 제가 그 유령 작가에게 돈 주고 사는 거라고 믿고 있어요. (웃음)

"소설 쓸 때 웬만하면 인물을 적게 쓰려고 해요. 꼭 배우들 같고, 뭔가 출연료를 지급해야 할 거 같은 기분이 들어요."

정 • 이런 다양한 캐릭터를 구현해내기 위해 어떤 노력을 하세요? 예를 들어 《불량직업 잔혹사》 같은, 아이디어를 얻을 수 있는 책을 읽는지, 비슷한 캐릭터를 찾아 취재하는지, 아니면 상상력만으로 만들어내는지 궁금해요.

윤 • 가끔 소설 말고 다른 글을 쓸 기회도 있는데 그럴 때 제 관심이 닿는 것들을 겸사겸사 취재하기도 해요. 실험동물들은 어떤 방식으로 버려지는지 궁금해서 수혼제를 지내는 연구소를 취재한 적도 있고요, 연애 학원의 커리큘럼이 궁금해서 취재한 적도 있죠. 아직 소설로 다루지는 않았지만요. 소설을 쓰기 위한 노력이라기보다는 그냥 제 궁금증에서 비롯된 건데, 새로운 세계를 알게 되면 결국 소설에도 반영되는 것 같아요. 새로 뭔가를 배우거나 경험하거나 다양한 사람들을 만나 이야기를 듣는 게 좋아요. 인간을 다양한 방식으로 분류하고 진단하고 그러잖아요. 〈Y-ray〉 같은 경우는 X선 말고 다른 선으로 우리 몸을 인식한다면 어떻게 되나, 그런 생각에서 시작된 거예요. 아마 Y-ray가 상용화된다면 전 재빨리 예약할 걸요.

정 • 이런 독특한 이력을 가진 인물들은 소설에 독특함을 불어넣는 것에서 그치지 않고 온 기능을 다해 독자가 예상치 못한 방향으로 이야기를 이끌어가요. 그러니까 이 캐릭터가 아니었다면 이 이야기는 성립되지 않는 거지요. 이렇듯 인물과 사건이 매우 유기적으로 결합해 있는데요, 소설을 시작할 때 사건을 먼저 떠올리고 인물을 만들어내나요? 아니면 반대인가요? 사실 쓰다 보면 서로 영향을 주며 확장되므로 구분되지 않을 확률이 높지만, 작가를 자극하는 것이 인물인지 아니면 사건인지 궁금해요. 〈책상〉에 나오는 말을 빌려 묻자면 호객 행위를 하는 것이 무엇인가요?

윤 • 지금까지는 사건 쪽이 절 더 자극했어요. 말로 딱 설명을 잘 못 하겠는데…… 무게중심 같은 게 확 쏠리는, 그런 사건들이 있어요. 처음부터 완성된 사건의 형태는 물론 아니고요, 어떤 이미지나 한마디 말이나 무심한 행동처럼 작고 순간적인 것들인데 절 자극하기엔 충분해요. 거기서부터 출발하죠. 〈늙은 차와 히치하이커〉를 구상할 때 그런 자극 중의 하나는 시험차에 관한 거였어요. 수많은 테스트 드라이버들을 거치며 평생 시험을 당하는 운명의 차들 말이에요. 테스트 중에는 충돌 같은 것도 있잖아요. 엄청난 속도로 달리다가 결국 부서지기 위해 태어난 그런 차들 말이죠.

신기한 건 어떤 이야기를 마음에 품기 시작하면 〈트루먼 쇼〉처럼 정말 그 이야기를 쓸 수밖에 없는 자극들이 자꾸 온다는 거예요. 예전에 쓴 소설 〈알로하〉를 예로 들어보면 그 이야기를 쓰도록 맨 처음 부추긴 건 여행 가이드북의 문장이었어요. '호놀룰루는 인간이 느낄 수 있는 최적의 습도와 온도를 가진……'으로 시작되는 문장이요. 호기심이 생기기 시작했죠. 전 당시에 하와이에 가본 적도 없었는데요. 그런데 얼마 후에 하와이에서 살다 온 분을 만나 이야기를 하게 됐어요. 그분이 낙원의 이면에 대해 이야기를 많이 해주셨는데 재미있더라고요. 한참 후에 다큐멘터리에서 하와이의 섬들이 태어나는 방식을 보게 됐는데 완전히 매료된 거죠. 지구가 울룩불룩 움직이는 동안 하와이의 섬들이 바다 아래에서 밀려 올라와 생겨난다는 것, 나이가 아주 어린 섬이라는 것, 그런 게 절 홀렸어요. 섬의 개체 수가 계속 늘어날 수 있다는 것도 흥분됐고요. 과학적인 얘기지만 저에게는 무척 문학적이었어요.

보통 이렇게 이야기의 퍼즐을 하나 주워 들면, 잃어버린 퍼즐 몇 개가 자꾸 나타나요. 전 그 퍼즐 게임에 함께할 인물을 초대하고요. 물론 모든 인물이 제 계획대로, 제 말대로 움직여주진 않아요.

정 • 소설을 쓰다 보면 작가가 정해놓은 길을 순응적으로 따라가는 인물이 있는가 하면, 제멋대로 움직이는 인물도 있지요. 또 구상 단계에서는 없거나 주변 인물이었는데 갑자기 튀어나와 자기 지분을 요구하는 인물도 있고요. 혹시 소설집에서 뜻하지 않았던 인물의 비중이 커졌다거나, 이야기를 다른 방향으로 이끌어간 경우는 없나요?

윤 • 있죠. 소설 쓸 때 웬만하면 인물을 적게 쓰려고 해요. 꼭 배우들 같고, 뭔가 출연료를 지급해야 할 거 같은 기분이 들어서 최대한 줄이고 줄여서 소규모로 가요. 그런데 쓰다 보면 예상과 다르게 점점 커지는 인물들이 있어요. 〈늙은 차와 히치하이커〉에서 위키도 그랬죠. 처음에는 그냥 길 가다가 갑작스러운 구타를 당하는 친구 정도였어요. 그런데 쓰다 보니 위키가 없으면 안 되는 이야기로 흘러간 거죠. 〈다옥정 7번지〉 같은 경우도 박태원인 듯 아닌 듯 그런 이야기였는데 결말에서 이상까지 나타났어요.

정 • 작가가 예상하지 못했다가 소설을 쓰는 과정에서 발견해낸 부분이 독자에게 더 큰 매력을 주는 것 같아요.

윤 • 맞아요. 빨대를 예로 들자면 한쪽 끝은 분명 동그란 구멍인데 다른 끝이 네모거나 세모인 경우도 재밌는 거 같아요. 어느 지점에서 빨대가 '뼈를 깎는 고통' 같은 걸 느끼겠지만요. 그렇게 되기를 좀 바라기도 하고요. 살아남은 인물들만 얘기해서 그런 건데 사실 사라진 인물도 많아요. 더 많은 지분을 요구하다가 퇴출당한 애들도 많아요. (웃음)

정 • 소설 속 인물 중 매력적이라고 생각하는 인물은 누구이고, 가장 애정이 가는 인물은 누구인가요? 그 이유도 알고 싶어요. 저는 〈불타는 작품〉의 개 로버트와 통역하는 최 부장 콤비와 〈늙은 차와 히치하이커〉의 위키가 마음에 들어요.

윤 • 로버트는 정말 매력적인 것 같아요. 개인지 개 같다는 건지도 모호하고, 모든 작품은 소각으로써 완성된다고 믿고 있고, 숲이 들어와 있는 대저택에서 마음껏 정액을 발사하며 살잖아요. 그것도 촉망받는 작가가 방금 그린 그림 위에다가요. 로버트는 그 〈불타는 작품〉을 시작하게 된 출발점이기도 했어요. 예전에 어떤 인터뷰에서 애완동물을 좋아하느냐는 질문을 받았고, '이왕이면 마당 딸린 개가 좋겠다'고 대답한 적이 있거든요. 그 개가 허락해준다면 그의 마당 한편에 조그마한 내 거처를 마련하고 싶다고요.

그렇게 답하고 보니 정말 마당을 가진 개가 있다면 어떨까, 그 개가 나를 초대한다면 어떨까, 그렇게 생각이 뻗어나갔죠. 〈늙은 차와 히치하이커〉의 위키도 매력적이에요. 정말 설마 거리에서 맞아 죽는 거로 인생을 마감할 거라고는 생각되지 않을 정도로 긍정적이고 씩씩한 사람이었잖아요. 그래서 죽음이 불가항력인 거겠지만요.

"어떤 사람을 대할 때 전 그 사람 안에 있는 농담 같은 걸 읽고 싶어져요. 유머러스한 품격 같은 거랄까."

정 • 윤고은의 소설에는 악한 사람이 등장하지 않는 거 같아요. 〈오두막〉의 연인처럼 악해서가 아니라 약해서 잘못을 하는 경우는 있어도 악의로 인해 갈등을 만들어내는 인물은 존재하지 않는다는 생각이 들었어요. 심지어 떼인 돈 받아주는 조도 험한 일 하는 사람 같지 않게 순해요.

윤 • 그렇긴 하네요, 조가 순하다는 건 인식 못 했는데. 생각해보면 수수료 대신 된장 받고도 그냥 가만히 있고. (웃음)

정 • (웃음) 맞아요, 된장을 받고도 흡족해하고요. 이것은 작가의 온화한 성격과 관련된 것 같기도 하고 작가의 인간관이 반영된 것 같은데, 조금 동떨어지고 광범위한 질문인 것 같지만 작가가 생각하는 인간이란 어떤 존재인 것 같나요. 인류에게 희망이 있을까요? 저 같은 경우 인간의 악의에 눈이 가고, 절망적인 시선으로 그것을 다루곤 해요. 윤고은 작가는 저와는 다른 방식으로 인간을 그리고 있어요. 인물들은 담담하고 의연하고, 격정에 휩쓸리는 법이 없어요.

윤 • 전 별로 담담한 성격이 아닌데, 가끔 리뷰를 검색해보면, 윤고은의 쿨함? 담담함? 이런 게 보여요. (웃음)

정 • (웃음) 맞아요, 이성적이고 시크해요. 인물들이 뒤끝이 없어요.

윤 • 아마도 제가 보고 싶은 방향으로 보는 거겠죠. 어떤 사람을 대할 때 전 그 사람 안에 있는 농담 같은 걸 읽고 싶어져요. 단지 말장난 정도를 말하는 건 아니고요. 유머러스한 품격 같은 거랄까, 아기자기하고, 동심에 가까운 좀 소박한 형태의 순정 같은 것. 수수료 대신 된장을 받고도 가만히 있었던 조를 떠올리면, 그 사람은 떼인 돈 받아주는 일에 대한 자부심이 있어요. 프로예요. 돈에 대해 정확할 것 같지만, 그 프로가 돈 대신 된장도 접수할 수 있었던 건 아마 아버지의 사연이 조 안의 농담을 건드렸기 때문 아닐까요. 물론 멋있는 척은 다 했지만, 뒤늦게 구시렁거리거나 그다음부터 전단에 '현금 결제만 가능'이라고 써넣을 수도 있겠지만. 전 그런 사람들에게 매력을 느끼거든요. 약간의 낭만이랄까, 계산 안 되는 품격 같은 걸 가진 사람이요. 그걸 농담이라고 부르고요.

겉모습이나 현재 위치, 처한 상황이 어떻든 누구나 그런 농담을 갖고 있다고 생각해요. 다만 노출된 정도가 다를 뿐이지. 타인에게서 그런 농담을 읽게 될 때 설레요. 소설 속 인물들을 만들 때도 속에 품은 농담에 대해 생각하게 돼요. 인물이 자기 안의 농담을 생매장하거나 거세해야 하는 상황이 올 때, 그럴 때란 어떤 것인가 상상하고요.

그러다 보니 제가 주로 다루는 인간은 악하다기보다는 약하다는 말로 설명할 수 있을 것 같은데요. 각자 다들 살아남자라고 생각하는 사람들이 많은데 문제는 각자 살아남기만 하다 보면 방치되고 방관할 수밖에 없는 상황들이 오잖아요. 그런 상황이 올 때는 약함이 가해가 될 수도 있다는 생각을 해요. 나는 약해서 나를 지키려고 했을 뿐인데 그런 방관과 무관심, 혹은 지레 집어먹은 겁 같은 게 결국 악이 되는 경우요. 내가 희생당할 수는 없으니 어쩔 수 없다는 건데 내 희생과 타인의 희생이 저울 위에 올려둘 만큼 비슷한 무게가 아닌데도 그런 논리가 적용될 수 있어요. 예를 들면 자신의 담배 한 대와 타인의 목숨이 비교 대상이 된다고 생각하는 사람들이요. 그런 게 좀 무서워요.

정 • 〈Y-ray〉와 〈오두막〉을 제외하고는 모두 일인칭 시점으로 썼는데, 특별한 이유가 있나요? 특별히 선호하거나 무의식적으로 자꾸 쓰게 되는 시점이 있는지요.

윤 • 선호하는 게 딱히 있진 않은데, 이번 소설집에 유독 관찰자랄까 전달자 입장의 일인칭들이 많긴 해요. 〈된장이 된〉은 아버지 얘기를 전달하는 딸이 화자고, 〈다옥정 7번지〉는 일인칭이긴 한데 본인보다는 박태원 얘기를 하려고 하고요. 소설을 쓸 때 시점에 대해서 오래 생각하는 편인데, 고민되면 두 가지 정도의 버전으로 일단 써보는 경우도 있고요. 정답은 없어요. 그 상황과 그 인물들에게 더 편한 자리와 목소리를 골라요.

"가끔 사람들과 작별인사를 할 때 '살아서 만나요' 라고 해요."

정 • 윤고은의 소설은 어떤 사건이 벌어지고 그것을 해결해나가는 과정의 이야기 같아요. 인물 간의 갈등을 첨예하게 드러내거나 파국으로 몰고 가는 것을 의식적으로 지양하는 편인가요?

윤 • 의식적으로 지양하는 건 아니지만, 제 관심 자체가 조금 다른 각도로 뻗어 있는 것 같아요. 지금은요. 제 방식으로는 인물 간의 갈등이라기보다는 인물들의 생존 쪽에 더 집중하게 되는 거죠. 물론 각자의 생존배낭이 서로 영역을 침범하게 될 때는 갈등이 빚어지지만, 말씀하신 것처럼 인물과 인물의 구도라기보다는 결국 이 시스템과 나의 구도라고 봐야 할 것 같아요.

정 • 이 재해 앞에 우리가 싸워서 되겠냐? 이런 거군요. (웃음)

윤 • 네. 제 최종 목표는 벙커를 만드는 거예요. 은밀하고 안전한 벙커요. 그런데 소설이든 영화든 보면, 굳이 벙커 같은 걸 만들면서부터 꼭 사건에 휘말리죠. 긁어 부스럼처럼. (웃음)

정 • 남들은 농담이라고 느끼지만, 사실은 진심이죠?

윤 • 맞아요, 남들은 비유로 받아들이고요. (웃음) 이쯤 되면 약간 공포의 반려화, 라고 해야 하나요? 확실히 공생관계는 맞는 것 같아요. 공포 입장에서 얻는 게 뭔지는 잘 모르겠지만요.

정 • 이야기가 일관성이 있네요. 공포에 대해 알고는 있었지만, 일부분이라고 생각했지 이렇게 삶에 일관적으로 작용하고 있는지 몰랐어요. 오늘 윤고은 작가를 새로 알게 되는 기분이에요.

윤 • 가끔 사람들과 작별인사를 할 때 '살아서 만나요'라고 해요. (웃음)

"어느 지점에 이르면 결국 우리를 버티게 하는 건 비효율적일 수도 있는, 부피 크고 기능 딸리는, 그런 것들일 수도 있어요."

정 • 〈오두막〉의 경우 인물 간의 갈등이 드러나 있어요. 하지만 연인이었던 남녀가 갈등을 풀어가는 방식을 보면 대럽하지 않아요. 처절해지지 않는 것이 오히려 미덕인 거 같아요.

윤 • 그들은 상대방이 자신을 이렇게 만든 가해자라고 생각하진 않을 거예요. 내가 무언가를 방관하고 회피했다는 사실을 알고 있는 목격자라 불편한 거죠. 그렇지만 그들 자신을 괴롭히는 건 상대방이 아니라 스스로의 죄책감이거든요. 어찌 보면 같은 환우죠. 살인 사건을 모른 척한 목격자가 오히려 범인처럼 발각될까 두려워하는 그 상황, 죄책감, 그런 데 집중하며 썼어요.

정 • 소설의 구상 단계에서 짜놓은 대로 결말까지 밀고 나가는 편인가요? 아니면 쓰면서 생기는 변수를 받아들여 다른 결말에 도달하기도 하나요? 구상할 때와는 완전히 다른 이야기가 된 작품이 있다면 얘기해주세요.

윤 • 초고가 딱 있는 게 아니라서 처음의 구상이 어디까지인지 잘 모르겠어요. 구상 단계부터 완성까지 어떤 형태로든 기록이나 과정을 보관하는 작가들도 있잖아요. 그런데 저는 완성작만 남기고 지나간 과정은 다 파기해요. 쓰기 전이나 쓰는 도중에 그림으로 그려보면서 상황을 정리할 때도 있는데, 그런 스케치나 메모 같은 게 남아 있는 건 별로예요. 그래서 다 버려요. 흔적을 다 없애고 완성품만 남겨두려고 해요. 자꾸 마른하늘에 날벼락처럼 뚝 떨어졌다느니, 예고 없는 소나기처럼 내렸다느니, 하면서 아이디어가 제게 다가온 속도가 엄청 빠른 것처럼 이야기하는 것도 사실 제가 흔적을 지워서 생겨나는 착각일 수도 있죠. 아닐 수도 있고요. 어쨌거나 구상과 다르게 흘러간 이야기들은 꽤 많을 텐데 기록이 남아 있지 않으니 변천사를 이야기할 수가 없네요. 확실한 건 아까 이야기했던 그 호객 행위를 끌어오는 무언가, 그 미끼가 결국 사라지는 경우도 있다는 거예요. 그 미끼는 절 그 세계로 유인하는 임무만 수행하고 작품 속에 흔적을 남기지 않죠.

단편보다는 장편에서 더 많은 변수가 생기는 것 같아요. 아무래도 제가 설득당할 물리적 시간이 더 많아서일까요. 제 첫 장편이었던 《무중력 증후군》에 비하면 두 번째 장편 《밤의 여행자들》을 쓸 때 더 변수가 많았고요. 호감을 느끼게 된 남녀가 등장하는데, 사실은 그 사랑조차도 계획된 것, 그러니까 연기로 끝내려던 게 원래 생각이었거든요. 그런데 쓰다 보니까 제 마음이 바뀐 거예요. 사랑이 연기였다가 진짜 사랑으로 바뀌었어요. 그 씁쓸한 이야기에 아주 조금이라도 온기를 주고 싶었다고 해야 하나.

정 • 그게 혹시 나이 드는 것과 관계가 있나요?

윤 • 나이보다는 바로 직전에 썼던 작품이 그다음 작품에 더 영향을 주는 것 같아요. 《밤의 여행자들》에서 재난을 다루고 나니 그 다음 소설을 쓸 때는 햇빛을 엄청 사용했어요. 햇빛은 소독제예요. 온기일 수도 있고.

정 • 이 소설집에서 가장 힘들게 쓴 소설이 무엇인지, 어떤 이유로 그랬는지 궁금해요. 쓰는 과정에서 가장 재미있었던 소설은 뭔가요.

윤 • 〈늙은 차와 히치하이커〉는 제가 생존배낭에 대해 고민한 결과물이에요. 제 방식의 생존배낭인 셈이죠. 초경량 어쩌고를 외쳤지만, 제가 담은 건 그냥 이야기죠. 이 이야기를 쓸 때 제가 상상한 이미지랄까 그런 것 중의 하나가 한 아이가 다른 아이를 업고 가는 장면이었는데요. 생존배낭을 연구하는 사람이 결국 진짜 생존배낭이라고 여긴 건, 어떤 가방도 아니고 등에 업은 사람, 혹은 나를 업은 사람이 서로 맞닿은 그 지점, 그러니까 체온 같은 걸지도 모른다는 생각을 했어요. 어느 지점에 이르면 결국 우리를 버티게 하는 건 비효율적일 수도 있는, 부피 크고 기능 딸리는, 그런 것들일 수도 있어요.

3. 살아서 만납시다

"쓰고 난 다음에 제 소설을 가지고 혼자 문학 기행을 하는 경우도 있어요."

정 • 생활하는 지역이 아니라 다른 지역 특히 해외가 배경인 소설이 많아요.

윤 • 제 입장에서는 해외나 국내로 구분되는 게 아니고 도시 단위로 보여요. 전 세계에 깃발 꽂듯이 도시마다 이야기를 하나씩 다 쓰고 싶기도 하고요. 헤아려보면 서울이 가장 많이 등장하는 도시일 거예요. 배경을 일부러 모호하게 만든 경우도 많은데, 제 소설에서 실제로 존재하고, 지명이 또렷하게 드러나는 작품들은 대부분 그 공간 자체가 이야기를 물고 온 경우예요. 이번 소설집 안의 호주도 마찬가지예요. 울룰루가 필요했거든요. 직접 가본 적은 없지만요. 소설을 쓴 다음에 충동적으로 호주 달러를 조금 바꿔

두긴 했어요.

정 • 저는 갔다 와서 쓴 줄 알았어요.

윤 • 당연히 직접 가본 적이 있는 곳만 다루는 건 아니에요. 가보기 전에 소설로 쓰고, 그다음에 제 소설을 떠올리며 혼자 문학 기행이랄까 그런 걸 하는 경우도 있어요. (웃음) 물론 쓰기 전에 살다 온 사람의 이야기를 듣는다거나 곧 이주할 사람처럼 지도를 들여다본다거나 하면서 자료 조사를 하지만요. 엄밀히 말하면 소설 속에 쓰인 지명은 실제 그곳과는 태생이 달라요. 뭔가 이미 편집된 세계니까요.

정 • 소설에서 인물들이 하는 경험들은 여행 경험에서 비롯된 건가요? 아니면 상상의 산물인가요? 자주 여행을 다니는 것으로 아는데 여행이 많은 영감을 불어넣어주나요?

윤 • 보통은 뒤섞여요. 여행에서 얻은 것도 있고, 여행을 가기 전에 상상한 이미지가 그대로 펼쳐지는 경우도 있고, 전혀 다른 이야기가 튀어나올 때도 있고요. 영감의 출처만 따지자면 정말 '위 아 더 월드'라고 해야 해요. 다 뒤섞여 있거든요. 예를 들면 제주도 올레길은 조금 걸었지만, 소설 속에 등장하는 오두막에 간 적은 없죠. 오히려 그런 오두막은 적도 부근의 어딘가에서 본 것 같아요. 아침에 자고 일어났는데, 한 200미터쯤 떨어진 거리의 오두막이 어제보다 몇 미터쯤 오른쪽으로 이동해 있었어요. 바람이 오두막을 밀면 햇빛이 그 오두막이 있었던 자리를 소독하고, 바람이 또 밀면 햇빛이 또 그 자리를 소독하고, 그런 식으로요. 전 그 풍경이 인상적이어서 한참 바라봤는데, 사실적으로만 따지자면 그 오두막은 조금도 옆으로 움직인 적이 없었을 거예요. 그 오두막을 제주로 옮겨온 셈이죠. 제주는 바람이 아주 많이 부는 곳이니까요.

정 • 〈프레디의 사생아〉를 읽으면서 한국 작가 버전도 있으면 좋을 거 같다고 생각했는데, 그 뒤에 〈다옥정 7번지〉가 나와서 참 좋았어요.

윤 • 프레디 머큐리도 그렇고, 구보나 이상도 그렇고, 실존했던 인물을 제 소설 안으로 초대하는 건 저에게도 신나는 경험이었어요. 뭐랄까 그들과 협업하는 느낌도 들고 제가 작업을 거는 느낌도 들고요. 예전에 썼던 〈인베이더 그래픽〉이나 〈월리를 찾아라〉 같은 아이템이나 〈전설적인 존재〉에 등장한 가사도 마찬가지예요. 매력적인 사람, 공간, 노래…… 를 보면 이야기를 만들고 싶어요. 제 방식으로요.

"소설의 구절 같은 건 메모 안 해요. 오로지 생각만 메모해요."

정 • 여행지에서 소설을 구상하거나 취재하는 데 시간을 많이 할애하는 편인가요? 여행을 충분히 즐긴 뒤 사후적으로 소재를 얻게 되는 건가요?

윤 • 여행은 그냥 즐겨야죠. 여행지에서는 그때그때 떠오르는 단상을 메모하는 정도예요.

정 • 메모를 즐기는 편인가요?

윤 • 메모를 많이 해요. 메모를 많이 한다는 사람치고는 제 동선에 대한 메모는 잘 안 하지만요. 일기를 쓴 적은 있지만 다 폐기했어요. 스케줄도 보면 1월부터 9월까지는 좀 적지만, 10월, 11월, 12월은 없어요. 한때는 그날 먹은 음식까지 기록해보려고 했지만, 그것도 사흘 지나면 그쳐요. 뷔페 같은 데 한번 다녀오면 기록은 포기하게 되고요. 제 메모는 거의 소설에 영향을 줄 만한 것들에 대한 거예요. 그런 건 그냥 감으로 걸러내는 거라 정확한 기준은 없는데, 참 성실하지 못한 제가 이 영감이랄까 그런 걸 메모할 때는 엄청 성실해요. 자다 깨서 꿈에 대한 걸 막 쓰기도 하고요. 물론, 그런 메모는 건질 게 없어요. 수첩을 가지고 다니진 않고요, 휴대전화 메모장이나 아니면 언제 어디서나 무료로 구하기 쉬운 냅킨에다가 메모를 해요. 메모한 냅킨을 손에 쥐고 있다가 쓰레기인 줄 알고 버린 적도 있지만요.

정 • 저는 메모를 잘 안 하는 편이라 메모 잘하는 사람이 좀 궁금해요.

윤 • 포인트는 집착이에요. 그 생각이 등장한 배경이나 상황, 사람 같은 출처도 써요.

정 • 메모해놓은 책의 구절 같은 것을 내가 쓴 건 줄 알고 쓰는 경우는 없나요?

윤 • 책의 구절을 메모한다면 그것도 출처를 같이 써둬요. 대부분은 제 생각과 제가 처한 상황에 대해 주로 메모하는데, 물론 〈전설적인 존재〉에서처럼 내 생각이 진짜 내 생각인가 의심하는 상황이 올 수는 있죠.

정 • 어떤 목적을 가지고 여행을 간 적은 있나요?

윤 • 또 일관성 있게 흘러갈 것 같은데, (웃음) 굳이 여행의 목적을 따지자면 건강하게 살아 돌아오자는 거예요. 여행 자체보다도 그 여행을 준비하고 상상하는 과정을 더 좋아하는데, 주로 그 여행지의 질병과 지진과 테러와 베드버그 같은 것을 조사해요. 제가 타게 될 교통수단의 안전도라든지 그런 것도요. 여행자의 태도라고 보기엔 좀 그런가요? 결론적으로는 여행을 다녀오면 어떤 형태로든 소설에 영향을 끼치는데, 그게 목적이었다고 말할 수는 없어요. 살아서 돌아오자는 것 말고 다른 목적이 끼어들 틈이 없다고 해야 하나. 창작의 영감 같은 건 여행지에서 받으면 좋고 아니어도 관계없는 덤이에요. 평소보다 더 낯선 환경에 노출되고, 그만큼 더 위험에 노출되는 그 행위를 제가 왜 좋아하는지 그게 스스로도 신비할 따름이죠.

정 • 여행 테마 소설집을 낸다고 가정하면 어느 나라에서 시작해서 어디로 끝을 내고 싶은지 궁금해요. 제일 쓰고 싶은 도시는 어디인가요?

윤 • 제일 써보고 싶었던 도시는 베네치아였어요. 지금 쓰는 중이고요. 여행지로 매력적이었던 곳이 소설의 배경으로도 꼭 비례해서 매력적인 건 아닌데요. 베네치아는 제가 지금껏 가본 도시 중 가장 아름다웠는데, 이야기를 꼭 써보고 싶다는 생각도 강하게 들었던 곳이에요. 그곳의 전체 지도를 보면 꼭 입 맞추기 직전의 두 입술처럼 보여요. 지형 자체가 이야기예요, 벌써.
여행 테마 소설집의 경로는 그냥 여행의 경로를 짜는 것과는 좀 다르겠죠. 제가 좋아했던 누군가의 흔적 같은 걸 따라가는 경로도 생각해봤는데, 아마 제가 중간에 다른 길로 새는 이야기가 나올 것 같아요.

"비루한 나에게 뭔가가 있다, 는 느낌을 주는 게 소설이에요."

정 • 소설이 자신을 변화시킨 부분이 있다면 무엇인가요?

윤 • 변화의 기점을 잘 모르겠어요. '이렇게' 있던 나를 '저렇게' 변화시킨 건 없는 것 같은데.

정 • 작가 본인은 소설이 자기를 변화시키는 걸 모르지만, 제삼자가 볼 때는 소설이 항상 옆에서 작용하고 있기에 계속 영향을 받는 게 아닐까요?

윤 • 그럴 수도 있죠. 소설을 쓸 때 좀 특별해지는 느낌이 있어요. 특별해진다기보다도 아무렇지도 않은 게 아닌 상태, 라고 해야 할까요. 비루한 나에게 뭔가가 있다, 는 느낌을 주는 게 소설이에요. 없으면 많이 초라할 거 같아요. 피부는 좋아질 수 있어요. 멍 때리는 것도 없어질지 모르고요. (웃음)

정 • 윤고은 작가를 보면 모든 시간을 소설가로 살고 있는 것 같아요. 소설을 계속 쓰고 있어 그렇다는 이야기가 아니라 생각의 흐름이나 생활 태도가 그런 것 같아요. 전업 소설가의 자세를 보는 거 같아요. 부끄럽게도 저는 오늘이 올해 들어 가장 소설가다운 날인데 말이에요. (웃음)

윤 • 소설가의 자세라고 하기엔 제가 많이 게을러요. 겨울엔 거의 글을 못 써요. 춥고 흐린 느낌 속에서 자꾸 무기력해지거든요. 요즘엔 겨울 한 철에는 글을 쓰지 않고 봄부터 가을까지만 쓰자, 철새처럼 글 쓰는 것도 나쁘지 않겠다, 는 생각을 해요. 지금 많이 써둬야 해요.

정 • 마지막 질문인데요. 앞으로 어떤 이야기를 다루고 싶고 독자에게 어떤 세계를 보여주고 싶나요?

윤 • 제가 좋아하는 영화 중에 '비포' 시리즈가 있어요. 〈비포 선라이즈〉, 〈비포 선셋〉, 〈비포 미드나잇〉. 영화 자체도 좋지만, 그 영화를 만드는 방식이요. 9년마다 한 번씩 감독과 배우가 자연스럽게 이어가잖아요. 저 역시 제 소설 속 인물들과 몇 년에 한 번씩 만나고 싶은 마음이 있어요. 제 이야기 속의 인물들을 다시 초대할 거예요. 후속작처럼요.

정 • 네, 기대됩니다. 앞으로 무탈하시고 살아서 만납시다.

윤 • 네, 살아서 만납시다. (웃음)

늙은 차와 히치하이커

초판 1쇄 인쇄 2016년 5월 18일
초판 1쇄 발행 2016년 5월 20일

지은이 윤고은
펴낸이 이기섭
편집인 김수영
책임편집 김준섭
마케팅 조재성 정윤성 한성진 정영은 박신영
경영지원 김미란 장혜정

펴낸곳 한겨레출판(주) www.hanibook.co.kr
등록 2006년 1월 4일 제313-2006-00003호
주소 서울시 마포구 효창목길 6(공덕동) 한겨레신문사 4층
전화 02-6383-1602~3
팩스 02-6383-1610
대표메일 munhak@hanibook.co.kr

ISBN 978-89-8431-983-7 03810

• 값은 뒤표지에 있습니다.
• 파본은 구입하신 서점에서 바꾸어 드립니다.